❖ 格平散文选

水流何处

杨格平 著

知识出版社

图书在版编目（CIP）数据

水流何处 / 杨格平·著. -- 北京：知识出版社，
2017.6

ISBN 978-7-5015-9561-7

Ⅰ.①水… Ⅱ.①杨… Ⅲ.①散文集－中国－当代
Ⅳ.①I267

中国版本图书馆CIP数据核字(2017)第150567号

水流何处　　杨格平　著

出　版　人　姜钦云
责任编辑　万　卉
装帧设计　杨　静
出版发行　知识出版社
地　　　址　北京市西城区阜成门北大街17号
邮　　　编　100037
电　　　话　010-88390659
印　　　刷　阳谷毕升印务有限公司
开　　　本　640mm×960mm 1/16
印　　　张　18.75
字　　　数　250千字
版　　　次　2017年6月第1版
印　　　次　2021年1月第2次印刷
书　　　号　ISBN 978-7-5015-9561-7

定　　　价　36.00元

代序

山那边的光景

　　我出生在一个四面环山的小县城里。据说,县城这方盆地还是形成于洪荒时期的类似火山爆发的地陷天崩。人们还神乎其神地说:通向地底的那个口子就是那碧波荡漾的绿草湖哩! 可是,有谁信呢? 那个久远的故事,久远得已无法追溯,那个久远要比2000多年前这里开始有人烟的时候还不知道要久远多久呢! 不过,"开门见山"倒是实实在在不可否认的事实,这就注定了这里的人们无法与山割舍,注定了他们这辈子要在一片逶迤的群山中蜗蜗独行,要带着与山的情感直至终老。

　　我们长成了像父母一样的人,并且,又把那种依附在血肉里面的七情六欲像用粽叶裹粽子一样,不仅裹捆得严实,而且把那股清香也深深地渗透到了里头,我们成为有了灵魂和有思想的人。因为山的缘故,山的坎坷,山的束缚,山的阻隔,那种情欲的升起充满着永不休止的渴望,于是,山那边的光景永远在诱惑着贪婪的心。

　　小时候,我和小伙伴们经常上山砍柴,每趟都要来回走上十多里的山路。望山跑死马,当上百斤重的柴草担子压在肩上,一步一步的上坡或下坎把我累得气喘吁吁、腿足打抖时,想得最多的是快点走完这该死的山路,快点回到家中卸下这压得两肩麻辣生痛的担子,或者明天、后天,以至以后的日子快些结束并永远终结这苦役般的劳作。上山下乡插队时的那些年头,窝在深山沓冥,当行走在崇山峻岭栉风沐雨或夜深人静难以入眠时,想得最多的自然是何时能走出大山去寻找山那边的光景。

离开故乡后,尽管一直生活在远离大山的一马平川的城市里,却并没有因此与大山道别,相反,在过去的时光中结识了更多的山。其中有许多知名的和不知名的,南方的和北方的,国内的和国外的,低海拔的和高海拔的,平和的和险峻的。在跋涉和攀登的过程中,仍然有着先前那种攀爬过程的艰难体验和渴望登顶和跨越的欲望,或者有着尚未见着山那边光景的失望和遗憾。每当行走在这些山谷之间,我就会想起故乡的山路,想起那些曾经在大山里与山路周旋的故事,想起那些"山登绝顶我为峰"的壮怀情境,那是能生发出一种没有什么山不能踩于足下的高远豪迈的气概。

记得登过一座海拔100多米的石头山,这山像天外的飞来之石,突兀地耸立在平缓的市井中。拾级而上,山顶有一座小庙,庙门一副对联,上书:"禅从云间出,意自海中来。"山下,芸芸众生形如蝼蚁,在繁杂、拥塞的小巷穿行,带着寻觅生计的匆忙,露出丝丝浮躁。山上,风清气净,日照月明。瞩目远眺,白云高远,碧海浩瀚,海天一色,四野空灵。置身其中,大有心境澄明忘乎所以之感。此时,虽然愚钝的我不像一些慧根十足的悟道者能从中悟出玄奥的禅意,但山上山下,区区百米之遥,的确宛如两重天地、两种境界。登临此山,起码可以体味出小庙撰出此联的用意所在,帮助触动游人香客进入对联蕴含的意境中去。山虽然没有那些名山气吞山河般的雄伟俊秀,但它在我心目中却同样留下了深刻印象。我想,这大概是那副对联的缘故,它的巧妙引人入胜,让游人各得其所、各有所获吧!

有一次陪着一位朋友游览三清山。或许山的陡峭使他游兴顿消,抑或此兄在京身居高位后疏于健体而显得力不从心。别看他个儿像头壮牛,从半山腰宿店起始登山,行不足百来米便累得气喘吁吁,汗珠渗渗。便与我说:"我们还是不上去吧,拍几张照片留个影就行了。"身后有两位轿夫始终跟随着我们,我猜想这些长年累月在此以抬轿为营生的年轻人早就看准我们不是登山的老手,跟着说不准能赚得一把银子呢!但这位老兄始终不肯让人抬着,只得作罢。其实,当时我也有些累生怯意,也是不忍看着他人辛苦地抬着自己,只是出于礼貌,在朋友面前没表露而已。三清山很美,"东险西奇、南绝北秀、中挺巍峨",的确熔天下名山之秀为一炉,具有"泰山之雄伟,华山之峻峭,衡山之烟云,庐山之飞瀑,黄山之奇松"的特色。这还是日后一直不甘上次的半途而返,遂同家人再次登临后对此山的最后感觉。说起此事,也真替那位京城的朋友遗憾,实际上,那次上山只要再走上一小段,山路就平坦许多了,当时是被第一个"下马威"镇住了。许多事情就是这样,其实只要咬咬牙坚持一下,胜利就在前面,前面的光景就别有洞天。"功亏一篑"与"锲而不舍",也就是其中的道理。

玉龙雪山是云南境内的一处胜景,丽江古城内的溪流里流淌的就是那玉龙雪山融化的雪水。我在山下小书店购得一本英国小说家詹姆斯·希尔顿的小说《消失的地平线》。这本小说为西方的文化价值观念植入了一个人间乐土的意境,创造了"世外桃源"——香格里拉。在世俗的眼里,香格里拉只是佛教传说中的一个由神人统治、主宰的王国,在那里,雪山环绕,中间有座大城,城内有王宫、果园、佛教徒参省修法的坛寺,所有香格里拉的城民却具有一种觉醒的心境,一直以来成为人们一直梦想追寻和朝圣的理想国度。纳西族里的神话视玉龙雪山为玉龙第三国,那么,这个传说中的第三国又是否与另一传说中的香格里拉契合呢?

登上海拔4500米的观景点,玉龙雪山近在咫尺,原一直远远眺望的冰雪世界,竟近距离地显现在我的面前。阳光下,冰雪晶莹,发出一片耀眼的银光,有些刺目。面前的雪山,变得巍峨雄壮。这终年不化的冰雪给这片嶙峋起伏的峰峦披上了一身坚硬的盔甲,像一群并列的白色守护神,屹立在蓝天下,巨大、威严、神圣。冰川从山谷流出又凝固了,那些被挤压出来的无数褶皱,像是从山门下来的层层叠叠的阶梯,伸展到我面前。那散发出的丝丝冷冽,刺激着我因高海拔引起的胸闷昏沉的不适感,身心变得无比清爽和振奋。据说,这里是传说中王国的入口之处,仿佛我走到了玉龙第三国或香格里拉的门前。这时,我恍然明白,人们为什么会去寻找香格里拉,那些佛教徒为什么会热衷到圣山、圣湖去转场,去顶礼膜拜。这些行为,是对世俗的不满足,他们在追寻一种游离世俗之外精神上的依托。

这辈子过去的日子,先前,就这样在山间的小路上不停地挪动着自己的双腿,并且不停地渴望见到山那边光景的时光中渐渐长大。在这种十分矛盾又呈圆周运动的挪动和渴望中,山的沉稳和坚韧的秉性,自然而然地影响和铸就着我们的品格,成就了山里人独特的个性。随后这种品性就像影子一般紧随我们,从不曾分开。以至于即使在今后的日子里远离了大山,那原本被诅咒过的苦难和曾经因为一成

不变生成的怨恨又变得令人怀念了。当然,这种怀念是基于大山给予
的历练,基于人生中的某种成功或遭遇某种失意又奋起后感激大山给
予过的精神上的磨砺。于是,人也随之渐渐成熟。

　　这种成熟得益于对大山的感悟,这种感悟如同生成了一种精神,
反映在人生各个阶段的理想追求中,反映在平常琐碎的生活和工作的
态度上,反映在参与各项社会活动中的为人处世里。这种感悟,随着
时光的流逝,也就像春雨润物细无声般形成了一个思想生成和进化的
阶段轨迹,成就了人生的一种表现形态。这种形态像座永远翻不尽的
大山,永远有渴望见到山那边光景的欲望生成。就像我这辈子,就是
这样在不停地翻山越岭,在不停地追索山那边的光景。

　　时至今日,我仍然保持着一种固执的心态,带着准备爬山的精神,
带着渴望升华的思想去觐见山那边的光景。尽管会有些辛苦,甚至有
时会有些力不从心。

杨权平

2016.10.16

目录

绵水从这里流淌

游走在水乡古镇间

水流何处

初冬与秋雨邂逅

别让亲情流失

「绵水从这里流淌」

绵水从这里流淌

一

从天空俯瞰,武夷山麓就像块被风荡漾开的绿毡毯,凸出的是丰满的峰峦,凹进的是修长的沟壑,那深藏于葱茏植被下的山泉就顺着这峰壑跌宕的褶皱化成涓涓溪流流了出来,在稍大些的褶皱中汇成了一条小河,故乡的绵江就是这样的一条河。

小时候搬过三次家都是在河边。那个时候,我天天都跟绵江河厮混在一起,就像一位好朋友,对它的脾性了如指掌。其实,它应该是条母亲河,在我们的心中,它就有如纯洁、美貌的母亲一般。大部分时间它是静谧的、慈爱的、腼腆的,在它的面前,我们最能感受到亲近、舒适和快乐。

当然,有时绵江河也会发怒,就像我们做了错事惹大人生气的样子,会让人生畏的,这大概是山中秀女蕴藏野性的另一面。每年的端午节前后,经常会出现这种情形,清澈的河水泛红了,缓缓的水流汹涌了,静谧的河床咆哮了。到了这个多雨季节,只要上游下了大雨,河水就会渐渐涨上来,大家会相约去下吊桥看大水,在岸边放上一些石块树枝之类的标记,看着洪水慢慢将它浸蚀淹没。有一年,绵江河发了大怒,越出了河床,向沿河两岸奔腾开来,家里冲进了六尺高的洪水。我趴在二楼的窗户边,看着下面裹挟着残碎杂物滔滔而去的洪流,心想,这从哪来的大水,怎么一下子就变得这么可怕呀! 大人说是上头的水库决堤了。

老家附近有座木桥,被称为"下吊桥"。也许史上这座木桥的前身曾是简易的吊桥,但已无从查考。木桥两端桥头堡旁各有一棵参天如盖的大榕树,也不知是在何朝代由何人所植,一直陪伴着"下吊桥",一直映绿了桥头堡下的一段清流,使绵水更为妩媚。桥下游有处卵石滩,一大片细密的鹅卵石占满河床,有三分之一匿在水中。清流漫卵石而过,深不没腿,浅不及膝。水下的卵石,纹理清晰,色泽明快,光滑润泽。幼时的夏日,我和小伙伴最喜欢在那里玩耍。大家仰躺在水里,双手撑着卵石,半沉半浮,让水流像丝绸一般清凉柔软地滑过,或者放任漂浮数十米远,看着天上的云朵快速朝后面走去。玩累了,就坐在卵石滩上,用寻来的一小块红珠石在卵石上涂鸦。

我是喝绵水长大的。在20世纪五六十年代,城里还没有安装自来水,周边水井不多,也离得远,沿河的人家都是取绵水饮用的。家里有口大水缸,可容两三担水。一般我是在清晨去担水,一早起来,两眼惺忪地担着木桶,踏着晨露,来到河边,然后脱去鞋袜,捋起裤脚,赤脚踩着卵石到水稍深处取水,担上几个来回,装满水缸后,足可用上两三天。水很清澈、甘甜,带点山野的清新味,即便在雨天水浑时也照用不惧,担回来后,磨些明矾到水缸里,让水中的泥沙沉淀后再用。千百年来,沿河两岸人家的习惯由此沿袭过来,大家对绵水就有一种依存的情愫了。

二

农耕时代,江河水道是主要的运输通道和经济命脉,绵江河虽然不宽敞,但在那时,木帆船穿梭于河面,县城里的许多生产生活资料靠水运而来。祖上原籍中原,因躲避战乱向南方的蛮荒之地迁徙,他们逆流而上,此时的绵水,成了承载这些客家先辈在此开山辟地、繁衍生息的通路。

记得幼时与小伙伴们在卵石滩玩耍时,常会遇到逆水行舟。因为卵石滩水浅,流速也快,船工们只得下水推船。他们把船篙横穿船头和船尾的两对圆孔中,然后面天背水地用肩顶着竹篙退步前行。他们吆喝着号子一步一退,脊梁都快贴上水面了,很是吃力辛苦。我们听到招呼后会赤身裸体地凑上前去推上一把,听得见船底摩擦卵石的沙沙声响。

卵石滩下游的北岸有个造船厂,专做木船,我的一位初中同学在厂里当过会计。每当走到造船厂门口,就能闻着一股芳香的樟木气和刺鼻的桐油味。樟木防蛀耐久,桐油防水耐腐,都是造木船的好材料。船厂里虽然都是比较原始的木工活,但要把三四寸厚、数丈长的樟木板条拼接成形也不是件简单的事。板缝之间,是用一种黄竹丝嵌入,再用桐油石灰膏抹平。黄竹在乡间的房前屋后扎堆成荫,其竹质松软,易刮丝,因内壁薄脆,无太多作用,农家多做围栏之用。船造好后,就顺着河边开拓好的坡道下水。坡道上放上两行木板条,船在木板条上滑行完全靠几根圆木筒的作用,全厂的几十位工人在船后拉着缆绳控制着下滑的速度,顿时,场面鼎沸,气势紧张,扣人心弦。

新船的停泊点是开阔平静的深水区,延绵数里。南岸峭壁上面是林业局，这里也就成了木竹筏的停泊处。春泛过后，水量倍增，从深山林场出来的木竹筏源源不断地顺流而下，来到这里重新整编待运。木竹筏有时一大溜，塞满河面。每挂筏一般由两人管控，船尾有顶竹编船篷，篷内被褥铺盖一应俱全，与船家一般。篷边有一眼简易小灶，当空烧锅造饭。傍晚时分，夕阳西下，木竹筏和船头冉冉升起的炊烟与暮气浑然一体。水上人家的平常生活在文人眼中充满着诗情画意。由此，在宋代的本邑八大胜景中，这里被誉为"浮波烟艇"。

我开始钟情这片水潭是在上初中后的事。一是此处可游泳。学会水中闭气、潜水和那招狗刨泳就是从这里开始，以至踩水、仰泳、自由泳，无师自通；二是可钓鱼。卵石滩虽然鱼也不少，特别是在节日剖鸡杀鸭时，引得许多鱼儿抢食，但那只是些小白条。钩个苍蝇当饵，在急水滩来回拖动的是小孩子玩家家的钓法。深水潭边可是大人们经常垂钓的地方。以干蒜梗做浮标，孑孓为饵，选个静水处，用牛屎打个窝，下钩静候。至少可以钓上不少胖墩墩的船丁子鱼，运气好的话还可拉条枪杆鱼或江鲤上来，挺刺激的；三是可拾废篾。逢木筏编整，原捆绑的篾子都被斩落废弃在水底，每次去打捞都能整上几大捆。有时来了带树皮的原木筏，大家争先恐后，抢剥一番，也还可以捆得几大把回去。篾子和树皮晒干后当薪柴是很好的。篾子有粗有细，粗者当缆，用于筏与筏的连接或锚固的牵引；细则当绳，用于捆绑原木或竹成筏。林业局里面就有一个编篾的地方，那是靠在大樟树上搭成的五六丈高的高台。工人们爬上去，用手像编辫子一样编织，用的竹丝条都是一把把吊上去的。

三

河两岸,城中,房舍密集,鳞次栉比,云龙桥的石墩从两旁的吊脚楼中间伸进绵水,那还是在宋代就有的故事。郊外,绿荫成行,遮天蔽日,把绵水藏于怀中,宋八景中的"双清柳渡"就是此景的点睛之词。岸边倒影映水,或静或动,景致宜人。平潭上,虚实相间,如剪纸一般,纹丝不动;滩流中,波光粼粼,似天女散花,光耀炫目。

故乡人说绵水文气十足,此话不差,郡邑八大胜景中与绵水相关的就占了一半。早在新文化运动后,这条河就与芸芸学子相依为伴了。城东的绵江中学和城西的忠义中学都分别傍依和守望着绵水的两处胜景。此后,香火传承未断,它们仍然是城市里的主要学府,分别为一中和二中。每日上学、放学,数千学子就沿着这条河由东向西、由西向东向城中相向和相背涌动着。一代接着一代,就像这绵水一般川流不息。铁打的营盘流水的兵,流出的济济人才、代代英杰,绵水是最好的见证者。

横跨绵江河的云龙桥是城中心连接南北岸的主要通道。这座与绵水有千年之痒的古桥是我认识绵水的开始。桥下南侧有一大片河滩,是民主路小学的操场,边上是牛猪集市,每逢集市,总是熙熙攘攘,热闹非凡。这所小学原址是万寿宫,民国时期设过师范学校。旁边是豆腐厂,与学校有一条水溪相隔。溪流终年不断,注入绵江。豆腐厂在做腐竹时散发出来的那股甜腻腻、香喷喷的腐竹锅巴气味在周围都能闻到。

大概是与绵水有缘的缘故,我和这三所学校都有关联。我在一中工作过,二中是我的中学母校,民主路小学是我蒙学之地。记得刚上学那会儿,原来的万寿宫还未完全拆除,第一次跟着母亲跨进这所学校,就欢喜上了河边的大操场。在那里我熟悉了有着卵石滩相衔的绵水,熟悉了与绵水有千年之痒的云龙桥。于是,顺着这流水,我喜欢上了"浮波烟艇",也是循着这条河又熟悉了上游的"双江望月"。

每次回归故里,总会想起去看看流淌在这里的绵水。时过境迁,万事嬗变,虽然河水依旧在静静地流着,但那片卵石滩不见了,木桥变成了水泥桥,造船厂、豆腐厂及许多记忆里与绵江河相关的旧景旧物也早已荡然无存。它们原在的地方完全改变,有的已被新的陌生的建筑物所替代。历史就是这样,在行进的过程中,每个时代都有不同的面貌,每个时代的人都有着当时烙下的不同的印记。千百年来,人们总喜欢傍水而居,沿着绵水而居的人们已数倍于先前,城市由此自然拓展开来,绵江河的故事已完全超越了我们原来的生活圈子。

伴着绵水涌动的学子潮依旧。这是阳光的、充满朝气的学子潮,是支撑着故乡传承与发展的未来力量的学子潮。看到这些,足以释然和慰藉。每代人都有童年、少年时期的散发稚心和放飞理想的地方,都有充满快乐和伴随成长的故事,都有热爱家乡、眷恋故土的不同方式。这就是扎在故土上的情感大树的根。只要人活着,这棵大树就永远茂盛,因为根植故土才能扎得深、伸得宽。倘若大树枯萎,根便化为土,融入故土之中,永不离弃。

南山纪事

离开家乡一晃十几年，偶尔回去，每次都会有新感觉。老朋友、老同事大多还未到退休年龄，却已退居二线，闲逸在家。大伙聚在一起，更多的话题自然是健康之类。爬乌仙山健身，是近年来老家故土出现的一种受人欢迎的活动。

老家城区，四面环山。南面武夷山脉连绵的山峦，像一堵绿色屏障，东西方向延伸开来，我们称之为南山。乌仙山就在其中。在乌仙山左右的山头上，分别建有龙峰、凤鸣和鹏图三塔。城中南眺，群山起伏，三塔鹤立，笔架之势，直抵凌霄。此景，历史上自宋代始，列为本邑八大胜景之一，谓之"笔架凌霄"。曾令不少乡绅雅士触景生情，吟诗作赋，遗留下丰富的地域人文。

一

南山一直是城区人山野活动的主要区域。20世纪六七十年代前，城里人做炊用的是柴草，老街西头的廖屋坪是专门做柴草交易的地方。家境不太殷实的人家，一般都会利用星期天或假日上南山砍柴自给。

乌仙山我从未去过,但南山还是熟悉。城里人进南山砍柴基本上是三个去向,东往大路峁,中进南坑口,西过癫婆坳。三个方向我都去过,最远的地方大概有20多里路。那时我们家兄弟姐妹四个,读书生活的开支完全依靠母亲每月40多元的教书工资维持,经济上比较拮据。我初中毕业后便开始跟着邻舍同伴去砍柴,连续好几年,直到17岁离家。

砍柴可是件苦差事,特别是对于一个营养不良、身体羸弱清瘦的十四五岁的少年而言。天没亮就起身,匆匆吃罢早饭,穿上草鞋,背上柴络(盛柴的竹具),提上饭箐(蒲草编织成的袋兜)和柴刀上路。特别是秋冬季节,星光依稀,白霜隐约,冷风刺骨,万籁无声,同伴们都默默无语,不由自主地加快行进速度让身上暖和起来,草鞋踩在霜冻的草地上"咯吱咯吱"地响。我一般砍干柴。生的太重,量少,但干柴较难寻,往往要在几个山面上折腾两三个小时。其间也有运气,更多的是奔劳。一趟下来,已是汗流浃背,脸上脖子上粘满碎末污迹,一身裹着浓重的汗骚味和山野那股腥土腐叶气味。山陡路滑,说不定会摔上几跤或打几个滚儿。柴不可贪多,毕竟要担上几十里路程,那可是考验脚力和毅力的行当。一般四五里路一歇,大致也有个定点,选有荫处和风口上。一开始可是压得两肩似火燎,双脚如灌铅,累得腰酸背痛,头晕眼花,看上去路不远,却望山跑死马,就想多歇息。记得有一次柴弄多了舍不得扔,担到一半路程,实在担不动了,就把一些柴藏在路边的树丛中,再去找时,却不翼而飞,真后悔不已。

砍柴也有不少乐趣,特别是到了准樵夫水平以后。它似乎已成了固定的程式,只要天气许可,每天都可进行,而每次之后,都很有些成就感。同伴们相邀一起,还会彼此竞赛,追求一种劳作的美感。譬如柴担的整齐度,要求柴条每根等长、粗细相当,裁砍时大家都用柴刀的长度来比画;装柴条时,会注意柴条的凹凸各面一样,并且凹面呈现的是三瓣花形。要砍出明显的花形,柴刀可是要锋利无比。磨刀不误砍柴工,头天就必须把刀磨好。有段时间我们多在南坑口进去的鹅颈山头砍工,这里算是离家最近的地方。一次在山顶上发现一大片被人伐下的吊茄树,已有八成干。我与另一同伴捷足先登,囊中取物,并也效法一番,在山顶向阳之处,每次都砍伐一些。暑天炎热,大约一星期,砍下的树枝便能晒干。由此整个暑期两人轮番直取,省却了不少气力和时间,提前到中午12点钟左右就回到家里,令同伴羡慕不已。我一直都很回味那段日子,凌晨三四点钟动身去砍柴,下午在家睡一觉,晚上穿着木屐,摇着蒲扇,到位于通荡街的县图书馆看书,晚上九点钟后,嘀嗒的木屐声和广播结束的雄壮的国际歌声伴随在回家的路上。天天如此,很是充实。

二

乌仙山应该在南山的中东部,以前走东线时曾注意过。印象中并不太近,分别过绵江河下吊桥、溪背塅、黄鸡圹,再翻过上咀岗,穿过水新岭下塅才到山脚下。上咀岗是个乱葬岗,有一两里长。记得上小学时,有一次,曾跟着比我大两岁的姐姐到岗那头的学校农场看妈妈,回时夕阳西下,坟茔满目,姐弟俩紧挨着走路,吓得毛骨悚然,大气不出,至今印象深刻。现在岗上房舍早已鳞次栉比拥挤不堪了。从20世纪80年代起,私人批地建房之风甚盛,城里人不管钱多钱少,总设法要买上一块宅基地建房,有天有地独立得很。

早就听说过乌仙山有个庵,香火不断。县城周边有不少尼姑庵,庵里的尼姑有些年龄不大。不知道她们是出于一种心境的顿悟去皈依佛门,还是在逃避家庭或世间的烦心事而寻一个清心之地。不论什么原因,她们应该是找到了一种活法。苦守青灯的静寂和意念的虔诚使她们得到了心灵的净化和精神的升华,并且,她们周围还有不少志同道合的居士。我有几位朋友的父母,退休在家后竟然也迷上了这种活法。他们长住在庵堂寺院,每天十分虔诚地顶礼膜拜,甚至留下遗嘱,死后也要把骨灰坛借放在庵里,弄得后辈十分为难。

老家的尼姑庵大多规模不大,布局、条件也相对简陋,只有一两个尼姑在维持。记得20世纪80年代中期我在教育局工作,曾随乡教办的同志到过地处云石山乡帮坑村的东禅寺,当地人称之东城庵。此尼姑庵倒是有些规模,而且香火很旺。佛堂清爽雅致,布置有度,置身其中,确有清心寡欲的感觉。主持也有些仙风道骨,谈吐之中能感觉到是个有修养的出家人。堂壁上挂着一张在九江云山寺拍摄的佛教大会合影的大照片,可看出此庵与在佛门颇具影响的庵场寺院的渊源。庵产不少,除庵舍外,山下周边有不少庵田,农忙时尼姑们亲自和帮工一起劳作,生活是自给有余。庵里的香火钱也不少,做些功德无须外出化缘,招待我们的餐斋饭也很有讲究。乌仙山寺若何,未躬亲而不得知。

三

其实,到乌仙山已十分便捷,市区有一条横穿南外环线的宽敞大道直抵山脚下。我开车从市区西行过塔下寺接外环线兜了一圈到目的地,也只花了十几分钟。现在交通方便了,难怪城里人会把乌仙山列入日常生活圈的范围。

人们上山活动一般是骑自行车、电动车、摩托车,或开小车到山下村口,然后徒步上山,也有步行而来的。村口整出了一个不小的简易停车场,旁边小店的老妪在看守着,小车走时留下三元钱做停车费。一条清澈缓流的山涧穿村而出,涧边沿途有不少用木头搭起的简易板房,是当地村民开设的小店铺,做些点心,摆些饮料、水果之类供上山之人歇息选用。坑口那几家有些规模、悬空的木板平台还可以摆下好些桌席。盛夏登山走累了,躲进阴凉通透的平台,喝点冷饮,山风拂来,真会令人神清气爽、困乏顿消。

乌仙山有一管委会,是当地人自发的民间组织,旨在保护和营造这方福地,吸引更多的善男信女和登山者前往参拜和游览,负责组织布道化缘、修路铺道及扩寺建院等事务。沿山脊而上的登山古道已用碎石、水泥砌成了石阶路,路人登临感觉清爽、安全和轻松。半山腰的两处和缓之地建有乌仙亭和凌霄亭,更增添一番福地风韵。千禧之年,以专项化缘之资,用于开山辟地,修通了一条盘山公路,车辆可从山下直抵寺旁。此功德之业,寺壁有"修公路万年碑"铭记,十方捐资者之镌刻芳名,列列在目。寺的东侧,已清开一块偌大的地坪,准备兴建大殿,从湖北一园林古建设计单位的规划图看确实有些壮观。乌仙山香客和游客与日俱增,络绎不绝,也造福于当地村民。这里出产的荸荠和淮山是市里传统的农产佳品,与九堡山坑的芋艿和池田的生姜一样齐名。而今,旅游业也成了他们致富的捷径。

乌仙山不高,拾级而上,不休息的话,20分钟即可登顶。放眼望去,群山逶迤,满目青绿,宛如绿色海洋。置身其中,令人心旷神怡。

山上松涛阵阵,空气清新;寺后一片山火燎过的小松林也已渐绿;山下雾气朦胧,房屋道路隐隐约约,市区模糊一片。冬日里阳光下的乌仙山,依旧是生机盎然,难怪城里人会衷情这块福地。适度的运动、高负离子的享受、愉悦的心情,大抵是人保持健康的基本要素。随着小康生活的到来,人们山野活动的内容已经改变。山还是这座山,面对这山中的一切,心境与先前是迥然不同了。

城里人现在作炊已用上了液化气,砍柴的行当已成历史,但当地村民恐怕还得烧柴草。看到这里的山林保护,不由自主地想起了云石山的田村,那个我在80年代中期曾经挂职锻炼了一年的地方,一个小山窝子。这里的封山育林成效明显,周围大小山头栽了很多湿地松。山林的一草一木管理,乡规民约中定得十分清楚和严格,村民们也相当自觉遵守。每年村里会轮换划定几块山头开禁,解决村民的柴草之需。全村整个环境十分生态,山头树木茂盛,地表植被葳蕤,飞禽走兽越来越多。村里的最大贡献就是为村民营造出了一个绿色的银行。20多年过去了,田村无疑已得到了丰厚的回报。乌仙山下的村落和全市的山区乡村恐怕大多也是如此。

心中飘浮着那缕幽香

入夜,我围着康健园悠悠漫步。月亮已经挂上树梢,大抵已近望月,圆溜溜的,银光四溢。大地像蒙上了一层幽谧的轻纱,变得不那么浮躁,显得更温柔了些。一阵阵浓郁的桂花香随风柔柔袭来,令人沉醉。

50年前的八月,一棵桂花树,一树簇簇细密的淡黄桂花,一季浓郁的桂花香,印进了我的脑海,成了心中永远的美丽。我那年12岁,上了母亲执教的中学。这所学校的前身,是知名乡贤在新文化运动后创办的私立忠义中学,那幢白灰勾砌的青砖大瓦房老校舍,当时还保留完好。这是幢像回字形的两层楼房。中间的口字建筑是图书馆,与北墙相连;三边上下是教室,教室门前有长廊相连,风雨无忧;建筑内形成的U字形的院落通道,连接着五处大大小小的门道向四面与外贯通;大门朝南,与图书馆之间有一青砖围砌的花坛,花坛上坐落一棵桂花树,与图书馆东西两侧外墙的两个棕竹花圃互为呼应,很有些文气雅意。桂花树身像一个顶起的碧绿大圆球,树冠达两层楼高,树干底部直径足有30多厘米,身上布满许多疙疙瘩瘩,苍老遒劲,看来在世上已有一些岁月。

在民间,桂花代表着崇高、贞洁、荣誉、友好和吉祥等,是许多世上美好的、高雅事物的象征,成了一种象征文化。其中"折桂"就是金榜高中登科、仕途飞黄腾达的寓意。旧时,大凡书院、学堂,无不植上金桂、银桂,以讨个口彩,广为后人接受和效法。院内的这棵桂花树,无疑是先人办学时,对莘莘学子寄予的一种美好的愿望。

我们这批学子,还年幼无知,也不谙世事。对桂花的认识,没有那么深奥,也没有什么诗情画意。更多的是直观的认识和现实的感觉,就觉得桂花很香,香得舒服,在充满香气的环境中读书是最幸福的。每逢桂花盛开的季节,整个院落,沉浸在一片幽香之中,每个角落,都能闻到桂花的气息。每天下午,值日生把散落在桂花树下的残花扫净,待第二天一早来到学校,只见有点深黄色的细细的花朵又散落了一地,我拾起一撮放进胸前的口袋,回家的路上还带着那淡淡的幽香。

我最喜爱课外活动时坐在图书馆靠窗的阅览桌旁看书,因为窗外就是桂花树,那里香气更浓烈。母亲吃住在校,她的房间在图书馆楼上,桂花就出现在窗台前,几乎一伸手就能够到。下午下了课,我不想回家,就想在这个房间里做作业,能闻到阵阵的花香。记得二年级时,在桂花盛开的季节里,我写过一篇作文,写时头脑轻松,思维清晰,也饶有兴致。最后作文被语文老师拿到全年级里去观摩了,让许多班的同学都认识了我。

三年过去,我们离开了。那棵桂花树仍一如既往地在每年的八月开出一树的淡黄。又有一帮帮学子在感受它的存在,享受它的幽香,然后,也带着这种美丽离开,去追寻另一个美丽。

有一年,这幢老校舍没有了,连同那棵桂花树一同消失了。学校依旧,只是把它拆了去,在原地规划了新的钢筋水泥建筑。这幢老校

依旧,只是把它拆了去,在原地规划了新的钢筋水泥建筑。这幢老校舍或许是妨碍了校区新规划,或许是它经历了太多学子的折腾,显得老态龙钟,变得千疮百孔,甚至被定为危房。原本它应该得到合理修缮的,就像现在许多旅游景点,不遗余力地追寻过去的遗物和风貌,在挖空心思去挖掘甚至去杜撰一些所谓的辉煌历史一样。它记录着厚重的办学历史,承载着太多人的记忆。毁了它,使一些衣锦还乡的学子,在追寻旧日梦时生出一种莫名的落寞,或者有一丝无奈的伤感和憾意。历史就是这样,往往在偶然的一些人的作用之下得到改变,由此,历史的传承就被无情地掐断。

桂花清淡可近心,浓烈可致远,因此,人人都喜爱桂花。我心存美丽、热爱之心,相形之下自觉有过之而无不及。有幸曾主持过一学院工作,出于对桂花的挚爱,当然还更由于它的文化象征,希冀学子成才,学校辉煌,在新校区遍植桂花,以至联株成林。一片空旷之地,待到八月桂花盛开,幽香浮动,也甚为美意。后任上任不久,也在教学楼内的空坪之中植下一棵偌大的桂花树,他知道我喜爱桂花,说与我知,我自然高兴。虽然这般心绪他全然不知,或许是桂花的文化内涵使他萌发此意,不管如何,那种文化传承之举让我欣慰。

每次看见桂花树,就想到那棵久远的古树,不知当时是何命运。是被无情地斫伐,还是被有心人挪往别处?在我的心目中,它依旧像个被顶起的碧绿大圆球,有二层楼房那么高;依旧在八月里开满一树细密的花朵,香熏着一大片;依旧树干苍遒斑驳,并且在那疙瘩里冒出嫩绿的新芽,更具无限生机。

脑海里抹不去的那棵桂花树啊!心中始终飘浮着那缕幽香。

绣球花

　　小区里长着几株灌木绣球，花开正旺。其中一株从根部冒出六七条枝干，高四五米，树型像华盖，长得很茂盛。树冠上挤搡着大大小小的花朵，像悬浮着的一大把白色气球，把平常不太亮眼的叶片隐约地遮掩着。远远看去，白中泛青的一大团很是醒目。看见这缟素般的花，总有些凄美的感觉。特别是开在清明前后，更是有点悲壮凄切的气氛。

　　我初识绣球花是在瑞金师范第一幢老办公楼前，正对校门的花圃里有一株不大的灌木绣球。1981年的七月，我分配到县教育学校工作。当时，教育学校与师范、党校一起挤在离县城五六公里远的沙洲坝原江大分校的老校址上。我报到后学校共有七位教职员工，其职能是教研和师资培训。因为人少，占了两间办公室，与师范同在一栋二层的办公楼合署办公。

　　师范有好几位我赣南师专1977级的同窗，其中桂林兄还是初中时的同班同学。他们早我半年分配到了那里。桂林兄早年下放到县西北角的冈面公社插队，那里也是个很偏僻的地方。他夫人也是下放在一起的上海姑娘，人很贤惠本分。她离开乡下后，上调到县粮食局的面条加工厂。那里虽然工作不太轻松，但在那个岗位给人帮忙买点面条、面粉之类什么的还是方便。他们有个儿子，很会读书，考上了复旦大学。我们两家既是同窗又是同乡，常有往来，返沪探亲，也常结伴而行。可惜桂林兄不到50岁就因肝癌去世，大抵是因为他嗜酒的缘故。不久，我因工作变动被调离，因此中断了联系。嫂夫人因儿子在上海，也有知青的相关政策，肯定也迁了过去，现在不知母子二人情况如何了。

沙洲坝这所学校的所在地确是一个办学的好场所。一块北高南低的丘陵坡地，大概有160多亩。其间，林木茂密，绿荫如盖。有些年代的青砖楼房散落在其中，散发出一种幽远的文气。我晨观林曦，夜闻松涛，住在原教授的别墅平房，那段日子过得好是自在。虽只待了短短的三个月，离开这里时，真还有些恋恋不舍呢。

师范这个地方自办学以来经历了不少变故，这是我一直都难以想明白和接受的事。那里最早办过瑞金大学和赣南农干校。接着江大在此地办分校，"文革"后撤离。尔后，县党校进驻，瑞金师范又复办于此。如此办了又撤，撤了又办，走马灯似的不停变换。是那里的土地薄而难以支撑事业的恒久，还是世间本沧桑，天下没有不散的筵席？唯一可欣慰的是，无论如何变化，它始终没有离开教育这个行当。为了方便教学工作搬到了教育局大院。虽然单位已搬迁，因为和几个同窗多有联系，我还是会经常到师范去。后来，曾在教育股当头的老上司调去做了校长，他经常邀我去打打牙祭，便更是把师范当成常喜欢去的地方了。瑞金师范经过若干年不断的建设改造，已经很像个样，但好景不长，时隔20年，在全区师范网点的大调整中又被撤销。现在这个地方已变成市一中的校园了。前些年我去过一次，校门已改在东向,原先的老建筑大部分已拆除,那株灌木绣球自然也不复存在了。

世事难料,人生叵测。绣球花年年花开在三四月,与我们相关的未来却不可预知。半个多世纪的光阴在我们身边悄然溜走,它裹挟了多少的风云变幻和局事嬗递?它目睹了多少的故人别离和情谊跌宕?只有定格了的历史才能清晰地展现。在我眼里,绣球花很是忠诚,不管它们是怎样消逝,如何故去,我看见的绣球花都在为它们送行,为它们讴歌。它唱出的是一首首略感悲凉的歌。

不了情

一

窗外,沉睡的大地渐渐苏醒。天光微明,晨曦在山间氤氲着,晕出了浓淡层次。山野一派静寂,朦胧的山谷像一幅流动的水墨山水图。灰绿的松林,淡红的小道,冷黄的稻田……出现在眼前的景象分明已是熟悉的赣南山乡风貌。

T105次列车上的一群已过耳顺之年的老人早已起身,返乡之行的兴奋使他们难以入眠。那曾经留下过青春足迹的第二故乡,像一缸正在发酵的美酒散发出醇浓的酒香,诱惑着每个人。离别近40年了,他们不断地想象着那块曾经生活过的红土地的变化,想象着那些曾经共同生活过的熟悉的山里人的境况。那种思绪一直在使他们无比兴奋和难以平复。

老人容易怀旧。结束了知青生活后的几十年,大家都被工作和家庭所累,无暇去顾及梳理原先的人情世故,一旦退休清闲下来,这种追忆和报恩的情绪就显得尤为迫切和强烈。因为,人们在有生之年,总不想把此生的恩恩怨怨带到下世。有恩必报,有怨必解,清清爽爽来,坦坦荡荡去,了却世情,不留憾意。他们觉得,"滴水之恩,当涌泉相报",年轻时在那里度过的一段时光里,的确接受过许多的恩惠。知恩图报是做人的本分。

他们通过千回百转的努力终于与"故乡"取得了联系,便精心地筹措了这次返乡的计划。十月金秋,是万物归仓的收获季节,也成就了他们的了情之旅。

二

老知青们选择了一个墟日(赶集的日子)来到乡里,拔英乡传统的墟日是逢农历月的一、四、七。以前在这个日子里,他们喜欢结伴来逛游。这里有来自乡里四方络绎不绝的山民,此地民风淳朴,民情厚道,墟场是他们交流信息和沟通情感的场所。知青们成为新的山民后,沿着这曲曲弯弯的山路赶场,感受着带有汗骚和油香混合气味的人间气息,融入其中,无比兴奋。这里有数不尽的山珍,香菇、红菌、冬笋、笋干、蜂蜜、茶油、茶叶……每逢回沪探亲,总要选上一些。在大上海这些可都是很珍贵的东西,大家恨不得把山也搬了去。逛累了可以喝上两碗甜甜的米酒,来份粗糙的点心充饥。那时年轻,来回走几十里路也不觉得累,山村集市可是他们最感兴趣和放纵性情的地方。

世间最感人的莫过于亲人和朋友相聚,特别是相隔了几十年的会面,更是动情,感人至深。

市里相关部门和乡里领导得悉知青们返乡,十分重视。他们觉得,这些知青不远千里来到这里,用青春的血汗,为乡村建设做出了奉献。而今又如游子归家,作为故乡岂能不重视?相关的书记、主任亲临接待,乡里还邀请了先前的大队书记、生产队长等人一同为老知青们接风洗尘。席间久别重逢,意切情动,酒酣耳热,宾主尽兴。

老知青们回到了他们的"家",见到了久久思念的房东和邻居。山民们早就得到消息,他们用山里风俗中迎接亲人和贵宾的最高礼仪接待这些远方归来的客人。知青们与他们深情地拥抱在一起,激动而泣,此时纵有千言万语,也哽咽而不得出声。

那些日子,知青们返乡省亲的消息在墟上、村里,在这个山乡传递着,犹如一阵热风,把原本宁静的山乡吹沸了。老山民还清晰地记得他们的名字,大老远看见就呼唤着;新山民听过老辈讲过他们曾经的故事,也要亲眼见见这故事的主人公。这种人与人之间没有血缘而胜似亲人的友情,是在那段特定的历史条件下铸成的,它将永远镌刻在这大山的记忆里,让这里的人们永远记着。

三

在老知青的记忆中,那块土地是贫瘠的,那里的生活是贫困的,一切仿佛囿于封闭与蒙昧中。这些十五六岁、十七八岁尚不谙世故的花季少年,昨天还徜徉在十里洋场的南京路,一夜之间,便被时局无情地推向了一个十分陌生和落后的山旮旯,仿佛跌落到时光怪圈里,闯进了已消逝了的旧社会。然而,在性情恍惚之间,在身心疲惫之时,有一双双温暖的手伸来,那是像父母、兄弟姐妹般柔情朴实的一双手,使你在异乡孤独间能由衷生出一种信任和依附的情愫。一年、两年、五年、十年,知青们在这块土地上无奈地任命运被颠簸,无望地任机遇去宠幸。无论时间长短,这种经历最终在他们心里都烙下深刻的印记,终生难以忘怀。

大富足、小富足、丰山、马象、五七、团龙寺、苧堤坝、砦迳、旗杆栋下、大乾头、下寨……他们曾经的"家",还有沿途所见的熟悉的村庄和屋场,大都变了样。那些曾居住过的老屋已被废弃或坍塌(毕竟那是土砖和干打垒建成的房子,经不起长时期的风雨侵蚀和无人照料),村人都已搬到交通方便的大道旁建起的红砖水泥房子里了。山也似乎变了样。树和茅草更显茂盛葳蕤,据乡亲说,现在那里做饭已不再烧柴草,改烧电和液化气了。地里的晚稻有些已经收割,田野渐现凋零,大部分在山坳里的大禾田没人栽种也已荒芜。为适应城镇化建设,许多村人迁去了城镇,仍固守本土的村人年轻的也进城打工去了,留下了妇孺老幼,老村庄渐渐成了空壳村。人也变了。熟悉的人有些早已作古,有些显得老态龙钟;原先的孩子已成壮年,沉稳的形态中依稀还辨得出几许儿时的模样……近40年的时光的磨砺,那里的一切都变了。

驻足在残破的"老家"前观看周遭的一切,心里油然生出一丝伤感。这个曾经给自己遮风避雨和同伴们经常聚首的窝巢,这个曾经留下过许多思念亲人和欢歌笑语的地方,被光阴无情摧毁了,它比我们的想象衰老并消亡得更快。其实,我们又何尝不是一样,那时还稚气未消,现在已两鬓斑白,新旧更替的自然规律是任何力量都无法逆转的。

"知青"这个词是中国现代史中的一个事件标志。其实,这些年轻人当时充其量也不过是些乳臭未干的中学生,又岂能谈及有多少学识? 然而,相对于闭塞的山村,"知青"不仅带了一股青年人的朝气,还带来了现代社会时尚的文明。从这个意义上看,"知识"这个概念其含义就不言而喻了。

知识青年上山下乡的积极意义对于当时的知青来说,"在广阔的天地里接受贫下中农再教育",能对改造世界观、磨炼意志、铸造品格起着重大作用,正所谓"苦其心志,劳其筋骨"。为面对今后的工作和生活奠定坚定的思想基础。另外,知青们的衣着、言行等一切生活方式在潜移默化地影响着山里人,尤其是孩子。知青们虽无着意去表露,却处处无形地体现出了大都市文明的气息,这些文明的东西在孩子们幼小的心灵里播下了一个希冀的种子。至今,这些已成年的他们能毅然决然地离开故土,勇敢地闯入大城市,与小时候对现代文明的渴望不无关系。

而今,这个小山村无处不透出现代文明的痕迹。山民们的第二代也像当年知青一样把大城市里的文明带了过来,影响着故乡,装点着故乡。老知青们路过村小学,正好放学,一群花枝招展的孩子欢声雀跃行走在回家的路上,他们的衣着与城里的孩子并无两样。这是山民们的第三代,充满朝气的、十分阳光的第三代。

时代在发展,社会在前进,老知青们有理由相信,第二故乡会比原来更加美好。它会以适应时代的另一种形态来展示自己,连接着过去,也面向着未来。

罗汉岩

在与闽西接壤的赣南东部,有个客家人群居的山区城市——瑞金。人们耳熟能详的是它的红色历史,曾经的中华苏维埃临时中央政府所在地,有一代代人在小学课文里就读到的"吃水不忘挖井人,时刻想念毛主席"的沙洲坝红井。其实,瑞金又何止是红色人文,自然景致也蔚为壮观。县域所辖之处群山逶迤,密林延绵,奇峰竞秀,幽谷通灵。其间的陈石山罗汉岩一带的山体,造化奇特,如鬼斧神工之作,堪称一绝。

瑞金始于唐天祐元年置监,至今已逾1700年。绮丽的自然风貌融入了千百年的人文陶冶,成就了瑞金的"八大胜景",其中八景之一的"陈石流清"就泛指陈石山的罗汉岩风光。历代文人墨客多有诗文词赋留世,其中,明代才子王明阳曾有诗赞罗汉岩:"古来绵江八大景,名扬四海传九州。最是陈石山水色,观后胸中黄山无。"斗转星移,时过境迁,大部分胜景随着时光的流逝已不复存在,罗汉岩却风光依旧,并且整饰得更加光彩。游历其中,确会生出许多激动,也会身不由己地流连忘返。

罗汉岩位于市区东向的壬田镇中沄村,离城20余里。记得平素的休息节假日,多有年轻人结伴而游。尤其是中考、高考前后,学子会蜂拥而至,游览是其次,他们主要是去抽签拜佛,许愿还愿。

罗汉岩我曾去过很多次,那是20世纪80年代前。当时风景区还未开发,处于基本原生态状。一般人行至观看马尾水和米筛水的岩洞前便会戛然而止,打道回府,因为景点相对集中在这里,也有个在岩洞下修建的庙宇供人参拜、歇脚。有一次行程最远,经过岩洞顺着悬崖缓坡直上,再过石门翻到南侧山见过油笠潭后原路返回,因下油笠潭路很难走,印象尤为深刻。那是我们"红叶"版画小组的几位同窗好友的一次即兴游览。80年代初,我和海南、隆元、裴明等同窗从师专毕业,大家的美术创作欲望强烈,与当时在文化馆工作的校友刘辉商议成立了瑞金版画创作小组,取名"红叶"。那段日子我们常利用闲暇时间聚在一起,谈论我们这个群体的版画方向,交流各自的创作心得,精神上很是充实。裴明兄是壬田人氏,熟悉罗汉岩。他自告奋勇做向导,那次大家玩得甚是开心。"红叶"版画小组到后来因为我们之中有几人工作调离而没能坚持下来,很是遗憾。不过,据说刘辉、裴明、恩浩等人在家乡仍然不懈地坚持创作,并且已很有成就,如此的结果在遗憾之中也很令人欣慰了。

这次我陪着一起下放在拔英的返沪知青重游了一次罗汉岩。这些老知青虽说做过些年的瑞金乡民,但除去本公社周边和往返上海时经过的县城外,其他地方是全然不识,罗汉岩更是闻所未闻。我建议大家补上一课,不枉曾在这块红土地上生活过。自然,大家很乐意前往,并且游览得十分尽兴。

陈石山是一处丹霞地貌,绝壁悬崖,生态象形。丹霞石又是极易风化之石,千万年的风雨侵蚀,变得洞隙斑驳,形态万千。有趣的是景观点的地名多为象形词，诸如蜡烛峰、鼓子石、罗汉峰、马尾水、米筛水、猪肝石、心肺石、一线天、油笋潭、猴子观井等。这些地名通俗大众化，没有丝毫的文饰矫作，可见是属于民间的最朴实的命名和传诵。对"撑腰岩"的膜拜也很有民间色彩，这个岩体是丹霞地貌的一种形态，造山运动把岩层横向拱起，风化层剥落后形成一条条横隙凹槽，人们就地取材用树枝撑在槽隙的上下，把此举当作为自身和家人撑腰祈福，以求得安康。路过"撑腰岩"景点，看着一排排密密集集的撑腰树枝，大部分游人都会不由自主地参与进去。恐怕这就是民间信念的一种诱惑力，或者是人性中自身敬畏自然的一种反映吧。

罗汉岩因地势险要，素为兵家必争之地。据传梁武帝驻此，以少胜多，打败梁王；黄巾起义军余部在此誓死抵抗敌军；赣闽农民起义军在许胜可率领下在此处揭竿反清；太平天国后期，干王洪仁玕携幼王洪天福率部在此抗击清军坚守了14个月，战事甚是惨烈。景点第一站是"试剑石"，取此名倒有些刀光剑影。看着一隙石壁刀削一般笔直平整，形象逼真，联系历史，这名字的确带有些战事的影子。

现在的罗汉岩已开发成一个成熟的风景游览区了。它把几公里范围内的十几个景点串到了一起，形成山北山南两翼的环状游览长廊。山北多于悬崖山体通路，用防腐木架设围栏和栈道。山南山势陡峭、山道曲折迂回，即采用钢管护栏的石阶步道。整个景区布局合理，缓急相间，平险交错，沿途景区内的湖、潭、瀑、谷、岩、峰之景尽收眼底。设计也很大气，突出了景区所追求的雅、幽、奇、秀、险的特色。游览之后，虽然感觉疲惫，但心境粲然。罗汉岩景区的开发是家乡巨变的一小分子，也可以说是故乡社会发展和进步的一个缩影。

外乡人来到瑞金旅游，关注的更多是叶坪、沙洲坝等革命旧址群，对罗汉岩风光却鲜有所触。也许是因为这段红色历史有极强的感召力，人们就是冲着它来的。或许人们对这里还不甚了解。对本乡故土的人而言，这些革命遗址和这段红色历史自己是太熟悉不过，如数家珍，的确是个走遍天下皆能引以为自豪的稀罕物。而罗汉岩毕竟也是家乡的一道胜景，自小耳濡目染，自然也是个很值得推崇的宝贝。

真希望有更多在外的游子和仰慕着这块红土地的游客，去见识见识这个换了新装的罗汉岩。

院子

　　我喜欢居所里有个院子,哪怕就是那么几米见方的空间。因为这里能通天顶、透地气。可以看到蓝天白云,阴晴圆缺,可以享受到阳光的温煦和月光的抚慰,可以亲近微风的吹拂和细雨的润湿,可以撒上几粒种子,每日看着葱绿的生命在颤动,可以搬来一张靠椅,慵懒随意地半躺在上面,呷一口回甘的酽茗,翻阅一本心仪的书……

　　这些年,最让自己称心的就是目前这个小院,我把它打扮成了生机勃勃的小世界。许多并不名贵的花草摆放在地上,悬挂在墙壁上,高居在墙顶上,像一个个绿色的小精灵包围着这不大的空间。女儿喜爱动物,在同学家捉来一条雪白的萨摩耶犬与我为伴,我视其为我生命中出现的灵物,在院子里为它辟了一块能遮风避雨的生活空间,把一个阳光小书房置于旁边。每天,更多的时间是与它和那些小精灵厮混在一起,一同享受着生命的垂爱和共处的愉悦。

　　来到S城定居前,我给女儿提出了物色住所的唯一要求,就是房子要带有阳光能照射到的一个小院子。我如愿以偿,尽管住房面积不大,而且房龄也不小了。我以为,居室宽敞豪华与否并不太重要,关键在于能纳天地自然之气息。人乃天地之造物,与自然有着密不可分的关联。中国传统的居室建筑,十分讲究房屋的朝向、阳光和气息的通透,即便在逼仄之处,也有小院落或天井的布局。而今,在城市拥挤的空间里,房地产开发商像魔术师一样把原本贴地的建筑扑克牌般收拢叠加在一起,让几倍、十几倍、数十倍于先前的人群挤进这些高楼大厦,有点像塞进了悬浮在半空的鸟笼或蜂巢一般。要拥有一方院落之地,已是件十分奢侈的事了。

这套两居室住宅原先的主人把它分别租给了两户人家,一室之中要安排一家人吃喝拉撒睡的确是太过逼仄,所以,屋主便充分地利用了这近30平方米的院子。左边搭个小厨房,归左边租客使用。右侧弄个贮物小间,归右间租客使用。把一个偌大的院落空间分隔得严严实实,显得简陋、零乱并散发出一股陈霉味。房屋交易时,所有这些违章建筑按规定全部拆除殆尽,还了一个原本的院落。诚然,每个人面对自己的固定资产,都有自己的处置方式,这其中是以个人的喜好和利益为出发点,无可厚非。就像这位原主人是把房子用来出租,自然以租金最大化为出发点,以至于会适当地改变房屋结构。这个在20世纪80年代兴建的老小区居住的人以两类居多,一类是老人,另一类是租房客。老人居家养老,各有所好,就像我们是以居住的舒适度和个人兴趣爱好来打理使用这套房屋。租房客则考虑的是能更廉价地取得安身和保证基本生活的场所,没有更多个人喜好的发挥空间。

小时候,我住过的房子就有一个小院子。这是政府建医院征用母亲亲手建的房子后置换过来的一处老宅,坐南朝北,从门前两旁龙堆上分别长着一棵几人合抱粗的大樟树的气势来看,这房子原来肯定不是寻常百姓家。我们家占了左边的一半,连厅堂三大间,西向房间后面就是小院。其面积约有一丈见方。三面围墙高约八尺,表层的沙灰面年深日久已成黛灰色,上端多处剥落,露出行行拳头大小的鹅卵石砌体。墙头上长着一簇簇嫩绿肉质的不知名附着植物,五六月间开着金黄色的小花朵。西间的南墙是小院的北墙,西北角砌了一个鸡埘,上面放着一个磨盘,逢年过节会磨点米饭粉浆之类的,做些地方传统食物。我尝试过,一个人推磨可不轻松。上面的瓦檐加长了,约有六尺,下雨天在下面做事也淋不到雨。小院的东向并列着邻家后院,与厅堂后面的厨房一墙之隔。两个院落之间有近三尺的间距,可能是两家的老主人在建房时有争执而不愿共墙,三尺为隔,以示泾渭。我们为了方便出行,在围墙东南角开了一个口子,并在两院夹道口处安装了一木门作为南后门,每日母亲和我们去学校以及到绵江河担水就走这里,省却了许多弯路。这个夹道由此也派上用场,曾关养过鹅和猪。上初中的时候,我在龙堆边挖来一棵六尺多高的桃树栽在院子中央,那段时间米丘林的故事很吸引我。次年三月,这株桃树枝头挂着花蕾,含苞欲放。我看春寒乍冷,便生了一盘炭火放在树下加温,催着花蕾开放。母亲见后笑我太过痴迷,现在想来是着实幼稚。

邻家居所一直空置着,平常难得见到有人回来走动,据说其主人在街上还有店房。院落稍大,正中有棵柚子树,三丈多高,超出了屋顶,树冠繁茂,把小院上面遮掩得严严实实,西头树枝已伸过了夹道,我站上自家墙头,伸手可及。每逢三月,一树白色柚子花星星点点,馥香四溢。中秋节前后,已粗碗大小的柚子基本成熟,一日,我看着一树垂弯了枝条的柚子着实馋了,便爬上围墙,看着四下无人,赶紧拧下一个独自剖食。此柚味道并不太好,吃着酸麻得龇牙咧嘴,却也满足。过不了多少时日,邻家主人带人前来把一树柚子采了,不知是去卖了还是送人。走时还特意送了十来个过来,以谢我家看护之劳。

　　小院的印象一晃在脑海里驻留了半个世纪，房子还在，母亲离开后，大哥把它租了出去，也不知换了多少租户。那株桃树肯定不在了，因为桃树命薄。石磨或许也弃之不用了，因为现在有了便利的电动粉碎工具，谁还会去使用这既费力又费时效率低下的原始工具呢，再说石磨用了一段时间，牙槽磨浅了得修磨，现在这匠人还真难找了。墙头那簇簇说不上名称的肉质植物肯定还在，并且年年四五月间仍然会开出金黄的小花，因为它们喜欢长在有年头的藏着不少带陈味灰垢的墙头上，拔了它，只要还有一点根，过不了多久，又长得葳葳蕤蕤。隔壁院子那株柚子树也不知伐了没有，估计还在，除非老死，因为树太大，树倒下来，围墙房子也会压塌，说不好还会祸及邻里。光阴荏苒，风残雨剥，还真想象不出这院子的今生，养鸡？栽花？污秽败落和整洁光鲜都是小院的造化，那要看使用的主人了，小院只有俯首帖耳，唯命是从。

　　我喜欢养些花草，借以修身养性。无论在家里和单位里，在院子、客厅或办公室，都觉得要摆放些有生命的东西陪伴着，不论这些生命体的名贵或贱俗。我心甘情愿地服侍它们，闲暇时会对它们注目良久，觉得应该用心灵去沟通。我会为它们的枯黄凋零而伤感，为它们的葱茏旺盛而开心。这种嗜好抑或有母亲的影响，她喜欢这些东西，在学校里她教过英语、数学，还教过生物。我以为，她一生能在多舛命运中处变不惊、平和长寿，与这爱好是密不可分的。

　　这辈子，我曾亲手建造过一幢居所，也精心打造过一个小院。一石一水一世界，一草一木一春秋。这方小院，它渗进了我对世界、对生命、对生活的一种感悟和热爱。小院之地原是傍依老房的池塘，我请人从山上拉来十几车沙石填埋。在小院一侧建了一金鱼池，水池的边沿贴上了白色的碎瓷片,平整、斑驳,很有精致的意味。池中垒起了几方从20多里地的云石山拉来的顽石,这种喀斯特地貌里特有的石灰石风化岩,形态奇异自然,真是有鬼斧神工的造化。到瓦罐店选了些紫砂花钵,我觉得这紫砂花钵不仅有栽花种草的实用价值,镌刻在钵体的花草和诗句同样有审美的功能。下班回来,看着一池悠然游弋的各色金鱼,看着点缀在院落里的盆盆花草,有时工作之后的特烦躁的情绪顿时便会平静下来,往往有些思考也在这平静之中产生。这居所后来也租了出去,工作的变动无法让我与它长相厮守。同样,这小院的命运我也已无法把控。

四月间,趁着清明扫墓回去探望了一番,见得其间阴沉萧瑟,狼藉一片。租客太过猥琐邋遢,着实令人恼怒和伤感不已。恰好合约到期,便花些钱请人把房子修葺整饰一通,也趁此把此租客清了出去,请他另寻他家。其实,保留和修葺这处居所和这方小院的真正意义,之于我只是留个对故乡、对老家的念想而已,如果它们消失了,那么在家乡的那点根基也就没了。

年味

照理在正常年份,除夕应在立春之前,这一年却立春了一个星期才过小年,因为甲午年有个闰九月,所以节朔也拉长了,一年之中在年头岁尾出现了两个"立春",到乙未年的大年初一竟是"雨水"了。尽管随着年龄的老去愈发觉得余下的时间走得太快,但从节气更替的角度数日子,今年的春节明显有些姗姗来迟。

过春节是我们华人的传统习俗,是辞旧岁迎新春的庆典,俗称过年。春节已经历了四千余年的历史传承,其中蕴含的除旧迎新、祭祖祈福、亲情团聚等文化内容使其成为一年之中最为重要也最为隆重的节日。过年这个概念,有别于其他类似清明、端午、中秋、重阳等传统节日的特定性,它既包含除夕和春节这个旧岁和新年交替的时日,还包括腊月和正月里的一段日子。我们老家一般是以腊月二十四过小年送灶神始至正月十五元宵节后止,这一时段人们营造出的一种年味,让每个人都能感受到无比兴奋、期待、欢乐和满足。

小时候,过年对我的诱惑力最大。大抵有几个原因:一是有好吃的。那时物质匮乏,家里经济条件也不宽绰,平时是很少有荤腥和零食享用的;二是有好玩的。一近过年,到处不时响起噼噼啪啪的鞭炮声,听来让人兴奋。几个小同伴相邀一起,看着大人们放完一挂鞭炮,便跑上前去,拨拉着碎屑,定能寻上不少未点燃和掉了引信的小爆竹,然后点根香,跑到街边点燃爆竹后快速丢出去,吓得路人慌忙躲避。有时也会走到水塘边,把燃着的爆竹丢进水里,比比那沉闷的响声,也比比那炸开的一朵朵浪花。对那些没有引信的爆竹,则对折开露出黑硝,几个架在一起,然后用香点燃,"嗞"的一声,冲出一股焰火般的光亮。当然,每年都能收到大人给的两三角的压岁钱,也会去摊点买上几分钱的零散爆竹,兜在裤袋里,去凑热闹时放上几响,或者买上几只飞天的礼花,等到天黑燃放;三是有好看的。初三一过,耍龙灯、茶灯的拜年队伍就出动了,在县城活动的一般是来自近郊村人组织的团队。事前先会给一些单位、店铺和屋场发个拜年帖,说明是何队伍何时前来,如果收下帖子便表示应允。由是,受拜者做好接拜准备,通知邻里和相关人员,买挂迎拜鞭炮,凑好答谢利市。拜年队伍如约莅临,顿时,鼓钹齐鸣,爆竹震天,龙灯腾舞,茶灯游弋,欢快场面一时鼎沸,小孩尤其兴奋不已。元宵节的"烧花架"更是壮观。入夜,各路舞龙队伍集聚广场竞技。烟花灿放,火星漫空,人声、爆声不断,龙身各段也喷放出火花硝烟。舞龙者全都赤膊上阵,在纷飞的火星中欢快地穿梭着,看得人目瞪口呆。龙灯舞到最后,高高竖立在广场中央的花架点着,霎时间烟花四溅,火光冲天,白刷刷地亮了半空。花架一层一层地烧到最高,随着几声爆响,垂吊下一位手里拿着"吉祥如意"字样吊联的美貌纸仙女来,全场一阵欢呼。

老家过小年祀灶与北方送灶神不同日,民俗家有"官过二十三,民过二十四"之说。旧时,北方多为权力中心,习俗多以"官意"为主。老家赣南,那是客家人聚居的地方。客家人是从中原迁徙而来,到此处可谓"山高皇帝远",远离政治,封闭自足。一些沿袭下来的习俗,带有本土文化的色彩,所体现出的"民意"自然更为浓厚。如今,过小年的祀灶成分已渐淡薄,但其团聚的意义堪比除夕。之于我是小年时在N城与一些亲人快乐相聚,除夕时在S城与另些亲人欢喜团圆,同为欢度新春佳节,共享天伦亲情之乐。

过了小年,人们就忙除夕和春节及正月里的一些必备。像开油锅炸糯米粿子、油豆腐和当零食吃的条酥角酥、芋线子等,买上几角粉石敲碎成石粉拌炒花生、豆子、红薯片等,把这些零食放进垫了几块防潮的生石灰的坛子或铁皮桶内,来年待客和小孩嘴馋时取食。冬至后腌晒的腊味此时也要蒸熟一些在年前切好装碟,正月里有好些天是不能动刀的。腊味品种繁多,猪牛腊肉、香肠,猪杂里的腊肝、肾、肚、舌,腊鱼、鸡、鸭……家境稍好的家庭,可整出十几个荤碟,其是丰盛。到了年二十八九,必须打扫卫生,特别是桌凳橱板、锅碗瓢盆等餐厨用具,用谷壳搓去油腻,清爽洁净。1983年,我曾创作了一幅黑白木刻《乡俗》,入选了第八届全国版画展览,其内容就取材于此。大年三十上午蒸好肉丸,一般会多蒸几笼,除中午趁热蘸酱油当餐食用外,大部分留着正月里煮待客点心之用。肉丸有全真肉丸和饭包肉丸之分。前者是肉、鱼、豆腐、蛋等料加红薯粉做成,后者是米饭磨成浆后加入红薯粉、蕌头、冬笋等素食材蒸出。年三十晚餐是过年正餐,餐前须给祖宗上香并点燃一挂爆竹,以示隆重和热闹。此日还必须贴好春联,夜间厨房点长明火守岁,子夜12点交替之时燃放爆竹以辞旧岁和迎接新年的到来。

客家人热情好客,宗族观念较为浓厚,也重视人情世故,自然,新春佳节是这种情愫表现和彼此情感联结的最佳时机。一般情况,年初五以内多为内亲走动,待初六开市的爆竹响过,亲朋好友、要好同事便开始彼此相邀宴请,直至正月十五。上班之人在元宵节前一直沉浸在新春祝福的氛围里,上班也是点个卯、聊聊天,光顾一圈后便早早离去准备赴宴。宴请大都在家里举行,主妇们自是精心准备,拿出看家本事,也有多请了几桌人的便请个厨师帮忙打理。蒸煮炸炒,冷盘热汤,皆是传统的十二大碗,少不了烧鱼烧肉、肉丸鱼丸、扣肉焖鱼和最后一盆酸辣豆腐汤。席间,温上一锡壶浓醇的米酒,大家把碗交斛,有的还行着酒令助兴,直至酒酣耳热,话也增多,亲情融融,渐入佳境。

随着时代的发展,大部分习俗已偏离或拓展了原有的本义,反映出与时俱进,有些习俗又省略或改变了原有的形式,表现为弃繁从简。不过这种由血脉宗族传承下来的一种约定俗成,无论如何改变,依然很顽强地延续着,只不过这种延续在北方和南方、山区和平原、农村和城镇、小县城和大城市中各具特色。

时光翻过了半个世纪的山头,面前展现出当下的沪上。这个中国的大都市,有着明显的移民特征,老上海人与新上海人的概念在不断调整,就像城镇化建设的结果,世世代代的农民在城里买套房,一夜之间就变为新城里人,若干年以后,待另一批新城里人出现了,那么他就是老城里人了。从四面八方涌入沪上的住客,他们把自己故土的那点年味记忆带到了这里,体现着五湖四海的风格,彼此间难免会有些冲撞,自然也有交融。包容之间,自己最终也分不清到底要坚持何种形式,也说不上沪上所传承的是何种习俗了,我想体会这种年味。节前走在大街上,一种从未有过的空旷感幡然而至。似乎胸口那种长久挤压令人憋气的压抑顿时洞开,感觉空气很清新,视野很净爽。车少了许多,人少了许多。年关到了,他们惦念着家乡的亲人、故土的年味,像来时那样匆匆,向与来时相反的方向散开了。老小区由此也变得冷清了许多,这些租客拖着拉杆箱匆匆地赶火车或赶飞机,那箱子可是装上了几瓶孝敬老父亲的好酒,装上了几盒专给母亲挑选的她喜欢吃的软糯点心。老小区留下了一帮老人。他们虽然对过年已没有太多的兴奋,就像在除夕夜,他们不放鞭炮,也不把春晚的节目看完,因为已不像年轻时那样可以彻夜守岁了。但是,他们会从记忆中找些自己过年应该做的事,毕竟这是过年。

大年初五这天是财神的生日,人们在初四就开始燃爆竹迎财神。据说,江浙沪一带的习俗是重视迎财神,这个日子比除夕的辞旧迎新更为重要。初四傍晚开始,爆声不断,礼花交相辉映,一直持续到子夜,的确要比除夕夜热闹。并且,初五还能听到阵阵爆响声,除了庆祝,似乎还听得出有些余意未尽的意味。这或许是沪上过年的典型习俗,也反映了在这块土地生活的人心底中的美好愿景。我想,弥漫在这个城市中的商贾财气是否就是沪上共有的年味呢?

不过,说来说去我还是想着老家的年味,那个已经浸到了自己骨子里的年味。那年味感觉好亲切!

故乡的塔

一

白塔就在城西郊山坡的高处。

老家的西窗正对白塔,年少时,坐在窗下的书桌前朝窗外望去,视线越过一马平川的田野就能看到它,有时朦胧有时清晰。清晨,淡淡的晨曦在田野间游荡,白塔和那片长满松树的山脊就显得若即若离;傍晚,白塔像一幅剪影,残阳从它身边擦身而下,火烧的晚霞在热烈地亲吻着它。记得那时就见过一本画报,其中有张白塔的黑白照片,题名"红色故都——瑞金",看了很是亲切。半个世纪过去了,到现在我仍旧觉得它就代表着故乡。

照片上的白塔顶上有几棵树,似凤冠。我见过不少塔(其实每个地方都有塔),比较下来总觉得故乡的这白塔有风度,这种风度带有沧桑感,而这种沧桑感大抵就是出于这塔顶树的缘故吧。那也许还是我没出生时期就发生了的事,有些鸟儿把吃进的冬青树果核排泄到塔顶,然后春天的雨水让这些果核发了芽并把根扎进沉积了灰垢和久远得有些风化的层面里,悠着岁月,像盆景里的植株般慢慢生长起来。

在我的印象中，几十年就那个样，直至2007年塔顶部分坍塌后对塔身全面维修，这沧桑感就全然消失了。修缮期间，人们把那顶上的五株奇树移种在塔下以作景观补遗，只可惜这些树习惯了登高望远，栉风沐雨，反倒不屑被人供养，数年之后便凋零枯萎，算是了结了一段世情。

塔原本是佛教的产物，由印度传入，塔的梵文是"坟冢"的意思。塔建筑进入中国后，随着年代变迁内容也发生变化。宋代以后，出现了不存放舍利子的塔，明清时期愈甚，风水学大行其道，就像这座建在水口之上的白塔，谓之龙珠塔，其意是以龙珠宝贝的灵威镇河妖、压水患，保一方平安。就风水学说，水口塔有镇水作用，水积则财聚，也寓示佑护的一方民丰物阜，百业兴旺。塔下的绵江河是从北入城后折西穿城而过至此，然后在这里遇山地阻拦转弯折南而去。此处河口狭窄，礁石密布，水势湍急，行船多有危险，白塔屹立高处，远远可以望见，故也起着导航作用。民间也有另类说法，瑞金是块富庶之地，起始是淘金场，唐天祐元年置监时，因"掘地得金，金为瑞"而得其名。后来本邑人士唯恐财富被外人窃去（以前的运输多走水路），便修了这座龙珠塔以示威慑。白塔的这些寓意、作用和随后的传说现在已没更多人去在意了，因为更重要的是它已成为一种地域文化，这种传统的文化根植在每代乡邑之人的心中，又成为组成故乡的代名词。

存世的东西的确经不起光阴的消磨，就像塔顶的这些树，现在它们仅能存在于我们的记忆中，如果我们这代人消失了，或许它们可能存在于某些文字的记载里，让一些史学家去发掘。就像这座塔，一次又一次地被修缮，一次又一次地粉饰着历史的沧桑。这座龙珠白塔始建于明万历壬寅年（1602年），至今已过了400多年。经历了三次大的修缮,其间,我的族人西关杨氏先辈们在清道光十八年(1838年)曾捐资重修过一次。旧时,县城有杨半县之称,此番攸关乡邑社稷之重大事项,族内众人自然会慷慨解囊,鼎力捐资,奋当表率。此举,令至今的我等后辈仍备感荣耀和激励。

时过境迁,而今,白塔已是焕然一新了,没了我印象中的白塔的影子,或许这应该就是它的初始模样。眼前的一切都在变化,在老屋西窗的书桌前做作业时看见白塔毕竟是几十年前的事了,那片有两三里之遥的平坦的田野也已盖起了鳞次栉比的楼房,城市那种灰色的漫延已经到了白塔的山下。年轻一代像我以前一样天天能见着的这座白塔是秀气的,六角的粉墙、九层的砖檐翘楚、玲珑有致的门窗、高高直挺的宝葫芦塔刹……这就是他们这代人心目中寄托人文心态的具体对象,这个对象也会成为伴随他们一辈子的故乡的缩影。

常常在梦里出现那座白塔。蓝天下,它屹立在城西郊绵江河水口那高高的山坡上;微风中,它头上那高仰的像凤冠一般的绿影在向我频频招手。我知道,这是故乡在召唤游子,是那个生我养我的故乡在召唤我。

二

清明时节是祭祀的日子,按照中国传统习俗,是要祭祀祖先、祭祀已逝的亲人的。当然,还少不了要祭祀那些为社会、为大众英勇献身的烈士。所以,在这个日子里,人们往往会更关注那些祭奠英灵的建筑物,就像烈士纪念塔。

故乡有两座烈士纪念塔,一座是红军烈士纪念塔,另一座是革命烈士纪念塔。红军烈士纪念塔建于1934年,后者是于新中国成立初期设立的。

第二次国内革命战争时期,中国共产党领导工农大众开展武装斗争,与国民党反动派展开了殊死的战斗。从井冈山向赣南闽西进军,实现了武装割据,建立了以瑞金为中心的中央苏区根据地,并在瑞金成立了临时中央政府。红军烈士塔建在叶坪,那里有一个临时中央政府广场,它就坐落在广场的东北端。红军烈士纪念塔的建立,一方面是褒扬在历次革命战争中牺牲的红军指战员,缅怀先烈,鼓舞士气;另一方面也反映了当时红色根据地的壮大巩固,中华苏维埃政权的运转已趋常态。

红军烈士塔很有特色。基座呈五角形,塔身像一枚炮弹。塔正面绿色草坪上用煤灰嵌铺着"踏着先烈血迹前进"的大字,庄严肃穆,并充满战斗的气息和强烈的鼓动性。基座的五角十面除了一块是建筑记事之外,其余分别为毛泽东等九位老一辈革命家的碑刻题词,说明它的权威性和重量级。

凡是来到叶坪革命旧址群的参观者,都会怀着崇敬的心情,为它献上一束花或肃立塔前恭敬地行注目礼,也都会被这独特的艺术设计感所震撼。这历经近一个世纪、记录着残酷战争史实的举世无双的建筑物,静寂地与其他革命遗址一起,告诉人们这里曾发生过的事,告诉人们它曾激励过几十万红军前赴后继、所向披靡,激励过数以亿计的参观者踏着先烈的血迹前进。它天天都在被祭祀,天天都在教化来者。它的意义已经超越了当时建设者的初衷,成就了它成为爱国主义教育的功臣。记得自己在本地工作期间,上级领导和外地客人来了,是必定要陪着前去参观的,去得多了,听讲解员解说也多了,渐渐自己对塔和其他遗址介绍起来也十分流利。我想,大概这些传世之建筑于我的确已入脑入心了吧。

清明时节回到故里,我会想起另一座革命烈士纪念塔,有七年的时间,我就工作在它旁边的第一中学,每年这个时候,学校会安排学生前去献花祭扫。学校东侧有一个标准400米跑道的大运动场,原是县人民会场,革命烈士纪念塔就高高地耸立在北端。这里是绵江河与古城河汇合后的转角处,旧时称为古八景中的"双江望月",又有学校在此,显得文气十足。

革命烈士纪念塔塔身呈方柱体,上方呈方锥形,尖顶部竖立着一个红五星,看得出有种简易的俄罗斯风格。四周砌有镂空围墙,围墙外植有一圈乌桕树。在秋日的阳光下,赤红的树叶簇拥着直刺蓝天的灰色的纪念塔,与那颗鲜红的五角星交相辉映,令人有种烈士鲜血染红大地的联想,不禁肃然起敬。

如果说红军烈士纪念塔是代表国家层面,那么,这座革命烈士纪念塔应该代表本邑人民。故乡对中国革命做出过重大的牺牲,在那扩大百万红军的岁月里,瑞金这个中央苏区的模范县,24万人口中竟有超过六分之一参加了红军,并且还有组成"少共国际师"的孩子们参军。在英烈的名册上,有三万五千多人献出了宝贵生命,其中有一位老人送走了八个儿子去当红军,却无一生还。红军长征后,国民党反动派对中央苏区进行了残酷的反攻倒算和血腥镇压,在竹马岗、云龙桥下等地残杀红军家属和苏维埃干部,一时血流成河,悲壮之情惊天地、泣鬼神。或许,这就是当解放的号角声在红色故都吹响,五星红旗飘扬在故乡城头的时候,人们记起要给这些已逝的英灵立一个纪念丰碑,让后人们记住他们曾经的存在,曾经为国捐躯、为家乡荣耀过。他们值得褒奖,值得留于青史。

我不清楚这座塔现在怎样了。记得我离开学校的时候，它已被周边新建的住宅包围了。但愿它依旧挺立，依旧有学生在清明时节为它送花。欣慰的是，我还保留着一张20世纪80年代和家人的合影，两个还未成年的女儿很开心地依偎在我们夫妇怀前。我们站在人民会场那碧绿的草坪上，后面就是那高耸入云的革命烈士纪念塔。

三

故乡市区是块盆地，三面环山，其中南面山像一堵绿色的屏障，山峦起伏，峰峰相连。与城中遥遥相对的峰顶上有三座塔，构成笔架之势，成为一览胜景，这就是旧时县里八景中的"笔架凌霄"，至今依旧是故乡的地标之一。

武夷山脉逶迤跌宕，在大地隆起无数褶皱，从东而来，延绵至此后已显得平缓了许多。眼前隆起的峰峦，高低相差无几，塔突兀其中，令视野一览无遗。其实，中间这个塔是九级，名鹏图塔，左右两边的龙峰塔和凤鸣塔皆为七级。龙峰塔建造于明万历四十三年（1615年），清乾隆元年（1736年）间另建两塔，配成了这文气十足的绝世景观。

古时建塔，有当政者为官一任造福一方的存世留名的政绩观，也有附会民意精神文化取向的因素。当时，受封建文化影响所致，官场乃至民间，对神灵的畏惧，对风水八卦的崇尚是极为普遍和执着的，这种文化的作用，直接影响着他们的思想和行为。龙峰塔意象为青龙腾空，凤鸣塔意象为金凤和鸣，而鹏图塔居中负阴抱阳，有和合四气、鹏程万里之意象。曾有人云：此"笔架凌霄"三塔与北京故宫中轴同在东经116度线上，子午相接。古代风水地理学"九宫学""八门学"中北称八门之"休门"为天子之居，南称九宫之"景门"为九紫，紫气东来之意，九紫从景门而来,过中原入北。此传说似乎有攀龙附凤之嫌,邑人完善三塔之举或许只是讲究了风水,与此纯属偶然的巧合。

我在一中工作期间,经常会在课余徜徉在校门外的河边,看着缓缓而流的清澈的绵江河水,遥望南面那一片山和屹立在山顶的三塔。这个地方,枕着"双江望月",远眺"笔架凌霄",绵江为笔,三塔作架,雄才伟略,行文流水,龙凤霞光,鹏程万里,此是何等壮阔之气概!我觉得,这种很能陶冶情志的地方特别适合办学堂。

记得在20世纪80年代末90年代初学校改建期间,当时我协助校长分管行政,并具体负责校建事务。在修建校门的过程中,校门的定位引起了众多人的关注。他们纷纷出谋献策,各抒己见,其议大多是针对与绵江河形成的角度和与笔架山的朝向方位。

悠悠岁月像流水。一中这所为本邑培养人才的重点中学,已有近百年的历史,培养的人才也不计其数。这也像川流不息的绵江河水,一波接着一波,一代承继一代。有的润泽故里,承前启后,长江后浪推前浪;有的走出故乡,布散天下,光耀门庭故土。而这些曾经的学子,有哪个会忘却那时天天陪伴着的绵江河水?有哪个会忘却那时天天相望着的"笔架凌霄"三塔呢?

前些年一中搬迁了,是因为学子增多,校园愈显逼仄,有羁发展。社会的发展就是如此,新的会变成旧的,而旧的又会变成新的。毕竟那里曾经有我七年的亲身经历,一些感受很难随着学校搬迁而被抹去。特别是那个校门,那里镶嵌有国家主要领导人题写的校名,它记录着那次校建的荣耀历史;那里有对莘莘学子走向成功的美好的文化意蕴和精神寄托,那来自古老"笔架凌霄"三塔的文化传承。

十分欣慰的是那地方现在是四中了,一所新的学校。它最终没有被开发成住宅区新楼盘,这是本邑的一件幸事。它能让那古老的文化传承延续,在现在的学校,在其中的学子心中。

池塘

忽然下起了雨,近处刚好有一座水榭,我赶忙奔了进去。水榭距池塘边丈许,有栏廊与水边的防腐木步道相接。芒种、夏至间,雨水不少,天也多变。早上出来时还蓝天白云,阳光明媚,上午却阴沉了下来。随着风起,一大片乌云拖着灰蒙蒙的尾巴从东边飘来,刚闻着股水汽,雨点就下来了。

我坐在美女靠上,看着这蒙蒙的雨,打量着这口不小的池塘。雨很密集、急促,不时有雨丝飘在脸上和凭栏的手臂上。刚才游览时闷热得走着出汗了,风雨一来,顿时清凉舒适,神清气爽。池塘约十来亩,被周边高大茂密的树木包围着,映得一泓池水碧绿碧绿的。水榭一侧的水中生长着一片莲,粉色的莲花立于葱茏的莲叶之间,开得正艳。雨丝无声地插入水面,激起无数的涟漪,不断交错、重叠、消匿,又不断重复,把平静如镜的池面搅得一片浮光潋滟、水雾朦胧。雨粒溅落在莲叶上,时而发出"哗哗剥剥"和"沙沙啦啦"的声响,像奏出的一曲急促又悠缓的快慢板。水榭另一侧的水面上翻滚着浪花,一大群游弋的锦鲤在围着抢食。一个五岁来大的男孩在父母的陪同下,正不断地掰着一小块面包在投喂。下雨并未影响到他们这种欢快。

池塘装点得很精致,处处都现出人为精心打造的痕迹。可以想象,这池塘也肯定是建园时人工挖出来的,就像北京的颐和园。任何东西年代久远了,就会有些历史的积淀,带有时光的沧桑味。这种经设计师打造的作品,在视觉上是赏心悦目的,有种阳春白雪的意味。正是因为似乎变得更高雅了,就明显与其他事物有了距离感,像一位成功人士一样,在他出人头地之后就变得不太好接近了。

看着这池塘,自然想起老家门前的那口池塘。我的整个少年时期,一到夏秋季节,就经常在那池塘里泡着。昨夜做了个梦,梦见自己在池塘里抓鱼。摸了好久,最后抓到一条大鱼,正要抱上岸边,突然间被它一挣扎,鱼身很滑溜,没抓牢跌回水里。梦也就惊醒了。好久没做梦了,或许这是思乡的缘故,或者是我与那口池塘有太多的交集,忘不了。现在看起来,还是老家那口池塘感觉亲切,虽然塘边杂草丛生,水体有些浑黄,但可以亲近,可以发生许多难忘的故事。不像这口池塘,只能观看,而且公园里的池塘大都相仿,过不了多久记忆就会被混淆,很快也就忘记了。

老家城区为象湖镇。古时镇区地形似象,池塘多而连片似湖,故谓象湖。这些池塘集中在城西郊的绵水和绵塘两村,这两村可能因为池塘多的缘故,地名都与水有关。老家处在绵塘辖区。两村的池塘集中连片,从绵水的北门街起,绵塘的下坊村止,东高西低,口口相通,最终从下坊沙潭下流入绵江河。历史上这些池塘成为城区人们生活污水的净化器,雨水自然排泄的大通道。从连片池塘的两端与绵江河相近的地理态势看,估计这些池塘的位置还曾是绵江河的古河道呢。沧海桑田,江河改道,这些池塘或许还是个见证者。

池塘每年春上会适时放进些草鱼,再夹杂一些鲢鱼、鳙鱼之类的鱼苗。草鱼须每日割草喂食，不像现在主要投喂的是颗粒饲料。鲢鱼、鳙鱼就不必多管，任其自长，有草鱼的地方其粪便发酵会生成许多微生物，这是它们的营养所在，池塘的水越肥厚，它们生长就越快。池塘内还有许多生物，比如鲤鱼、鲫鱼、茈仔鱼、目公子鱼、鲶鱼、甲鱼、黄鳝、泥鳅、虾、螃蟹、蚌、螺蛳等，当然也有泥蛇，它们都是自生繁衍。一般说来，下池塘摸螺蛳、挖蚌、捉虾，或垂钓小鱼是没人会管你的，如果抓大鱼就不行了。

菜场有不少螺蛳、蚌和小虾干卖，是专门有人去池塘打捞上来而换些辛苦钱的。我经常看见有人在烈日下头戴斗笠，全身浸在水中摸拾螺蛳和蚌。如果好久没有食荤腥了，我也会下到池塘里摸上一些。

门口池塘不深，最深处齐腰，塘中间也不像有些池塘样，水满时会淹没人。我喜欢这口塘还有另外的原因，其中一个原因是虾多，而且是两三寸长的青虾，有些外壳都呈青黛色了，两只钳臂粗壮带红黑色，那肯定是老虾了。夏季遇上沉闷天气，池塘里会出现"虾公作坰"的现象，一大早，大量的虾纷纷游至池塘边，木木地伏在岸边，很好捉。这大概是气压低水底缺氧的缘故，但奇怪的是隔壁那口池塘从未发生过这种现象。这至今对我还是个未解的谜。

这口池塘里也有许多蚌和螺蛳，每次下去摸上一个上午就能整出大半桶。池底淤泥不厚，螺蛳伏在泥面上，有时手一摸过去就能抓到四五个，一般我会选大的，把小的丢回水里。蚌有大半嵌入泥里，手在水底触摸，很容易分辨，如碰上一个竖着的尖尖又圆滑的东西，肯定就是蚌，手一挖就出来了，椭圆形、扁扁的，拳头般大小。

到了冬季，有时会"干塘"，即把池塘里的水用水车抽干。水车有个轱辘轴，轴两头装有四对踩脚的蹬子，人扶着轴架向后踏动蹬子，带动连接轴的装在水槽里的龙骨叶片上水。水就抽到隔壁的池塘,选壮年人四人一班轮换踩,看池塘大小,一般都要踩上好几天。水抽干后抓鱼,鱼大多拿到市场去卖,作为生产队副业收入。也有在年前干了塘给大家分上几斤鱼过年的。池塘干后,生产队便会组织大家挖挑塘泥,塘泥湿漉漉的带着浆,就倒在塘边和路边,让它自然硬干,待能敲碎时,便运到田里做基肥。逢挖塘泥那会儿,四处都散发出一股泥腥气味,走路也要特别小心,路两边都是黑乎乎、软塌塌的塘泥,不注意就会踩上去,把鞋弄脏。池塘如挖过塘泥,第二年的蚌和螺蛳就会少了许多,因为很多蚌和螺蛳都被裹在塘泥里给挖走了。

姜丝辣椒炒螺蛳肉可是很下饭的菜,家乡夜市食摊里有炒"唆螺"的,很受年轻人喜欢。"唆"音在老家是吸的意思,"唆螺"是用嘴直接吸出螺肉,食用带壳螺蛳这种菜肴的方法。螺蛳炒之前必须在净水中养几天,放上些白唛叶助其吐出壳内污物,毕竟它是在水底污泥里生长,壳中有泥沙,也不洁净。洗净后再用钳子把一个个螺蛳尾端绞掉,利用气通的原理,食时把肉从螺壳大头吸出。炒煮"唆螺"得放较多的姜、蒜和红辣椒除腥,炒后要加料酒、调料再煮,把味充分煮入至收汁,食时用手拿着吃,一盘下来,两手油腻腻的,全身辣得出汗,嘴里"嘶嘶"吸气,大呼过瘾。螺丝有不少品种,大者有拇指盖大小,取出的肉头很壮实。小者比小指还细,那叫香螺,味道更好,只是取肉更费些工夫。蚌肉却很韧,做得不好嚼不烂,大人说那东西性凉,不可多吃。也许是以前吃得太多,至今我是不太喜欢食蚌肉。

20世纪80年代中期开始,这些池塘便开始消失,取而代之的是私人建的房屋。那个时期仿佛是一阵风,人们疯狂地批地建房,地不够,把池塘也填了做房子,很快这些池塘就给这阵风刮跑了。象湖,这个以地形而冠的名字最终是找不出现实的出处了。这个出处只能留在历史的记载里，留在我们这辈人的心中了。池塘的消失，或许，这是城市发展中的一个不小心，也许，这是件会让后辈们感到遗憾的事。

　　雨停了，天也放亮了。地湿漉漉的，满目的一大片葱绿更为青翠欲滴，显得更有张力。夏天本是个助长旺气的季节，在风雨的摧枯拉朽过后，显出了暂时的安谧，犹如冲锋前的休整。池塘也恢复了安静。荷花亭亭玉立，那些锦鲤在四处悠闲地游弋着。它们在等待着另一阵的疾风骤雨，在等待着下一批那些喜爱它们的孩童。

乡音

外孙在家写的课外作业里必有"家默"，是要家长配合做的。这大概是小学阶段的老师要求学生多掌握一些字词的硬性措施，或者是以此取得家长配合，并让家长能及时了解孩子的学习情况。做这个作业要家长翻开某课课文中老师已圈定的词语或书后词语表中某课的词语一个个读出来，然后，孩子则一个个默写出来。时常，外孙在纠正我的读音，我也总是会自嘲地笑笑，知道自己又发出了乡音了。乡音难改呀。

我离乡走南闯北已有二十余载，在台上台下或因公事私事与人交流时，除与老乡们相聚外都是用普通话，但在外人的耳朵里一听我说话就知道我是赣南人。乡音重，自己不觉得，大概就像听老乡讲话一样，讲话人不觉得，但不管他的话多标准，还是能听出一些他家乡土语发音的。记得年轻时，一次与华英老师的小儿子国环聊天，他说他虽然没专业训练过，但普通话说得很标准，人家是听不出带有乡音的。当时我还真有些佩服和羡慕，现在看来他在吹牛。

有时候我怀疑自己在蒙学阶段拼音没学好，特别是我这个南方人对卷舌音和后鼻韵母不灵敏，以至于长大后对一些汉语字词始终用乡音生吞活剥。有时候我又怀疑那时的老师的普通话也不标准,教出来的学生自然是普通话里多有乡音。记得我插队在乡间当民办教师时,我们称之为"老秀才"的祖煜老师,他教学生识字很多是土语发音的,听得出来发出的拼音声母都是顺着土语音变的,不知道他教出来走南闯北的学生现在乡音重不重?

其实,造成那口浓腔的乡音应该还是环境,语言需要环境。生活在县城,在乡人面前讲普通话是"打官话",意为"打官腔""装腔作势",是会被人鄙视的,所以,练习说普通话的机会不多。当时的社会也是基本处于封闭状态,电视在30多年后才出现,有线广播早晚就那么一两个小时,收音机可是稀罕之物,普通话的社会公共教育平台少之又少。那时的家乡是土语的世界,尚在公众场合要说普通话也是洋土结合,哪像现在教师上岗是必须通过普通话等级考核的,或者像大点的城市,因为移民众多,在交流之间是非得要用普通话不可。

乡音在母亲的肚子里就听得很熟悉了,以至于出生以后自然而然就会了,谁都没有像学外语一般下力气就浸到骨子里去了。一些在外乡邻,几十年间鲜有听到一两句乡间俚语,回乡一叙,虽初始口齿不灵,数日后便乡音如初了。记得一次随母亲回她娘家,我惊讶地发现,已与故乡相隔了近50年的母亲竟然还能用俚语与亲戚们沟通。大抵,这就是乡音的魅力吧!

我们家的人员籍贯构成是多元的。我是赣南客家人,自小就说惯了那种十里不同音的客家土话;内人出生于沪上,1969年插队在赣南,30多年的入乡随俗,熟悉了当地的风情习俗,学得一口很纯正的当地土话。因此,家乡的俚语自然而然就成了我们及孩子彼此交流的语言。举家来到沪上后,虽然女儿的沪语纯熟,我在外面也能用当地语言与人交谈,但内人并没有因为她回归到故里便要改变这一习惯。习惯了的东西的确很难改变,如执意去变反而显得做作和别扭,女婿祖上齐鲁,自小在军营长大,大学毕业后独自在沪上闯荡。他的语言是军营里的普通话带过来的,那是来自五湖四海混杂得说不上来是何种乡音的普通话。所以,我们与女儿交流是用家乡土语,如女婿在家就说普通话,沪上的亲戚来了讲沪上话。小外孙就在多种语言的环境中熏陶,但他除了普通话,其他语言听得懂却不会说。

"少小离家老大回,乡音未改鬓毛衰。"唐代大诗人贺知章中年及第为官离乡,到86岁的耄耋之年告老返乡,回到故乡很有一番"儿童相见不相识""近来人事半消磨"的感慨。这首《回乡偶书》的确说出了漂泊在异乡之人思念故乡的期待和失落心境。"惟有门前镜湖水,春风不改旧时波"是诗人面对物是人非的如梦人生时在追寻着精神上的一丝慰藉。这种精神层面的东西能支撑一个人生命的信念。不过,除去这门前的"镜湖水"和那不改的"旧时波",我觉得作者还有很重要的一点漏了,即"乡音"未变。乡音才是一解乡愁的良药。

世事沧桑,光阴无情。世间像一张不断被人涂画的纸,每个时代都有不同的画作出现。时光却像只橡皮擦,总是不断地把先前的画痕抹去。每逢清明时节返回故里,我都有一种相同的感觉,这个故乡似乎很陌生。萦绕在我大脑里熟悉的故乡,毕竟是我过去那个年代的印象,而今,原先一切物质层面的东西已基本不存在或正在消亡或正在变化,唯有乡音未变。老的、幼的,男的、女的,熟悉的、陌生的,城里的、乡村的,都是那种腔调,升平拖长的尾音,开口说话像在唱歌。这个音腔听来舒服,就好像听见了肯尼·基用萨克斯演奏的《回家》曲调一般令人感觉亲切和舒坦。有时在异乡的街道和地铁车厢冷不防听到几句乡音对话，心底禁不住一阵激动，很有要上前搭讪的冲动。

乡音是种乡土文化，跟文字元素一样，是游离物质之外的能传承不绝的精神层面的东西。对于这种乡土文化的精髓和魅力，离乡游子似乎更有体会，并且，在游子的心目中，它像一坛尘封的老酒，时间越长就越醇厚。当大家到了"乡音未改鬓发衰"的时候，才觉悟到原来乡音一直在心里，珍藏着，它并没有被主人的荣辱所左右。

生活在城市里的人群中，会有很多像我们这样的有多元乡音的家庭，同时，也会有很多像我外孙一样能听懂多种乡音但只会说普通话的孩子。在许多时候，我挤在校门口翘首以待外孙放学时，常常听得到家长们在议论他们的孩子不会说沪语，也不愿学，只讲普通话。我或许是有些杞人忧天了。但如果让"乡音"慢慢地被消融掉，该是件多么遗憾和伤感的事啊！

陈味

推开房门，一股陈味扑鼻而来。

这是今年第三次回来，回到N城的老房子里。第一次是清明前，回来去老家给父母和其他已故亲人扫墓，也参加与年轻时在蚕桑场工作的老同事的50周年聚会，算起来前前后后在这里住了不足十天。第二次是回老家为在北京的嫂子处理在老家的事务，在这里打个卯，来去像点火一般，行色匆匆。这次是内人单位组织老同志体检，兼带重阳节搞活动，我也就陪着回来，顺便会会老朋友、老同事。

像往常一样，放下行囊，我就忙着揭去遮盖在沙发、台柜和床上的罩单，点燃一根檀香，在檀香气和陈味交织的氤氲中抹灰拖地。这灰尘真像是带着陈味的幽灵，门窗都关得死死的，不知从哪里钻了进来，而且十分肆意地到处乱窜，留下一层肮脏的脚印。"陈味"这个词，在这里，"陈"，作为形容词用，其意是旧的、时间长的。而"味"呢？作为名词用，意为气味、情味、意味。两者并置，即为过去的久远的味道，既有物质上的气味，也有精神上的意味。

陈味中有种霉味，那是由时光加闷湿环境生成的霉菌发出的。这种气味我不喜欢。有段时间普洱茶炒得火热，价比天高，我倒觉得那茶的陈味中也多少有那种霉味,闻着总不舒服。朋友知我戒烟喝茶,曾送过一些,有生茶饼,也有熟茶饼,可我一直都没有喝它的兴致,就是因为有那股带霉味的陈味,这些普洱茶至今还在陈着呢!陈味中还有一种冷清味,那是缺少阳光气味,缺少生人气息,缺少人间烟火味的冷清味。这种气味显出阴沉,冷漠,与世隔绝,会滋生一种孤独和失落感,容易使人怀旧、伤感。

也许今年春夏间的雨水比往年多些,特别是入梅后好像好天气不太多,房内的潮湿气就明显重了些。这些天阴雨,空气湿度大,储物间的墙壁和壁橱感觉都有点潮,摆放在那里用塑料袋包裹着的棉絮等物也有一股浓重的霉味,往年似乎不会这么明显。内人是足足花了几天时间用洗涤和烘烤的办法想去除这讨厌的霉味。

时光像台掘进机,总是不停地把人们的活动空间向正前方拓展开来,以至留给岁月的就有许许多多的空洞。这空洞曾经充满着轰轰烈烈,高歌猛进;而今已是音容匿迹,陈气氤氲。就像我这几间房屋和房屋里的所有陈设,随着时光在苍老,沉寂。时光的味道就是陈味,所以,这房屋和所有的陈设只有这种陈味前来串门,并且不背叛地一直陪着,它们彼此交织,像冬眠一样蛰伏在这里。偶尔,随着我们的每一次的探望,它们似乎睁开了疲惫的蒙眬双眼,我看得见那眼神里透出了一丝先前曾有过的激动的光辉。

陈味除去那潮湿的霉味,其实并不是那么讨人嫌弃。相反,人们常常会怀念它,就像有人喜爱喝普洱茶一样,那茶汤里回荡着一种独特的陈香和绵柔的回甘。陈味里有着岁月的积淀,岁月的记忆。它包容过我们成长阶段中尝过的酸、甜、苦、辣,包容过我们悲苦的眼泪和喜悦的谈笑声。随着我们的每一次的探望,犹如用手在一泓沉寂的池水里舀动了一下,那些沉淀已久的东西便泛了上来,让人触景生情,也让人觉着岁月留痕的美好。

上了年纪的人容易怀旧,是一个很普遍的现象。这大概是因为:一是他们有时间,无所事事时会更多地想着往事来打发时光;二是一生中走到了最后的阶段,会不由自主地回望自己这辈子走过来的路,总结自己的成长历程,自己为生活、事业奋斗的功过得失。有些人说要活在当下,不纠缠过去。这观点有它的道理,对他们来说,过去的已经过去了,将来谁也说不准,过好当下的生活才是最重要的。但是当下怎么过? 过好的标准在哪里? 它必须得有比较,得有借鉴。人与人无法比,比上不足,比下有余。只有自己与自己比,自己的现在与过去比,才有可比性,才会心安理得,觉得有幸福感。活在当下不就是要有幸福感吗?

我以为,适当的怀旧还是要的,经常去体验一番陈味也很有必要,尽管有时会遇上一些发霉的气味或者呛人的灰尘。古人云"温故而知新","新"或可为新认知、新心态。常温故,方知足;常温故,方珍惜。是也!

瑞金的水酒

　　在大屋家有家做水酒的作坊,老板娘叫福福。虽称之为老板娘,其实是一家的主妇,这个作坊是家庭作坊。福福家做的水酒骨子很醇美,跟她的秉性一样,纯朴、热情。她还不到50岁,身体有点发福,圆润的脸上总挂着灿烂的微笑。大家都愿意跟她打交道。她家做的水酒,跟她的好名声一样在周边闻名,虽然她家有些偏僻,但酒香不怕巷子深,人们还是会寻着去。原先我在老家住的地方与她家相距仅百十来米,每逢来客或想用水酒做些传统的菜肴,也会专门去她家沽上几斤。客人品尝后都说此酒香浓、甘醇、后劲足。

　　水酒,这是家乡最传统、最有特色的饮品。它与客家人的名号一样,深深地根植在这块红土地中。说起客家人,这个族群民系至少已存在两千多年。据资料记载,秦代始,部分中原先民因兵燹荒乱等原因,向江南、闽、粤、赣迁徙,历魏、晋、南北朝、唐、宋数代,经五次较大规模的迁徙活动,形成了相对稳定的客家族群。然后,又往南方各省乃至东南亚以及世界各地迁徙,最终成为汉民族中一支遍布全球的重要民系族群。老家所处的赣州,是客家人集中聚居的地方,被誉为"客家四州"之一。20世纪90年代初,兴起了一股编纂族谱热,各姓氏都在寻根索源。从我的氏族谱中的祖先传承线路便可看出,始祖确是来自中原,子嗣们接着逐步南迁,最后逆赣江而上,进入原属南蛮之地的赣南与闽西接壤的山区,繁衍生息至今。

大抵客家这支较为特异,国内和国外的许多历史学家都在研究,也颇有见地。新加坡《世界客属人物大全》的序言中归纳了客家人的如下精神:一、刻苦耐劳;二、刚强弘毅;三、辛勤创业;四、团结奋斗。我想,这种精神是否是因为曾经的苦难迫使他们背井离乡,让他们心生了渴望创造安宁、富足家园的愿望。然而,创业是极其艰难的。他们处在荒山野岭之中,面对凶禽猛兽、虫豸毒瘴和异族群寇的威胁,如果没有坚强的毅力和团结的意志,是无法生存的。他们刀耕火种,白手起家,百废待兴,如果没有吃苦耐劳和勇于创业的品格,是无法生息的。

我的一位朋友研究客家文化,并著有一本《客家风情》。其中,就有水酒这个客家人在生存和生息过程中衍生出的一种与日常饮食相关的习俗文化。在另一位朋友马金兄的专著《客家妇女》中,这娘酒的来源还有一段美好的传说呢!他是这样写的:

"相传,在'五胡乱华'年代,中原大地民不聊生,民众大举南迁。一群妇女结伴南逃,一路来野菜野果充饥,越过千山万水进入广东,累得再也走不动了,一个个昏睡在荒山野岭。

也不知过了多久,一阵阵清风吹来,一位年老的妇女慢慢苏醒,只见一位满头银发、红光满面的长老拿着一只竹制的盛器,从缸中倒出一杯半透明的红褐液体递给老妇:'喝下去吧。'老妇轻轻呷了一口,醇香浓郁的气味沁人心脾,鲜甜可口,再喝,顿觉心旷神怡,腹内似有一股暖气在缓缓流动,随即疲累全消,不饥不渴了。老妇按长老的指点,给每个姐妹嘴里灌了一口,姐妹们一个个醒来了,望着妇女们惊奇的目光,长老哈哈大笑地告诉她们:'这是用糯米酿造出来的娘酒。'接着,长老又教给她们娘酒的酿造方法。说完,长老突然不见了。妇女们又惊又喜,急忙跪拜:'神仙保佑,神仙保佑。'从此,南迁者在这里安居乐业,繁衍后代,客家娘酒也世代相传。"

这个传说自然是一个美好的杜撰。但是,它把娘酒与客家女性联系在一起,其中的意义不言而喻,是客家妇女传承着这娘酒。客家妇女贤惠能干,旧时的客家乡村,妇女是"笼谷、筛米、蒸酒、做豆腐"的一把手,这也是每个家庭的妇女在自给自足和生产力低下的环境下料理家务的基本技能。我们在山区农村生活的那段时间,我内人就学会了这些技能。并且,在客家的环境中浸淫了三十来年,成为道地的不是客家籍的客家人。"近朱者赤,近墨者黑。"环境的确可以影响和改变一个人,包括他的语言、形态、举止、习惯和思想。

传说中的娘酒与水酒同属一个范畴,是米酒生成中未兑水的原液,在老家称为酒娘。正如传说中所说的,这种酒是用糯米酿造的。其制作的方法既不复杂也不是十分简单。其步骤:将糯米在清水中浸泡二日,清水淘净,上饭甑大火蒸熟成糯饭,倒出淋净水摊开冷却,和上酒曲翻匀,装缸压实,中间压出凹形小坑,封盖发酵。数日后,糯饭化酒,淡褐色半透明液体渗满小坑,此谓酒娘。待饭化完,仅存糟皮时,用酒芮(用蒲草编成的压酒器具)把酒娘挤出,按一份酒娘兑入净水四份的比例,装坛封口,置于室外用笼糠或木屑围烧,闷火一日,见坛内酒液沸腾即可,此便是水酒。我们虽然不清楚是谁最先发明了这种简易的制酒技术,但是可以想象出这酿造的起始,客家先祖们在迁徙途中物色好可以安身生息的地方,便搭建栖所,开荒种地,栽种五谷,升起人烟。那里山高水凉,湿瘴氤氲,为了强身护体,用自产的南方生长出的糯米尝试出这种发酵制酒技术。于是,家喻户晓,代代传承。有云:各家制出的酒酒劲如人,性情爽朗热络者其酒必"霸"(浓烈),温淑娴静之人其酒必甜。其实酒的品质是与酒曲、水的质量、分量有关,制作过程中的精细程度也不无关系,只是每个人的习惯动作有所不同而已了。当然,也有自己愿意做霸酒或甜酒的。酒的霸与甜也各有所爱,酒量好的喜欢喝霸酒,酒量差的更喜欢喝甜酒。我就是后者。

水酒的性情较温和,不像白酒那般刚烈。酒中主要的兴奋源是乙醇,也就是酒精度,白酒的酒精度一般较高,有的能点上火,就是客家人也会自制的米烧酒,也应该有二三十度以上。而水酒的酒精度就明显低了,至多也就是在十来度吧。不过,对于不善饮酒的人来说,即便少饮,也会出现反应。就像我,记忆中有两次喝米酒出情况,一次是在乡下时,家里做酒,内人舀了小半碗酒娘与我,其中还加了些冰糖,口感极好。喝下后,竟然醉了过去,睡了几个小时,耽误了下午去学校教课,真是喝酒误事。还有一次是参加工作后,一个星期天与几个同事一起去帮另一个同事家抬石头做房子,同事感激我们帮助,早备下水酒和点心,喝下一碗后,做事时发觉手脚酸软,抬着石头竟发不出力来,实在是尴尬。当时我在想,《水浒传》里武松过景阳冈,因酒性发作而止,遇到老虎后竟然三拳两脚把它打死,为民除了一害。这个故事明显就有些夸张了。自此,便很少去端杯或只是做做样子,知情者自然也不会多劝饮。

传说中的娘酒如灵丹妙药,使那些客家妇女在顷刻间,精气神顿生。实际上,这水酒也确实有强身保健的作用。《本草纲目》中还把水酒列为药酒之首呢！它有补血养颜、舒筋活络、强身健体、延年益寿之功效，尤其对产妇、病人、体质虚衰及年老体弱者更是大有裨益。人们常常会在水酒中放些红枣、桂圆、枸杞之类，或加红糖、鸡蛋炖服，那是大补之品。平常做些荤腥之菜，也少不了用水酒佐食，一则可避去腥味，使菜肴更为鲜美；再则，水酒如同一味药引，调理之下，食物更具营养和功效。我最喜欢吃用酒娘蒸出的酒醉肉，其香气扑鼻，入口即化，柔润滑爽，美味无穷。至今，如得老家酒娘，必做上一大碗，饕餮一顿。

客家人大多重情。这种情愫或许是原出于氏族间的亲密，或者是重团聚的习俗养成的普遍心事。殊不知，这重情之中也是因为有了水酒这煽情的引诱和那会意的交流在起作用。水酒，像绵绵的一根红线，拴住了大家的心；似汩汩的一汪山泉，滋润了彼此的心田。女婿上门，丈母娘早已炖好一碗浸着三枚鸡蛋的酒娘，那个美意啊，是终生难忘的！寻常的结婚酒、满月酒、升学酒、拜师酒……酒久生情，酒久传意呢！时至今日，我常常会想起那酒席上的传统12样菜，想起那12副碗、筷、调羹对应着12位大、小宾客，想起那能盛12碗水酒的那把大锡酒壶，想起那席间，酒酣耳热，有人兴起，高声吆喝行起酒令，那欢快的劲啊，其乐融融！

『游走在水乡古镇间』

丽江古镇

　　在海拔2400多米的云贵高原上,有一座古韵犹存的小镇。如果不是有高原地域特有的湛蓝清透的天空,不是有头顶上低得似乎触手可及的白云,不是有白亮得耀眼夺目的日光或者远远地映出雪峰的玉龙雪山的话,谁都会认为这里是一方江南古镇。它叫丽江古镇。

　　丽江古城,位于云南西北部丽江坝子的中部,四面环山。古镇起于元代,迄今繁荣了800多年的历史。它在战国秦汉时期就是南方陆上丝绸之路的重要通道之一,唐宋以来是西南地区茶马古道的要冲。这方曾作为政治、经济、军事、文化中心的古城,自然愈见繁荣,愈成规模。大抵是地处边远相对闭塞的原因,古城历史风貌保留得比较完好。优美的自然风光、神奇的生态环境和深厚的文化积淀,多元的民族风情和文史荟萃,成就了滇西北高原的一方乐土,人们心目中向往的香格里拉。客居丽江十年的俄国人顾彼得在《被遗忘的王国》中把古城誉为"神奇的王国""寻找到的神仙遗落的人间'圣山'"。

　　徜徉在古城之中,你会深深地为其中的水、景、人、气所吸引。这里,小桥流水,艳花绿柳,青石古道,店肆人家;这时,灯红酒绿,肴香四溢,人头攒动,商贾兴隆。当夜幕降临,华灯绽放,古城主要去处如同白昼。入夜,凉风习习,空气清爽,游客不约而同从四方云集,畅游着这个没有城郭的不夜古城,感受一番高原水城的独特韵味。

城依水而建,水贯城而流,这是古城的一大特色。

这川流不息的清冽的流水源自玉龙雪山,是由冰雪融渗、岩泉涌喷集聚而成的。流水似河亦渠,宽不过丈许,窄不足尺余。宽者两边垒石立栏,与桥路相衔;窄者成明渠暗沟,穿堂入室。城中有东河、中河和西河,东、西两河是人工开凿的,在城口由中河分叉分别相接。水系就像一个脉络,伴着五彩青石板路,由三支像动脉中的沟沟渠渠沿街傍巷分散开来,布满古城的每个旮旯。虽然街道曲折通幽,巷里扑朔迷离,但把握了顺水进城、逆水出城的原则,不必担心迷途。在徽州黟县的宏村也有一条完美的水路,与丽江古镇有异曲同工之妙。它们都是遵循水往低处流的原理,巧妙地利用地势的落差,曲折迂回地布局水路,体现了古人在科技尚不发达的农耕时代的聪明才智。

雪山的水散发出丝丝灵气,在古城搏动着无限活力。这水就成了古城圣洁和生命的象征。这里的人们心地善良,敬水如神,对待水中的生命,更是珍爱有加。细心的人在古城的河里能见到一道风景,一群群大大小小的红鲤鱼和金鳟鱼在急流中穿梭觅食,在水草中游弋闲息。这是些被放生的鱼。河边屋前相隔不远可见木牌坊样的水槽架子,槽里养着十几尾活鱼,由一位姑娘守着,两元一尾,供游人自选放生。他们的祖先崇尚青蛙,奉为图腾。相传他们祈望能像青蛙一样能多子承嗣,繁衍强盛。在水口的桥墩上就立有一青蛙石雕,面水而蹲,跃跃欲试。一些出售的装饰品也会刻有青蛙图腾纹样。

房屋建筑临河而筑,面街而立,首尾相衔,鳞次栉比。大部分民居还保留着明清时期的建筑风格。土木结构,石基青瓦,上下二层,上层干燥储物,下层方便生息,式样多于三坊一照壁。庭院栽花种草,砌池养鱼。如今,临街而建的民居都已辟为酒肆、店铺,也见不少有域外情调的咖啡屋和日、韩式餐馆。因为有水,苍生滋润、污垢涤荡;因为有石,路不见土,坚实耐久。古城因此洁净有序,古风犹存。

生息在古城这块土地上的主要是纳西族人。他们信奉东巴教,有自己的文字,形成了有民族特色和内容丰富的东巴文化。崇尚劳动是纳西人的美德。他们以胖为荣,以黑为美。这种审美观完全是建立在劳动基础上的,尤其是在家庭起顶梁柱作用的妇女们,重体力劳作,像田间耕耘收割、工地扛砖背瓦等,大都由女子所为,令人敬佩。她们的特色服饰上的羊皮坎肩就是劳作实用型的。男人基本上多在家里做些手工艺活和料理家务事。也许,这是母系社会以女权为中心的思想在这里延续得比较根深蒂固。纳西族人宽容善学,崇尚汉文化,史称"云南诸土官,知诗书、好礼义,以丽江木氏为首"。古城又名大研,两边之山名文笔山,研砚同音,笔砚俱全,可见,纳西族人习文尚礼之风是有历史印迹的。在丽江,纳西、汉、藏、彝、白、普米、傈僳等多个民族世代相聚而居,和睦相处;佛、道、伊斯兰、天主、东巴等多种宗教彼此共存共荣。这不仅体现了古城多元文化水乳交融的特征,也说明了纳西民族具有博采众长的包容品质。

在丽江古城,最好能多停留数日,尚来去匆匆,有几个地方也必定要去。四方街是古镇的心脏,街街巷巷的集聚点,历史上是茶马古道商贾会集之地,而今成为集市中心,主要销售些手工织布、扎染、银器、铜器器皿等特色纪念品。在这里,是能体味出先前的茶马古道集散地的繁荣景象的。木王府有"宫室之丽,拟于王者"的评价,气势雄峻,建筑宏伟,仿紫禁城之制,颇有王者宫廷之气度。进到这里,是会生出些疑问的,在这个偏僻的边远之地怎会有这么富丽堂皇的建筑?万古楼位于狮子山顶峰,登临其上,北眺玉龙雪山,南望文笔山,西观拉什海,古城全貌也尽收眼底。如还有兴致,识几组象形的纳西文字,感受东巴文化的精粹;串几户纳西人家,欣赏"家家溪流,户户花香"的民居风貌。另外,也别错过了夜游古城的机会,乏了,可坐在河边铺满青石的露台,品着香茗,拂开垂柳枝,看着水流中悠闲游弋的鱼,别想其他事,放松心情,放松筋骨,享受一番轻松逍遥的神仙生活。

入城的水口边耸立着一台木结构的大水车,不停旋转汲水。以这个古老原始的动力装置用在入口处显赫的位置上,这设计者应该是想表达古镇的一种含义。我想,它是代表着几千年农耕文化的历史,象征着古镇的源远流长?或者是它代表着水与人、水与事的紧密关系,象征着滋养的民族繁衍不息,他们栖身的古镇地久天长呢?

北方行

流动的小社会

T133次列车,上海至大连。

有很长一段时间没有坐过硬座了。三号车厢很拥挤,过道挤满了人,车厢两头、站着、坐着的人几乎挤成一团,要挤过去接杯开水、洗把脸或上趟厕所都很不容易。我偶尔出门一次,少见为怪。其实,这段时间、这条线路,天天如此。

旅人也实在是太多了,学生潮、民工潮、旅游潮、节日潮,众人像潮汐一样,从东到西,从南到北,来回涌荡。现在虽然航空也很发达,但人们还是多选择铁路交通,毕竟大部分人还是会觉得铁路交通实惠。许多线路安排夕开朝至,在火车上睡上一觉就到了目的地,除了实惠也还舒服。有些线路现在有了动车组,速度也很快。这次临时买票没买上卧铺票,原计划买个硬座,上车后再补个卧铺票,没料到这里的铁路部门前些天有了个新规定:卧铺票只能从站台售出,车上不能补。于是,就只能一坐到底,着实体验了一番久违的感受。

邻座是对老夫妇,上海松江人氏,带着孙儿和外孙由女婿陪着到大连旅游。也是因为没买着卧铺票,上三号车厢来了。他俩的年龄看来还不到60。男的瘦黑,穿的T恤也是深色的,脸上的皱纹像刀刻一般。人很有精神,指节粗实,一看就是地道农民。女的人很和蔼,肥胖的无名指上戴着一枚宽边的黄金戒指。小孙子11岁,上初一了,是个胖墩,体重有80多斤。小外孙上小学三年级,也是胖乎乎的,像他父亲。这位女婿可高大壮实了,脖子上还套了一条粗大的金链子,看来是做生意的,人挺和气。交谈之中,天南地北,时政见闻,他知道得不少,也颇有见地。

人们常说,亲情不及隔代亲,的确如此。他们出门准备得很充分,大都围绕孩子。两表兄弟平常野惯了,现在闷在火车里,无处可去,无事可玩,除了不停地吃和睡,就是不停地骚动。这次出来,可苦了老夫妇。这趟行程2000多公里,历时24个小时。与其说是散心休闲,不如说是在活受罪。天已放亮,行程已过了大半。小孙子头枕在奶奶怀里,脚伸在爷爷腿上,睡得正酣。老两口一夜未睡好,两眼惺忪,爱抚和满足地望着孩子。年龄大了,熬夜特难受,想想自己,又何尝不是这样,把卧铺让给女儿和外孙,生怕外孙受罪。其实,明知道溺爱不利孩子成长,一种护犊之情却无论如何也放不下来。

人是感情动物,怕孤独,喜群居。特别是在打发那漫长无聊的时光时,会下意识地捕捉交流的机会,自觉或不自觉地搜出些话题,只要话语一开,就亲近起来。这个小社会就像是博客群,没有目的,没有责任,像开闸的江水般自由,似缥缈的云雾般随意。

老爷子与身边的一位年轻人聊起了蓝耳猪病。这位年轻人因为猪场染上了这种病,处理了100头猪。他说现在养猪出栏,刨去成本,每头可净赚1000元,这次损失了十多万元。话语间他并无颓废之态,可见当代农民的心理承受力已大不一样了。

在济南站上车的一位师太，在前几排已落了座，是几个年轻人出于敬重或好奇请她一同挤在一起。隐隐约约听到她在谈经布道，说些有钱人要有怜悯之心、做好事、积善心之类的话。现代出家人也在与时俱进，并非一味苦守青灯，绝迹红尘，也会一边适时地享受些现代文明，一边在普度众生。

一位军校的学生给站在身边的老者让了座。他伸了伸腰，捋了捋臂，一身刚换不久的新式军校装很合身，也显得精神。他是唐山人，很健谈，在蚌埠上学，今年毕业，分配在西藏。临行前回趟家省省亲，做些告别。

……

火车是个小社会。顺着铁路这条大动脉，人们在相同的时空中不断聚散、合分。陌路之人，因为缘分走到了一起，又像流星告别夜空，瞬间消逝。也许这辈子他们再也不会聚首，或者又偶然走在一起，却不再相识。这个小社会永远是新面孔，只有更新，没有传承。

车厢里很嘈杂，走道里旅客挤着行走不断。列车上已查了四次票。这趟列车属沈阳路局，乘务员一色男性。平常多见女性乘务员，相形之下，乘务员有一股东北大汉阳刚之气的感觉油然而生，自然觉得安全了许多。

山海关站过了，出了关就进了东北。窗外满目青翠，漫山遍野的玉米扬花了，绿色中灰黄一片，与笼罩大地的淡淡的晨雾交融一体，在喷薄而出的阳光下随风烨烨耀动。闪过玉米地头，不时出现片片稻田，此时此景，仿佛又回到江南一般。处暑过后，这里依旧是盛夏，世间的万物，正以旺盛的活力，在这转瞬即逝的季节里，争相演绎着生命的始终。

大抵人生亦是如此,在平凡中演绎,在一瞬间领悟。人生苦短,世事绵长。

旅顺印象

来到大连,记起了旅顺。十来年前,我曾到过那里一次,记得是去参观了一个日俄战争遗址,但印象已是支离的片断。

旅顺位于大连的西南角,三面临海,是辽东半岛南端的最前沿,与山东半岛的威海隔海相对,彼此如成掎角之势,扼住渤海出口,素为兵家必争之战略要地。19世纪末,李鸿章着力打造的北洋水师,就以此作为军港基地之一。

19世纪的清朝是腐朽没落的,封建社会生产力的低下和清政府推行的"闭关锁国"的对外政策,致使中国逐渐落后于世界发展大潮,成为各国列强觊觎争抢的一方弱肉。从1840年中英鸦片战争后被迫签订丧权辱国的"南京条约"开始,中国就进入了半殖民地、半封建社会。旅顺这个弹丸之地也首当其冲经历了半个世纪的外国殖民统治。

翻开旅顺的殖民史,沙俄、日本以及二战后的苏联这些当时的占领者所有的作为都历历在目,迄今,在这块土地上所保留完整的许多战争遗址也在以静止的状态还原当时这段历史的真面目。这些列强可以倚仗坚船利炮进攻别国,肆意杀戮手无寸铁的弱者,可以无视一个主权国的尊严,残酷地推行他国的制治,可以随心所欲地掠夺和滥用别国资源,可以在别国的土地上为争夺利益肆无忌惮地点燃战火……这段血淋淋的历史是这些外国列强们侵略中国的罪证,同时也是中国曾经的耻辱。

自然界的法则是弱肉强食，适者生存。人类的法则同样是如此，大到一个国家，一个群体；小到一个家庭，一个个体，无一不体现出以强凌弱、居高自傲的特性。可谓弱小受人欺，落后就挨打，纵观人类历史，蛮蒙时代如此，现代文明时期依然如故。在这个法则面前，所谓的人性的权利和公正，人性的善意和救赎，对弱者来说都成为一种可望而不可即的奢望，对强者而言只不过是一种堂而皇之的招幡。

遗址中有处"战略堡垒"，是日本占领旅顺后强迫中国劳工挖空山体修筑的庞大地下工事，用于存放武器弹药和作为隐蔽连接东西要塞的通道。堡垒修成后，两万多劳工惨遭杀害，尸骨如山，血流成河，仅存36人逃离虎口。我们从北口沿着南北向的主甬道行进，甬道内灯光昏暗，阴气逼人。令人诧异的是甬道里竟供奉着一尊硕大的卧佛和陈列了五百罗汉的塑像，佛法的庄严与遗址中的血腥感形成巨大的反差，看后心情茫然。导游说这是战后国人修建的，为的是表达祈求和平免受兵燹战火的愿望。

东鸡冠山堡垒是日俄战争的遗址之一，峰顶为"二杆炮台"。沿着数百级台阶拾级而上，极目远眺，群峰碧野尽收眼底。峰顶平台上安放着两门巨型火炮，熊蹲虎卧般眈眈向北，威控十里之遥。这两门火炮于1899年产自俄国彼得堡奥布哈夫工厂，经过百多年的岁月侵蚀，依然乌黑铮亮，出厂铭文清晰可见，周身保护得不见锈迹，唯见其中一门炮口有些残缺，应该是战争时期的损伤。"望台炮台"的碑座嵌有一块记事碑石。见到这座碑，似乎看到日本侵略者的罪恶嘴脸，令人厌恶。同时也想到由日本军国主义扶植起来的伪满傀儡政权及汪伪国民政府，这些汉奸卖国求荣，引狼入室，助纣为虐。在后人的心目中，他们的忤逆不忠像这块碑一样永远被钉在耻辱柱上。

　　驻足峰顶,感受疾风飒飒,松涛阵阵。足下这万亩松林如浩瀚大海,波涛翻滚,那涛声如悲泣,如呐喊,由远至近,由近渐远,阵阵相连,不曾停息。其实,我登临此处,对日俄之战的胜败向孰并不关注,更多的是感受这块土地遭受到战火摧残的印象。因为这两个凶残的列强之战实际是在掠夺的过程中强盗间的内讧,谁胜谁负对中华民族都有极大的伤害,对胜者不值得赞颂和褒奖,对败者也不屑同情和缅怀。倒是这块曾经支离破碎的土地,这里曾遭受奴役的人民应该得到后人的凭吊。就像这松涛声,它始终不停地鸣叫,似在提醒国人勿忘国耻。

　　九月的旅顺秋高气爽,碧空澄明,万里无云。这是个十分宜居的滨海城区,空气清新,生活闲逸。这里有城市的繁荣,却不见雍杂;有现代的风骨,却毫无虚华;有山野的清新,却不显荒芜;有乡村的安谧,却并不偏僻。上天把陆地和大海的要处一并交给了旅顺,成了大陆连接大海的驿站和通路。辽阔的黄海、渤海有着大海浩瀚的包容性,绵延的长白山有着大山般沉稳的和白山黑水般分明的品性。这种特征和品格同样造就了旅顺人。他们生活在这里觉得富足、悠逸,感到安康、幸福。不过,他们很清楚,这种安定的生活来之不易,这是国家强盛的结果。因为他们祖先曾经的遭遇,那些身边耳熟能详的遗址时时刻刻在昭示着"前事不忘,后事之师",国强则人强,人强则国兴啊!

驻足海滩

一

早春二月，北国大地春寒料峭，万物蛰伏。南国却春光明媚，春意盎然。碧海、蓝天、椰林、沙滩，一派绮丽的风光。浪漫的色彩，把海南的东郊椰林百莱玛度假村装点得无限妩媚。

一对新人在留影。

高大的椰子树，千姿百态、万种风情地伸向蓝天。阳光透过修长的椰叶漏射在沙滩上，随着风的摇曳，光斑在闪动，照在新郎新娘的脸上，那笑靥无比灿烂。

退潮了，沙滩又多出了一大片。海浪赶着白沫来回抚摸着细沙，在沙滩上留下了一片湿润的印迹。新娘披上洁白的婚纱，张开双臂，欢快地跳跃着，躲避着冲激过来的浪花，像翱翔的海鸟，在翩翩起舞。

此时，海滩洋溢着甜蜜。处处留下的美丽，记录了两个年轻人情的流淌、爱的表白和心的联结。那放飞爱情的浪漫时刻和海誓山盟的庄重瞬间，将被凝固在页页画面上被装订成册。尔后，几年，十几年，几十年,翻开它,回忆它。爱在百莱玛,爱在大海边的沙滩椰林下。

他们把缔结百年之好的日子选择在春天里,或许是看好春天是生发的季节,一切都是朝气蓬勃、蒸蒸日上的。他们的爱情也永远要像春天一样,永不凋谢。他们把彼此两心相悦地结合,选择在面对大海美丽的海滩上见证,或许是在意彼此心心相印的情感海枯石烂心不变。

漫步海滩,吸着春的气息。我喜欢大海,喜欢沙滩,喜欢这海边演绎的美丽插曲。带着一种羡慕之情,我下意识地跟着他们,共享这美妙的时光,分享他们的喜悦,也见证这充满玫瑰色彩的金色沙滩的浪漫。

二

眼前,大海碧波荡漾,浩瀚无边。昨夜的一场细雨,把天空洗得蓝湛湛的,比海水还透亮。初夏的阳光,不太灼热,明晃晃有些刺目。我徜徉在郑成功石像下的海滩上,面向东海,望着缓缓驶过的大海轮渐行远去。几只海鸟在眼前掠过,微风带着一股淡淡的海的气息迎面拂来,令我情不自禁地吸了口气,顿时,心胸豁然开朗。

很小的时候,我就渴望看到大海。是因为看了一场电影叫《怒海轻骑》,那里面有无边无际的大海,大海上有劈波斩浪的军舰,军舰里有威武勇敢的海军。母亲指着东方告诉我,大海好远好远,在山的那边,等你长大了,就可以到海边看看。我盼着长大,盼着早日见到大海。

这是个四面环海的小岛。沿着海滩向西走去,海滩边的绿树丛中,一幢幢别致的欧式小洋楼隐约其中。有些建筑墙面可见斑驳,花岗岩的围墙上长着不少苔藓和肉质的小植物,看来它们已是有些年头了。四周安谧幽静,偶尔有几个游客走过。周边响起了阵阵优美舒缓的钢琴乐曲,伴着潮起潮落的波涛声,宛如天籁之音撞入我的心扉。

这里没有凛冽的寒冬,温暖的海风永远把绿色挂上树梢。这里许多街道的行道树是芒果树,那坠吊着的腰形果,一伸手就能触及。小岛屋边道旁高大的乔木,长年累月地遮天蔽日,走近前去,一股阴凉的潮气裹身而至,似乎还带着一丝久远的历史气息。一种怀旧的情愫自我心中油然而出。

人们都有一种企盼生活得更为美好的欲望,或者有追求理想的忘我精神。因此,对待工作和生活,往往会不自觉地长期处于一种高负荷甚至透支身体的快节奏,这就需要恰当地张弛调节。人们在冲动和热情的煽动下,往往会不由自主地固执己见,刚愎自用,甚至利令智昏,很难听得进他人的谏言,这就需要适时地扪心自省。

这里的生活是悠然自得的。我感觉到这里没有喧嚣的市井气氛,没有忙碌的劳作身影,没有揪心烦恼的人或事干扰,只有一种宁静,那种能给予心灵抚慰和心身彻底放松的宁静。它好像是世外桃源,又不似古人失意时追求的那种与世隔绝的隐逸生活和孤芳自赏的小天地,而是如入人生旅途的驿站,最合适张弛调节、自律调整之境地。来到这里,它给你解除了车马劳顿之苦,给你养精蓄锐,给你打开了另一扇通向美好生活的大门。

临近大海的温馨小镇,是上天赐予的。温情的大海,温情的小屋,温情的人们,四周温情的一切。初识大海,竟然如此美妙和怡情。

三

立秋已过,天气依然炎热。还不到上午九时,汇泉湾第一海水浴场已是泳者如织了。

靠鲁迅公园一侧的浴场西头,聚集的多是当地泳者。他们一大早就来了。有的已经在海水里泡了一两个小时,正准备离去。有的横七竖八地躺在绵绵的、干燥的沙滩上闲聊着,不时下海去游几个来回,又回来享受这已晒得温热的沙"床"。他们老者居多,个个壮实,大有北方汉子剽悍的体魄。大概是经常光顾这里的缘故,全身都被紫外线染成了古铜的颜色。女同胞就害羞多了,也许是怕晒黑了,全身裹得严严实实,连脑袋也套上头套,只露出五官。乍看,真像天外来客夹杂在其中。

他们十分幸运地生活在这海滨城市,大海的洗礼给予了健壮的体魄和年轻的心灵。他们十分珍惜这上天的恩赐,清澈的海水,柔软的沙滩,温热的阳光,湿润的海风,与身体融在了一起,成为生活不可或缺的一部分,已经难以舍弃。

浴场里,孩子多的地方,大概来自各地的游客也多。正值暑假,他们拖家带口,专程来到这海滨城市度假游览,免不了要到这海滨浴场亲身体验与海水亲密接触的乐趣。

孩子们天真无邪,无所畏惧。他们不知海的深浅和浪的轻重,只感觉到海水的凉爽和追逐浪花的有趣。他们跳呀、奔呀、游呀,大人们紧张得如影随形,紧跟其后,生怕有丝毫的闪失。他们叫啊,喊啊,笑啊,大人们笑逐颜开,心花怒放,尽情地享受这天伦之乐。

孩子们出于天性,喜欢玩沙。他们有的拿着塑料小铲子,在沙滩上挖沙,堆砌心目中的城堡。一阵浪头冲上来,城堡被淹了、冲塌了,孩子们索性用脚把城堡彻底摧毁,留下杂乱的一圈小脚印和一堆凹凸不平的散沙。有的用双手掏开一个沙窝,海水从沙粒中渗出,沙越淘水越多。窝边的沙子不断坍塌,沙窝也就越淘越大,大到他们可以躺在里面。

我被孩子们的玩兴感染,也脱去鞋袜,光着脚,走在潮湿的沙滩上。沙粒细细绵绵,亲吻着脚掌,脚底有种软软酥酥的感觉,踩上去有些痒痒。海浪不时涌上来,漫过脚背,凉爽爽的。脚底的沙子被浸润得直往下钻,一会儿,脚丫就看不见了。我想起了小时候在河滩戏水的情景。有孩子的地方就有欢乐,就有亲情。不少游客在拍照。随着镜头的游动,那些欢乐和亲情的瞬间被一一记录了下来。

我把这些都印在了心里。

在八月间的海水浴场。

四

渤海与黄河交汇线上有一座海上仙山,九丈崖在它的北端。行走在嶙峋的崖下礁滩上,驻足观望大海和海浪撞击礁岩,我见到了大海的雄壮。

天有些阴沉沉,初冬刮起的风让人有些冷瑟瑟,大海在躁动着。只见天那边的远处翻起一条条白练,汹涌澎湃地奔了过来,大有翻江倒海之势,一排接着一排,猛烈地撞击着崖底的礁石。每一次的撞击,发出沉闷的"轰隆"声响,震撼着我的心弦。激起的浪花漫天飞舞,溅落在脸颊上,淌过唇角,留下了大海的咸腥味。

我登上一块礁岩,任凭海浪在脚下咆哮,向着大海大声"呵呵"地呐喊,就像在大山深谷面向大山呼喊一样。可是,听不见像在大山里时起时伏的回响,那放声的呐喊完全被褶皱的大海吸去,被海浪的搏击声淹没。此刻,我感觉到了自己的渺小。

我想起了一次在雨中游栈桥的感觉。风雨交加,更使大海变得十分暴躁。倚着回澜阁旁的扶栏,极目望去,黑沉沉的海浪跌宕起伏,汹涌激荡。大海像一口晃动着的大锅,似乎随时都会倾覆。人在其中,感到阵阵眩晕和丝丝恐惧。

由此,我又想到,海啸不就是海的另一种形态的表现吗?那突如其来的灭顶之灾,那摧毁一切的可怕力量,比眼下的恐惧要恐怖万倍。这就是自然界中潜伏着的力量,只不过这种可怕的力量有着温柔的外衣掩饰着,难得让人们一见罢了。

这座仙山有南北两岛,中间有条海堤相连。海堤的东侧竖起一米多高的挡栏,抵御着来自黄海翻腾的浪涛。海堤的西侧是一片近海养殖港湾。海面上,网箱浮球星罗棋布,穿梭其间的叶叶扁舟颠簸在浪尖。岛上人家世代居住在这里,他们向大海讨生活,对于大海的秉性,谙知洞识。大海是唯一的依靠,他们离不开它。

一艘海轮迎着海浪向东朝外海驶去。

流淌着的塞纳河

塞纳河,流淌在西岱岛和自由女神像之间,显得十分平缓和深沉。它平缓得就如漫长的历史时光在流逝,深沉得就像法兰西璀璨的文化难以让人透究。塞纳河像一条绿色的丝带,把千年历史所积淀的人类珍贵的文化遗产和巴黎人引以骄傲的古迹胜览串在了一起。巴黎市区是从这里向四周延展的,而今,这里成了城市的中心,成为向外人集中展示历史文化和现代文明的窗口。

巴黎圣母院坐落在西岱岛的东头,犹如高耸的舰岛,指挥着西岱岛这条巨轮,在行进中把塞纳河分成了两半。这座哥特式风格的教堂始建于12世纪初叶,历时180多年才全部建成,是欧洲建筑史上划时代的标志建筑。大抵是年代久远,外观有些黛黑,却依然精美挺拔、巍峨壮观。教堂内,穹顶高悬,寂静清爽。天光穿透过镶嵌在窗棂上的彩色玻璃略显幽暗,渲染着一种神秘的气氛。巴黎圣母院自建成以来一直是人们接受神灵教化的场所,是净化心灵,弘扬真、善、美的圣地。它所显示出的历史价值,只是其实体存在的外延。对络绎不绝的游客来说,尽管信仰不一,但在瞻仰、观赏的过程中,的确能在肃穆、庄重、神秘的氛围中,为在虔诚教徒的影响下感受到一种宗教的教化力量。

罗浮宫在塞纳河北岸。这座800多年前的王室城堡，如今已成为历史艺术瑰宝陈列的宫殿。它吸引了无数艺术追崇者和游人向往与留恋。且不说这里所陈列的不同年代、不同国度、不同形式的艺术精品能让世人一饱眼福、遂心如愿，如达·芬奇的《蒙娜丽莎》、古希腊的《米罗的维纳斯像》等，就看宫殿的本身，那种恢宏博大之势，精巧入微之工和堂皇富丽之景，也足以让我们心动和震撼。它反映了法兰西人民活动轨迹的演变和文化结晶的积淀，折射出法兰西的兴衰和区域文化的特征。

协和广场东连罗浮宫西广场花园，西接香榭丽舍大街。谁都不会想到这个鸽群欢飞、喷泉怒放的休闲观瞻之地曾是行刑的场所。当时的设计者也绝没料到为国王路易十五而建的广场，在法国大革命时期竟成为路易十六及王后上断头台的地方。历史就是如此无情和扑朔迷离。罗浮宫的玻璃金字塔、协和广场中央刻着古埃及象形文字的方尖碑以及香榭丽舍大街西头的凯旋门处在同一中轴线上。或者，这是设计者的传承，自然又将一段历史串在了一起。看着凯旋门上拿破仑大捷仪式的雕刻和从卢克索神庙搬来的古埃及方尖碑，似乎在赞叹建筑本身的美轮美奂之余见到了战争和掠夺。由此又联想到埃菲尔铁塔，它耸立在塞纳河岸的战神广场。当时埃菲尔采用7000吨钢铁打造320米高的铁塔，是否出自炫耀法国资本主义工业革命成果来体现战神的力量这一设计理念？这些文化遗迹很真实地反映了法国的发展历史。

翻开巴黎的交通图可以看出，塞纳河两岸的巴黎中心城区街道像蛛丝挂网。那里的路面也不宽畅，不少地方还保留着数百年前的马车石条道。石条截面两三寸正方,半尺余长,竖埋组成多个弧拱形交叉图案,既承重又美观。道的一边画出停车线,停满了各式各样的小车。虽然显得拥挤,但不见有塞车。据说,这是交通规划合理和文明行车使然。沿街的建筑物,老式住宅居多,装饰精美,风格式样各异,人体雕塑又最为多见。欧洲人崇尚裸体之风,源自古希腊崇尚体育、视人体为美的审美习俗。街边道旁,露天酒吧比比皆是。路人随心所欲,走累了随意选个位子。坐在太阳伞下,迎着和煦的轻风,瞧着穿梭如织的美女俊男,叫杯啤酒,要个三明治。没有生活的窘迫,没有私欲的膨胀,轻轻松松,坦坦荡荡,好不惬意!

巴黎有堵举世闻名的"巴黎公社社员墙"。这是一座纪念碑,坐落在拉雪兹神父墓地的东北隅。那里离塞纳河较远。但是,多年前的巴黎公社运动,是在这个以塞纳河为中心的城市里发生的,这次运动在法国的近代史上有着划时代的意义,也是我们自小认知西方、了解法国的重要内容之一。到了巴黎,我们是无论如何也要去拜谒一番这巴黎公社社员墙的。1871年3月18日,以工人阶级和下层中产阶级为主体的巴黎市民通过武装起义夺取了巴黎政权,实现了世界历史上无产阶级专政的第一次伟大尝试。这次运动持续了72天,最后遭到了凡尔赛政府军的残酷镇压,最后一批起义战士被枪杀在拉雪兹神甫墓地。19世纪80年代,法国雕塑家保尔·莫罗·伏蒂埃怀着对巴黎公社及其革命先烈的崇敬心情,在这堵墙上完成了他独具匠心的纪念碑雕刻。

我们走进了拉雪兹神父墓地。整个山头绿树成荫、区划分明,各式大理石墓碑祭台鳞次栉比、新旧相间。有些墓葬,因为年长日久,石碑上长着厚厚的青苔,仍不显荒芜。芸芸凡夫俗子墓群之中,不乏显赫的先贤王公之辈。此墓地年代久远,埋葬着不少在不同历史时期有影响的人物,由此带来后人和旅游团队的观瞻。就像我们在着意追寻着巴黎公社社员墙,去缅怀那些为开创国际共产主义事业而献身的先驱。墓地因此又成了教育基地和游览胜地。

塞纳河是巴黎的母亲河。它像一位永远焕发着活力的时光长者,目睹了这座城市的形成、发展和变异,见证了一个又一个的历史事件。看着这在深沉中平缓地流淌着的塞纳河,感觉这平缓让人亲近,这深沉让人更想探究。这深沉呵!就像那被一艘艘游艇翻开的波浪一般,那里似乎蕴藏着无尽的要向游人展现的奥秘。

一个王朝的消失

此刻,我站在西夏王陵昊王墓前,注目这座历经900多年沧桑岁月而今已是黄土残堆、碎砾断垣的王陵。

被誉为"东方金字塔"的陵台,呈圆锥形,高20多米,全部用黄沙土实心夯筑而成。陵台久经日晒风蚀,已裂塌得千疮百孔。周边九万平方米的遗址,神墙、阙台等建筑也已坍塌得面目全非。唯有碑亭台基上雕刻得古朴、粗犷、似图腾般的碑座石仍能折射出王陵的庄严和神圣。阳光下,王陵突兀在山脚下广袤的荒漠上,在铮铮铁骨、延绵雄壮的贺兰山的衬托中,显得十分醒目和苍凉。

西夏王朝自夏景宗元昊于1038年称帝立国到末帝年于1227年降蒙古被杀而亡国,历时190年,传位十主。因为元人没有撰出一部西夏纪传专史,对史料也未系统整理,所幸有座座金字塔般的夯土巨冢,成为西夏的象征,还能让人感觉到它的存在与辉煌。

西夏王朝是以党项羌族为主体建立的封建性民族国家政权。随着王朝的覆灭,党项族也消失得鲜为人知。据历史文献记载,这个民族的活动在南北朝末期已初露头角。至今贺兰山麓所保留着不同时期的岩画中就有党项族在此活动的痕迹。党项族有八个部落,其中拓跋氏最为强盛。西夏王朝如果从始于公元881年由拓跋思慕建立的夏洲政权算起，其执政期比同时期的宋、辽、金更为长久。其疆域"东尽黄河，西界玉门，南接萧关，北控大漠"，即有今宁夏全部，甘肃大部，陕西北部，青海、内蒙古部分地区。方圆约两万里，可谓境土之大。党项族鼎创了中国西部辉煌灿烂的民族文化。然而这个民族却没有将自己的文化传承下来。有资料云：西夏被元取代后，党项羌被称为唐兀，属色目人，经明、清而融合到其他民族之中。一个王朝的兴盛与衰亡是社会发展的必然，一个民族印记的消失却是件悲哀之事。是元代的统治者导致了这个显赫氏族的无奈变异以至销声匿迹，还是其他？谁去评说。

西北干旱的游牧生活，形成了党项剽悍的民族习性，成就了其铁甲征骑、拓疆扩土的霸业。黄河绿洲的安邦养息，融入了汉室的礼数，延续了数百年的皇权。如果西夏王朝能一如既往地坚持以武立国，而非重文轻武、推崇儒术务虚无为，就能抵御蒙古铁骑的蹂躏，雪洗亡国之恨。如果党项族统治阶级能官高忌贪图安逸，权重不腐败堕落，在侵略大军面前，就能号召本族子民，同仇敌忾，捍卫住百年基业。历史就是如此，无法多种选择，只有一种无法逆转的结果。这就是党项族的命运。

大漠风光与水乡韵色构成了河套地区独特的审美情趣。骑上骆驼漫步，炎炎烈日下，干燥细微的沙尘扑打在身上。远眺着一望无垠的腾格里鱼脊般的沙海，几茪枯死的胡杨旁有几支屡弱的沙柳顽强地生长着，演绎世间的生与死，弘扬着胡杨千年不死、千年不倒、千年不腐的存世精神。登上轻舟游弋，明媚阳光里，湿润、和煦的微风轻拂着脸庞。极目宽阔的一泓沙湖水，丛丛芦苇扬着花，伴着水鸟，勾画出水乡的情调,赞美着塞北胜江南的宜人的生态环境。乘上羊皮筏漂流,滚滚黄河水,伴着筏工高昂的号子,惊心动魄地任黄汤般的河水溅上衣裤。目睹着这汹涌澎湃的高原之水,由西向北湍急而去。中华民族的母亲河,绿了两岸,活了生灵,富了一方民众。党项族就在这块神奇的土地上建立了唯一的王道乐土,西夏王朝因此也为这块土地的开发奠定了基础,创造了契机。

宁夏河套地区是富饶的。尽管东西两侧的内蒙古沙漠带来了干旱和风沙,但黄河水压住了盐碱,给予肥沃的沙土以生命。张贤亮挖掘的镇北堡影视城所展现出的原始的简陋和残破,并不能代表曾为王土的塞北地域的主流。从拜寺口双塔处所保留的瓦当残片中,可以想象出当时皇家寺庙的富丽堂皇和鼎盛王朝的富庶升平。

腾格里大沙漠的边沿伸到了黄河岸边的中卫沙坡头。在西夏王朝时期这个大沙漠是否也如此霸道和肆虐?人类有时会在不自觉中毁灭自己,对无度索取会加速荒漠沙化的扩张。这里,包兰铁路穿沙而过。几十年来,人们保卫着这条运输线,谱写了世人瞩目的人进沙退、建造绿洲的奇迹。因为没有历史的记录,人们不知道千年前这里是什么景象,但在千年以后,后人会记住今天的成就。

在沙漠的绿洲中欣赏隆重的蒙古族烤全羊礼俗,的确是件很兴奋的事。剽悍的蒙古族青年拉起马头琴,盛装打扮的姑娘用洁白的哈达托着酒盅,唱着高昂、圆润的祝酒歌,给尊贵的客人敬酒上肉,煽起热情,吊起胃口。此时,自然又联想到消失了的党项族,同曾是西北的强悍民族,又是如何引人动情?银川市区熙熙攘攘的人群中,无疑会有党项族的后裔。近千年的变异和进化,他们是否还保留着祖制传遗?我想,一个曾存在过的民族,即使没有外在形式维系,其精神,其独特的基因,其内在的根,是不可能消失的。

西夏王陵昭示着西夏王朝的存在,宁夏多民族的团结也包含着党项族这个老祖宗的精神。让我们记住历史。

乾陵无字碑

乾陵有一块无字碑。陵前左右各有一块碑。西面是述圣纪碑，是武则天亲自撰文为高宗所竖。东面是无字碑，相传是武则天为自己所立。武则天的无字碑长时期以来给后人们留下了一个疑惑的话题。

乾陵是武则天为厚葬唐高宗而精心遴选的福地。梁山山脉似平躺在秦川平原的睡美人。三峰鼎立，主峰像披着秀发的头颅，两峦如圆挺的双乳。乾陵司马道由南向北，在两峦之间顺着山脊直抵主峰。墓穴开凿在半山腰，居高临下。陵园南北中轴长4.9公里，周长40公里，面积2.4平方公里，工程历经两朝，长达28年之久。陵园造势雄伟，匠心独具，气势非凡。7.53米高的无字碑更为这座举世无双的陵园增添了神圣与悬念。

武则天，自幼聪颖巧慧，才貌双全，14岁时被唐太宗召入宫，封为四品才人。太宗患病，武则天与太子李治同侍，彼此生情至深。李治登基后，因后妃争斗，她得以离感业寺二次进宫侍主。她与高宗情深意笃，又工于心计，被专宠一身至废皇后而取代之。立为皇后后，参与朝政，与高宗并称"二圣"。高宗驾崩，其又废中宗、幽闭睿宗，临朝亲政。后更唐易周，以圣神皇帝登基执政21载。她一生自14岁进宫至

82岁殁于上阳宫,命运坎坷传奇,功过昭世,誉毁参半。

权贵名士,很注重树碑立传,帝王尤其如此。碑文穷尽赞美之词来歌功颂德,昭显尊荣,以达到流芳千古的目的。可无字碑又说明什么? 通过它想表达何种意思?

立无字碑,也许是武则天的聪明之举。功过是非,褒贬誉詈,让后人去评说;与先君相左,也就彰显了另类有别,让后人去惦记。时代产出了一个尤物,机遇造就了一位奇才。前无古人,后无来者。集天下所有褒扬之词赞颂其丰功伟绩难以尽表;聚世间一切贬抑之句诋毁其暴虐淫荡并不为过。褒贬若何,或流芳千古,或遗臭万年,并不重要。她仍是一位天才。

立无字碑,也可能是武则天的无奈之举。她出生在新贵显宦之家,又乃庶族门第,出身低微。既享用权势奢豪的生活,又饱受士族流俗轻视之苦。双重的环境使她成就了热爱生活、追逐权力、出人头地的人格倾向。她是达到了目的,却遇到了她无法逾越的男权世界的围剿和传统观念的束缚。她一生在抗争,在力图改变女性的地位,但最终遗诏"去帝号,称则天大圣皇后",回归到"作为女子,死后只能入李家宗庙享子孙祭祀"的男权封建社会的传统铁律之中。无以言表。

走近无字碑,仿佛见到这位中国历史上唯一的女皇临朝亲政的刚烈与威严。其开科举、用庶才的用人之道,容纳谏、破陈规的革新之律;劝农桑、薄赋敛的发展之举,息干戈、重经济的富国之策,使她在掌理朝政近半个世纪内,社会稳定,经济繁荣,有上承"贞观之治",下启"开元盛世"之历史丰功。她争女权、做亚献,开妇辈封禅之首;牝鸡司晨,乱纲反常,创女子九五之尊,有巾帼不让须眉的政治家之博大气概。

　　走近无字碑，似乎感到这位男权社会另类统治者的才气和柔情。她十三四岁已是博览群书，博闻强记。一生重视述著，宣纲常、重史鉴、昭风范。召学士先后撰成《少阳政范》《古今内范》《维城典训》、《紫相要录》《内范要略》《凤楼新诫》《百家新诫》《兆人本业》《孝子传》《烈女传》《玄览》《臣执》等书。她雄才大略，才华横溢，文笔生辉。据《新唐书·艺文集》云，她著有《垂拱集》百卷，《金轮集》六卷。今《全唐诗》存其诗46篇。在感业寺思念李治作《如意娘》诗云："看朱成碧思纷纷，憔悴支离为忆君。不信比来常下泪，开箱验取石榴裙。"情意缠绵，柔情似水，令人肝肠寸断。李白把她列为唐"七圣"之一。

　　光阴荏苒。千多年来的雨刷风蚀，无字碑顶端缠绕着的八条螭龙浮雕已失去了棱角；宋金后某些附会风雅的文人骚客在碑石上的铭文题识也已模糊不清。梁山脚下的麦苗返青了，又一个初春来到。历史在经历着无数次的冬去春来的轮回，延续不断的后人的评价却无法为武氏盖棺定论。因为仁者见仁，智者见智，时代嬗变，百家争鸣。但如果我们摈弃"男尊女卑"的狭隘观念，以男女平等的眼光去对待，或者以客观的、时代的、积极的因素去理解，或者以发展的、辩证的、宽容的思维去评价，那么，我们对无字碑的感觉也许会更好。

雨中的青岛印象

我见过一幅名《青岛印象》的纸版画。画面采用抽象构成,也带些具象描绘。五颜六色,红、绿、黄、蓝、白、黑,似乎有房子、树、沙滩、海、街道和人;朦朦胧胧,分不出春、夏、秋、冬,仿佛在一片细雨之中;隐隐约约,辨不清东、西、南、北,宛如海市蜃楼一般。几十年来,它一直是我心中的青岛概念。八月间,一次旅途换机,在青岛逗留一天。我们适时选择前海这个滨海城市的象征性景点线,走马观花,粗略浏览了一番。在这个概念里增添了一些新的印象。

一

走上栈桥,便走进了青岛的历史,认识了这个城市的象征。

黑天沉沉的,下着阵雨。风掀起的海浪与天浑然一色,显得雄浑莫测。栈桥像一张弓上的箭,笔直伸向黄海,把青岛湾隔成两半。东侧的海面,因为琴岛把汹涌的波涛抵挡了一阵,显得不是那么暴躁。雨水把青岛的污浊洗进了大海,站在栈桥,一条浊水和墨浪的交界线清晰可见,一直延伸到湾的尽头。西侧的大浪,滔天盖顶,显示出大海的狰狞面目,狂暴地撞击着栈桥和岸边的礁石,撒着白色的浪花,发出如雷的轰隆声。在湾中心的回澜阁旁观海,仿佛大海在动荡摇晃,让人目眩心惊。

栈桥,日复一日,年复一年。经历了110多个岁月的风雨侵蚀,经受了一个多世纪变幻莫测的大海磨砺。它依旧坚如磐石,雄居沧海。

栈桥,因运而生,因势而存。它为开疆拓土立下了汗马功劳,伴随着开埠兴市,始终傲对苍天,笑迎旭日。

风雨并没有削减游人的兴致,栈桥此时仍人头攒动。风雨也能带来一种商机,小贩们不失时机地在兜售着多彩的一次性雨衣。人们在欣赏风雨中大海的壮观,在追惜百年栈桥的人文历史,在体味人与大海既唇齿相依的和谐又不息抗争的精神。鲜艳的五彩雨衣在沉重的海色天光中格外抢眼,本身就是一道亮丽的风景。

历史会有许多偶然。清光绪十七年(1891年)始建的栈桥当时仅是作为海运的装卸码头和军用的集结枢纽。岁月流逝,在其实用功能消退后,历史没有把它终结,没有随着时代的烟云无情地湮灭。反而作为一种百年的历史精粹和人与自然的现实精神保存了下来。

历史也会有许多必然。历史的积淀会成为一种文化,而文化又会使历史的遗迹大放异彩。栈桥现象就是这种必然。

陆地和大海彼此独立时是永恒不变的,或者是没有更多的质的变化。当它们有机地联结在一起,奇迹就可能发生。一座城市即应运而生,一种文化便呼之欲出。栈桥也就是陆地和大海联结的一个阶梯,一种媒介,一把开启青岛这座滨海城市的钥匙。因此它成了这座城市的象征。

二

八大关,依山傍海,景致如画,环境宜人。

这是汇泉湾的一处别墅区。在一片礁石丘陵之中,林深叶茂,绿草慢坡,200多幢各具欧陆风格的古老建筑散落其间。纵横交错的林荫道,以中国八大名关重隘命名。偶尔,出现几对漫步的游人和几部悄然而过的小车。一切是那么幽静雅致,令人心境豁然。

在蒙蒙的细雨中,我们来到了八大关花石楼。

青岛这座城市是德国人开埠和命名的。1898年,德国人占领青岛后,大清国李鸿章和翁同龢与德国公使海靖签订了《胶澳租借条约》。这里留下了深重的殖民色彩,花石楼就是在殖民地与半殖民地时期典型的建筑代表。

最初建花石楼是涞比池。这位因十月革命而逃离俄国的王公贵族,选中了青岛这座欧化的城市生活。1934年建成。这座古堡式的建筑吸收了巴洛克式的建筑风格,给人一种古典浑厚的感觉。墙体石来自本岛的土红色的花岗岩,据说,连下脚料都用得恰到好处。外墙面贴有滑石和鹅卵石,显得沉稳而富有变化。次年涞比池病逝后,此楼做了英国总领事住宅。蒋介石在1949年住于此。陈毅、董必武等人也曾在此居住。如今,花石楼已作为游览开放的景点。二楼空荡荡,正在装饰布置。三楼一角有卖书处,其中有不少介绍青岛方方面面的地域书籍。想更深层次地了解青岛,可以选上几本。园堡顶层有个观景平台,四楼观景厅,有架铁质楼梯,可供游客拾级而上,登高望远。

登上堡楼观景平台,环顾四周,烟雨茫茫,一览无遗。眼前的东汇泉湾是青岛第二海水浴场,三面环山临礁。其间红房绿影,叠露隐约,星如棋布。呈月牙形的沙滩,南向黄海,放眼望去,海天一色,浩瀚无比。

在中华悠久的历史长河中,青岛这个百年城市的历史是十分短暂的。然而,建埠初期殖民统治的影响,却是至深的。沂水路、八大关等地遗留下来的欧式建筑,是外国殖民者、外国商贾、寓公,在此地留下的物质形态。至今,仍作为青岛颇具特色的地域风貌,吸引着全世界旅游者前来猎奇,受到建筑学者的青睐。人们在欣赏这些美轮美奂的建筑的同时,很难把殖民地人民的苦难和清王朝的无能与之联系起来。我们姑且避开丧权辱国的民族主权,以非政治性话题来谈青岛的发展,当时的殖民统治者向世界开放了青岛港口,带来了清朝洋务运动主张的西方文明,相比在闭关自守的封建统治樊篱中的落后,的确大大地前进了一步。并且,这种殖民制度下衍生的文化,在很长时期仍影响着这个城市的发展。

雨越下越大,远处那些古老的建筑物也越来越模糊。这些各式的别墅,成为新生青岛的地标,成为本土文化的内容。

三

青岛老城区的街道,高高低低,七弯八拐,找不出城市脉络的规律来。路也不宽畅,单行道很多。穿行在海岸边起伏的山体间,这是自然形成的,并不是城市规划的缺失。

沿着香港路东行进入新区,路宽畅和平坦了许多。我们来到五四广场。

这是浮山湾的中心。浮山湾,地势平坦宽阔,高楼鳞次栉比,显出一派气势恢宏,商贸繁荣的景象。它像个扇面,从五四广场这个扇心发散开来。这里是青岛的政治、经济、文化中心。

五四广场面向大海，背临市府大楼，占地十万平方米。南广场中央耸立起巨大的雕塑《五月的风》，那赤色和旋升的造型在大海的衬托下显得十分突兀和雄壮。

1919年，中国爆发五四运动，这个运动的导火索就是青岛。第一次世界大战结束，德国战败。英、美、法、日、意等战胜国在巴黎召开对德和会，决定由日本继承德国在中国山东的特权。在北洋军阀政府准备接受这个决定时，北大3000余名学生5月4日会集在天安门，游行示威。现场悬挂"还我青岛"血书，反对帝国主义的无理决定和北洋军阀的妥协，点燃了全国反帝反封建的烈火，揭开了新文化运动的序幕。

青岛以纪念五四运动来构建新城的"眼"，是极有意义的。曾为殖民地的历史，是耻辱和无奈的选择。新生的青岛需要激发出一种民族精神和自立于世界之林的实力，改写百年历史，让世界瞩目。

《五月的风》在飘泼的大雨中似乎显得有些孤独和苍凉。那历史的耻辱和无奈像一张沉沉的天网，把天地罩得乌黑，也像这无情的急雨，把天地淋个透彻，淋得冰凉。但它那血红的身躯像熊熊烈焰，火龙般地点亮夜空，像永生的火凤凰，在涅槃脱胎中获得新生。

《五月的风》在狂飙疾风中仿佛感到有些吃力和颤动。那逝去的岁月像逆境中充满呐喊的反抗，也像冲破黎明前黑暗的抗争。但它在顽强地向上旋转，鳖足底气在鼓励加速，并产生出巨大的离心力，把一切禁锢和累赘全部洒脱，奋力腾空出一个新的自我。

一些学者分析青岛文化，是自然与人文结合的象征文化和对外开放的商贸文化的统一，这种表述是符合青岛实际的。虽然这种文化有殖民文化的影子，但它融入了更多本土的因素，一种民族的精神和民族的时代魂。

五四广场上的《五月的风》是青岛新的象征。

与东滩的心灵对视

一

一望无垠的东滩湿地,生长着一大片高矮不平、粗细不匀、强弱不等的芦苇,在秋日的阳光下,醒目地展现在眼前。

假日黄金周,出行的人们,在原本就像凤尾鱼罐头一样密集的人流里,又使劲地挤压了一下,致使一些旅游景点爆棚。人们感受到的人满为患,使假日里的游走变得索然无味。我选择远离喧嚣,不盲从大流,去寻找原生态的寂静来熨抚那颗被大都市燥热了的心灵。

几阵秋风吹过,芦苇已经扬穗。微风吹动着芦苇,荡垂着的穗丝,像束束翘起的马尾,频频地向来者点头。往日里充满生机的葱绿正渐渐收敛,显露出沉着和略显灰黄的色彩。有一两只孤独的白鹭悠然自得地在浅泽里觅食,它们的冬候鸟大部队还没有成群结伙地飞来。再过些时候,纷纷扬扬的芦花飞雪将要降临,那漫天飞舞的壮观场面较之三月的柳絮飘丝另有一番情趣。这是一个静谧的世界,这是一块到处都充满着肆意无羁的乐土。在这里,周而复始地演绎着原生态适者生存的法则和荣枯盛衰的始终。

二

千百年来,千里长江挟着来自千万条山川壑谷里的细流、泥沙,汇成滔滔江水,在这个地方与东海的浪潮相激相涌,停住了奔腾的脚步。泥沙沉降、聚集、堆积,成就了一方绿洲,卡在河口中央,宛如一条出洞的大蟒吐出的信子。

滩涂告别了泽国,涌出水面,呼吸着清新的空气,接受着阳光雨露的洗礼,完成了生命的另一种形态。那些鱼虾、蟹蚌和水晶宫里的所有生灵对它依恋不舍,那些草芥、花鸟和昆虫走兽也钟情于它。它们组成湿地家庭,成就湿地世界。

芦花被风吹上了天空,有的飘落到滩涂,有的飘落到水面。那茸毛包裹着的生命在水面上随波逐流,漂到了岸边,也黏附在滩涂上。于是,这看似柔弱又确为顽强的生命找到了家。它们在滩涂上扎下根,一片新绿出现。根像竹鞭一般迅速地向周边伸展,冬去春来,又爆出无数新绿,繁衍开来,形成这一望无际的芦苇荡。

滩涂上还散落着棵棵还披着绿衣的耐盐柳树,夹杂在茫茫的一片芦苇中,醒目地露出半张圆脸。路边芦苇丛的脚下,蔓生着簇簇不知名的五彩斑斓的五色花,给秋日里的萧瑟多了几分生气。不知道它们是在什么时间来到这盐碱地落户的。是风和鸟儿把它们的祖先送来,然后适应着、繁衍着,并且也喜欢上了这里。它们成了芦苇的朋友,成了滩涂的忠实伴侣。

星移斗转,岁月流逝,水泽变滩涂,滩涂变良田。东滩湿地不停顿地把不同来历的同伴汇聚在一起,不断地向东海扩展。枝枝芦苇,棵棵柳树,株株野花在这里也不断地生根、开花、结籽。就像这座拥有二千多万人口的大都市,接纳着五湖四海的外来移民在一起共同生息。这时候,谁也分不清谁就是原住民了。

三

当滩涂露出水面又披着盛装的时候,另一种生灵就来了,那就是候鸟。

秋冬季节,北方的候鸟离开繁殖地南飞了,飞到这江南临江面海的充满湖滨河汊的芦苇荡。这里有无数的鱼虾螺蟹,是候鸟们的美馐佳肴。这里有遮风避雨免受干扰的屏障,宽阔密实的芦苇丛是它们休养生息、育肥越冬的最佳栖息地。每当深秋来到,寂静的滩涂湿地刹那间热闹起来,数以万计的各种候鸟接踵而至。这里成了鸟儿们的天堂。它们给滩涂带来了欢乐,同时,也带来了新的生命力。

十年前,这片人迹罕至的滩涂,更多的是因为这群候鸟引来了猎奇的人类。人的本性是贪婪的,在丰富的生态资源和绮丽的自然风光面前,人们见到了社会效益后面的经济效益。于是,扛起挖掘、打造人与自然和谐相处的旗帜,把这片滩涂圈成湿地保护区。挖河疏浚,垒土堆山,修桥铺路。临海筑起防浪长堤,芦苇丛中架起游览木栈道,某个地方筑上些颇具人文情趣的应景景点。随着观游人群纷至沓来,滩涂便逐渐失去了纯粹的原生态,像一块被开垦的处女地,浸淫着人的意志和文化的意味。

观海台是东滩的制高点,是当时依傍防浪堤堆起的最佳观海平台。芦苇荡里有蜿蜒数公里的人工河,终点码头就在台下,游人可乘游艇从进口处直抵这里。而今,防浪堤外侧已不见碧波荡漾和浪涛翻滚,取而代之的是一片新滩涂和与堤坝浑然一体的芦苇荡。东海已经

101

远去,在曚昽的日曦中可见一线东海和几叶飘动的渔舟。据说,东滩是以每年扩展70多米的速度在向东海延伸。在这里,是能深切体会到沧海桑田世间变迁的岁月流逝感。

人进鸟进,那块尚未被开垦的滩涂又成了候鸟们的天堂。它们依偎在那静谧的芦苇荡中,远离人类,享受着一冬的奢饱和快乐。待到明年秋天,它们各自带着子女再回来,恐怕又得向前选择新的栖息地了。它们永远追逐着岸滩,自由自在地欢聚一起,过着自己快乐的每一天。

四

眼下,东滩湿地一派荒芜野气,平淡无奇。

园区内,还是有不少的游人,只是散走开来后,显得寥寥落落而已。

不少恋人和少男少女,蹬着租来的双人自行车,沿着游览道旁若无人地奔驰着。他们的欢笑不时在芦苇荡深处传出。尽管这里的鲜花是那么单一和孱弱,月夜是那么苍凉,也会令人恐惧,但在阳光下的芦苇荡里穿梭,也能寻找到另一番罗曼蒂克的浪漫情愫。他们需要的是更多的私密空间,需要在空灵的世界里放飞梦幻和爱意,宣泄旺盛的精力和激情。

游人中有许多老者。他们选择到这里游览,除去在检验自身的体力能否经得起这偌大的湿地公园对双腿的折腾外,或许在这里能感悟出世间生与死的哲学意蕴,还能找回些年轻时期在广阔的天地里战天斗地的旧时感觉。

因为候鸟还没有到来,孩童们感到无趣。

东滩湿地,更多时候是要用心灵去解读,用心灵去感悟的。

游走在水乡古镇间

一

水滋润着苍生,滋润着万物。人类离不开水,与水有着格外的亲近,尤其在水乡,在江南那一马平川的充满湖滨河汉之地。

古镇里水道纵横,古楼旧宅,鳞次栉比,傍水而筑。是水带来了古镇的开埠和繁荣,给古镇以鲜活的生命。千百年来,这里早已是涵盖方圆几十里的农贸集散地。而今,这些充满乡土和商贾地域文化的古镇,又成了世人瞩目的观光游览胜地。

是哪位先人率先来到这里,选中这风水宝地开耕动土、生息繁衍的? 那应该是有十分遥远的岁月吧。大抵当时就是因为这水的缘故,此地水肥土沃,又"咫尺往来,皆须舟楫",远离了兵燹战乱,宜耕宜居。富饶是个挡不住的诱惑,人们为之趋之若鹜,不断地集聚,又有意无意地不断地张扬光耀家族的存在。由此,许多家族代代兴衰枯荣,成就了一个个水乡古镇的当下,遗留了一丝丝枕水人家的古韵遗风。

水乡的水道似一挂蛛网,连着江湖,连着运河,连着大海。几千年的农耕时代,水道一直就是社会的交通要道和运输通路,于是,古镇就把乡人的欲望托付于水。水不会失信于人,富可敌国的沈万三初始发家,就是靠这水路让大江南北、四海番邦的财富源源不断地流进周庄古镇的。

古镇周边的人们,从四面八方顺着水道,摇着乌篷船,装上刚从田间地头里收拢过来,还带着泥土腥气和沾着点滴露珠的农家什物之类,或者是从外埠贩来的百货、南杂种种,集聚这里。在古镇盘桓大半日,或许遇上了几个老相识,寒暄一阵,最后带上交易后的欢喜和购上称心如意物品的愉悦,有的恐怕还捎着午间小酌后略显微醺的满足,又顺着水道,摇着乌篷船,伴着西下夕阳返去。他们就是这么简单而又日复一日地快乐生活着。水的阴柔使人变得温存许多,乡间俚语也有些缠绵,即使彼此之间有些口角之争,外人听来,也像听到唱歌一般让人舒坦。

坐在西塘廊栅下凭栏观景,目下略显黄浑的小河悠缓平静,似乎看不出水体在流动。一群几寸长短的小白条不时地翻起一阵涟漪,拱出灰黑的背鳍又倏然消失在水中。这流淌在古镇里的水不知已流过了多少岁月?可以肯定的是,要比古镇的历史更为久远。时间长了,水也浑了。水乡里的水都一个样,没有像山沟里流出来的那股透彻明净。或许这不只是时间的关系,更重要的是沿河集聚的人太多了,而且人又喜欢去过度抚摸这水的缘故吧。

下雨了。绵绵细雨笼罩着古镇。此时,黛瓦、粉墙、码头檐、花格窗、石拱桥、乌篷船……隐约在一片蒙蒙烟雨中。氤氲的水汽,飘进廊栅,钻进游人的骨子里,这是水乡的气息,应该与千年前的气息并无两样。石拱桥上,匆匆走过几位撑着雨伞的路人,那种熙熙攘攘拥挤过桥的情景不见了。天上之水,洗涤着这个浮躁的世界,古镇安静了许多,暂时回归了本来的面目。

水是古城的灵魂。我喜欢这水,喜欢在烟雨中坐在古城的廊栅下,一边品茗一边享受着这时的安宁。

二

石,坚实着大地,平坦着坎坷。人们在建造家园的时候,首先想到的是石,那是根基,那是柱础,是能把前辈的业绩传承数代,甚至更为恒久的。尤其在水乡,在这踩一脚能陷坑,挖一锹能出水的地方。

古镇里的码头、街巷、桥梁、基墙……各个角落,有水和没水的地方,都砌着、铺着、架着一色的条石,显得规整、精致、结实。古镇里似乎见不着土。它们像连接的一副玲珑的骨骼,把古镇这位细皮嫩肉、楚楚动人的村姑支撑了起来。

码头是水乡古镇的重要设施。千百年来,它承载着古镇的物质和财富的接驳,承载着古镇人的希冀和命运。大的码头拾级而上,有条临河建筑间的甬道直接街口,这原本是大户人家或宗人共用的码头,如今为游览船的泊点。小的码头是枕水人家后门的下河步道。茅盾笔下《林家铺子》里的林老板,为躲避债务,就是从自家屋后码头乘船而逃的。

古镇的街巷并不宽敞,两旁的房舍仍然保留着旧时甚至明清时期的风貌,当然,也看得出有明显修缮和做旧的痕迹。倒是地面上的一些石板条,那些被岁月的风雨侵蚀、被来往的路人踩踏得光溜平滑和泛着青光的石板条,还有些古镇历史的意味。其实,我们现在去游览古镇,并不会在意它的历史真实的程度,而是想置身其中,感受一种悠逸宽松的气氛,以求被现代社会燥热了的心灵得到片刻的松弛。说实在的,如果真要回到一个没有洗手间、没有电脑和手机的农耕时代,恐怕谁都会不习惯和不乐意的。在这里,石板条就是时空隧道的分界标志,走过柏油水泥道跨进了石板条路,就走进了古镇的历史。

各种形态的石桥横亘河上,连接着两岸伸展在古镇各个角落的街巷。在明静的月夜,那圆的、方的、拱的、平的、长的、短的桥和水中桥的倒影,静静地凝固在你的面前。此时,水即石,石即水,分不清上下,分不出虚实。乌篷船随着橹桨的拨动向前款款滑行,荡起的微微波浪轻柔地撞击着两岸的基石。它们千百年来一直这样相互碰撞和抚摸。水与石,柔与刚,彼此的依存,揭示出水乡古镇的一种生命形态。水一般温柔的水乡人,有一种如磐石般坚韧不拔的不屈精神,这是事业成功的要素。这种柔与刚的品质不正是在水与石的长期浸淫中孕育而成的吗?

三

水乡的钟灵毓秀,成就古镇代代英杰。

这里,曾是富甲一方的商绅发迹暴富的堂舍;这里,曾是显赫一时的达官荣归故里的宅第;这里,曾是闻名遐迩的文人童年、少年时代成长的故居。它们依旧保留了那个时期的宽绰和雅致,它们已成为连接古镇历史的典型陈物,成了镇里的骄傲。

这些古镇里的历史人物,在千百年之后,无论他们的家族如何命途多舛,他们的后嗣是否各散东西,而今,依旧生活在古镇里的人们还是把他们作为财神请了出来。这之间已没有官和匪的褒贬,没有阶级间的仇恨,没有信仰好恶的取舍,都还原着本来的面目。这时,他们已经超越了某个姓氏、宗族的范畴,摆脱了功过是非的桎梏,作为一种公共的财富,成为古镇的一种荣耀。

很难想象,区区小镇,竟然出过状元。有记载云,在南宋至清末年间,此地先后考出42名进士和93位文武举人。迄今,古镇里完好保存着38处明清园宅和数百处乡绅富豪宅第及名人故居。古镇这丰富的历史人文,在这些恢宏的建筑中可见一斑。这就是同里。游览此处,除去能欣赏到绮丽的水乡风光外,古镇的人文荟萃、文风遗世,的确能使人震撼。纵观同里的地理环境,它位于苏州城郊外,紧邻大运河,四周环水,15条河道穿插镇中。家家有流水,户户通舟楫,有"中国威尼斯"之称。此处水泊灵动,土地肥沃,物产丰富、交通便利,商贾云集,信息畅通,实乃不可多得的风水宝地。更何况前辈中有仕途高远者为楷模,后世发愤效仿,由此全镇苦读诗书成风。文风大盛,自然人才辈出,真可谓是地灵人杰了。

中华大地,历史上类似的古镇不在少数。而今,随着时光的流逝和社会的演变,有的仍像这些古镇一样熠熠生辉,显露出旺盛的生命力;有的则逐渐在走向衰败和湮灭,那曾有过的鼎盛繁华的荣光和曾风云一时的历史人物也渐渐被后人遗忘,就像那些空壳村的命运一样。这就是历史,一个偶然的机遇,一个微不足道的人物也可能改变的历史。

愿有更多的类似的水乡古镇存世。尽管在经济利益的驱动下,它们有些变味,但毕竟留住了那段历史,让后人们还有点根基和念想。

水韵二章

海 子

这里有许多海子。走近这些五彩缤纷的海子,仿佛走进了一方静穆的人间仙境。

这些海子是高原的湖泊,是在山崩地裂的地壳变迁中在峡谷地带形成的堰塞湖。这里的人们称之为海子,大抵是他们为了纪念美丽的女神沃诺谟,她不慎将一块用日月磨成像大海一样碧蓝的宝镜打碎了,碎片散落人间化成这般水泽。或许,它是人们对这一泓泓池水的圣洁和美丽的敬重,它是上天恩赐的浩瀚大海的化身。其实,四亿年前这里的确是一片汪洋大海,漫长的喜马拉雅造山运动使这里成为高原峡谷。

这些海子盛满了澄澈的水,碧蓝得有些妖艳,就是这些水成就了海子的如幻如梦,如诗如画。这水,是青藏高原里终年不化的雪峰中悠悠渗下的圣洁琼浆,带着雪国里的空灵;是朵尔纳山中千峰万壑里潺潺流出的澄澈清泉,带着密林中的诡秘;是九寨沟里氤氲萦绕的云雾中凝结成的晶莹甘露,带着山野间的妖娆。

海子里的水像光怪陆离的精灵,变幻莫测,灵动诡异。它遛进一个又一个海子,幻化出春情的娇美,夏意的浓郁,秋景的爽朗,冬韵的静谧。它袒露着胸怀,展现出蔚蓝的天空、洁白的云朵、透迤的群山、高耸的雪峰、四季的草木、五彩的经幡……它娴熟地在人们面前变着脸,蓝的、绿的、橙的、黄的……有时幽暗得高贵典雅,有时明亮得光艳夺目。

海子里的水更像情窦初开的少女,婀娜多姿,脉脉含情。天鹅绒般的水草像她飘动的秀发,沾满钙华的枯枝湖埂是她的闺床,洁净无瑕的溪流是她透明的胴体。云朵在她胸前拂过,林叶子鱼围游在她的唇边。她时而穿着一身孔雀蓝色的旗袍,在青绿的山野中,欢快地跳跃着,悠然地徜徉着。走累了,伸展开修长窈窕的身姿,舒适地躺在金黄的芦苇滩上,仰望着蓝天,倾听着周围群山的静寂,如痴如醉,似醒似眠。她时而又穿上一件七彩霓裳,沐浴着和煦的阳光,搂着春风翩翩起舞。跳累了,依偎在群山的怀抱中静静地歇息着,那迷幻的五色光艳始终环绕在她安详的脸庞上,如花似玉,如影随形。

造物主始终是公平的,它既暴戾地不断在摧毁着世界,同时,也温情不断地在扮靓人间。九寨沟的海子就是在一种无情的摧毁中再生出来的美丽,它给人们留下的没有丝毫的恐惧,只有温情迷幻,令人留恋,并且,由此生出"九寨归来不看水"之感慨。

叠瀑

这里有许多叠瀑,面对这些飞流在嶙峋奇石的叠瀑,似乎感觉到一种旺盛生命力在涌动。

涓涓细流从密林中涌出,在壑谷里穿行,流进一泓清池,好像团缩在母亲温暖的腹中,孕育着生命,积蓄着力量。不知过了多少时间,它感受到阳光的温煦和微风的轻抚,听到了鸟的欢唱和蝉的高歌,还有同伴们也在召唤了。大山母亲深情地对它叮咛:"孩子,出发吧,山的那边,雄壮的队伍在集合,辽阔的战场在呼唤,去成为那沧海一粟吧,与同伴们一起,成就壮丽的史诗般的生命历程。"它有一种跃跃欲试的冲动。于是,与同伴一道,义无反顾地告别了故土和亲人,踏上前途未卜的旅途。

水欢快地沿着崎岖的山路流淌着,跳跃着,翻滚着,旋转着,奔腾着。它像初生的牛犊,欢快地撒开四蹄,无惧无忌地奔跑开来。它像尚未开蒙的孩童,不懂什么叫艰辛和苦难,也不知什么是迷失和挫折,幼稚的心中,始终充满着美好和友善,每一天都是乐观的。

巨石拦住了前进的去路。它们没有气馁,慢慢地漫过石壁,悠悠地爬上岩面,然后,像顽童撒出的一把珍珠似的,碌碌地滚动着,弹跳着。它们不断地亲吻着坡坎,留下一片湿润,又不停地拉扯着扎根在石壁上的小树丛,戏弄得小枝条不住地摇曳。玩够了,最后奋不顾身地倏然一跃,跳进深渊谷底。有的直冲潭底,激起串串气泡;有的化作飞沫,化成烟雾,慢慢地飘落。与同伴们相汇后,又一路高歌,一路欢笑而去。

叠坎断阻了通畅的河道。它们没有犹豫和彷徨,反而显得有些急不择路,穿荆棘,越丛林,另辟蹊径,架起一溜白练,挤搡着,欢唱着。它们热情地拥抱身边的草木和岩石,还把美妙的歌声永远地留下陪伴着,让草木和岩石们不孤单,也让它们记住曾经路过的朋友。

这里显示出水的生命力的确是旺盛的。溪旁,古老的苔藓可以做证;水底,美丽的钙华亦可证明。在日久天长的岁月中,这支水的力量,竟然能把原本粗粝的石块打磨得滚圆,那看似十分温柔的一股清流竟然能在坚实的磐石间冲刷出一道深深的印痕。

看到这叠瀑,不由想起非洲塞伦盖蒂平原上迁徙的角马群抢渡马拉河的壮烈场面,那种视死如归、勇往直前的气势确实撼人心魄。与这飞泻而下、鸣声如雷的叠瀑有着相同的感染力。不过,角马迁徙的动力出于为己的私利性,它们追寻的目标是寻觅维持生命的含磷的食草,因此,当它们遇到狮豹无情的追猎和尼罗鳄、河马的凶狠阻杀时,表现得没有一丝团队抵抗作战的勇气和合作,完全是一种慌恐无奈的本能逃逸和自相践踏的混乱,结果这种迁徙就带有悲壮色彩。而我见到的这叠瀑的激流,表现出的是一种豁达、爽朗、无私、亲善、宽容、团结的秉性。它们以其清新滋润干枯的土地,以其甘洌养育千万的生灵,以其汹涌涤荡世间的污浊,以其浩瀚连接遥远的五洲。

上善若水,就像九寨沟里叠瀑中流出的水。它源源不断,川流不息。

淀山湖边的大观园

国庆节的次日是重阳节，两节并至，节日的气氛自然浓郁了些。因为在国庆长假里，趁此出游的人也就多了。我们驱车来到了淀山湖。

淀山湖在上海青浦，北向也与江苏的昆山市毗邻。这个湖属太湖水系，方圆62平方千米，可谓浩渺无边。其中，上海占得三分之二，是市区里最大的湖泊。它是这个城市的母亲河——黄浦江的源头，也是城市饮用水的取水处。湖的东头是上海的朱家角，西头是江苏的周庄。这远近闻名的两个江南水乡古镇，就是这水系千百年来孕育出的骄子。由此一说，其地位的优越可见一斑。

淀山湖边有个大观园，这是根据《红楼梦》里的故事和意境建造起来的江南园林。北京在西城区南菜园建了个大观园，87版电视剧《红楼梦》就是在那里拍摄的。这里的大观园也是在20世纪80年代中期建成开放的，更具江南园林特色，加上依傍了淀山湖，更是烟波浩缥缈，如梦似幻。

《红楼梦》是中国古代四大名著之一，它的故事家喻户晓。国内研究红学之人不少，这所大观园也应该视为红学的研究成果，它给众多喜欢和不喜欢这本书、熟悉和不熟悉这故事的人一个真实的场所和遐想的空间,让这个耳熟能详的故事演绎出无数既相似又不雷同的版本,更深刻地把它印在每个来客的心中。

《红楼梦》我年轻时读过,并且不止一次。可是,我不是红学研究者,只像浏览其他书一样阅读过。至今,在我的书架里还收藏了一本锦盒装的仿线装十六开本《红楼梦》。谈《红楼梦》,林黛玉的形象印象犹深,贾宝玉这个形象我不喜欢,浮华的纨绔子弟。

林黛玉住的潇湘馆,在大观园的东北角,因相对偏远,游园时很容易错过。我执意要去看看,留个印象,待转了一圈回到了进园的大门后又重新寻访。潇湘馆之名是取自舜的两位妃子的典故。舜继尧位,后南下巡视时死于苍梧,两位妃子对舜忠贞不渝,悲伤往寻,泪洒竹林,青竹留斑,后也双双悲痛而绝。所谓"斑竹一枝千点泪"便出于此,后世以斑竹为潇湘竹。曹公取此名大概是借两妃的忠贞和凄惨命运寓意林黛玉的品格和最终结局。

潇湘馆最引人入胜的是飘洒摇曳的翠竹,"芊芊翠竹映潇湘"。这既有"潇湘仙子"以泪洗面悲剧结局的寓意,也有清高不俗对世俗的抗争和坚韧不拔对爱情执着的引申。精致的小屋里摆放着书案、琴台和围棋小几,以琴棋书画烘托出主人的儒雅和多才。室内还有一个花篮和手锄,后院不远处有十几株桃树,无疑这是林黛玉葬花之具。视花如命,多愁善感,这是林黛玉的个性,但桃花命薄,也寓意她如花岁月将孤独幽怨,香消魄散。

在大观园草草走了一圈,其他地方印象不深,唯独潇湘馆看得仔细。回来翻开《红楼梦》,见第17回,写贾政领着宝玉并众清官等人游大观园时,"忽抬头看见前一带粉垣,里面数楹修舍,有千百竿翠竹遮映。众人都道：'好个所在！'于是大家进入，只见入门便是曲折游廊，阶下石子漫成甬路。上面小小两三房舍，一明两暗，里面都是合着地步打就的床几椅案。从里间房内又得一小门，出去则是后院，有大株梨花兼着芭蕉。又有两间小小退步。后院墙下忽开一隙，清泉一派，开沟仅尺许，灌入墙内，绕阶缘屋至前院，盘旋竹下而出"。曹公的这一番描述可谓细微到家，甚至连一条小水沟也没忽略。写景中也留有伏笔，疏竹、梨树、芭蕉……这些都是很容易使人产生凄切感觉的景物，只要给一场阴雨，如"冷雨敲窗，风吹疏竹""梨花带雨不禁愁，玉纤弹尽真珠泪""独坐窗前听风雨，雨打芭蕉声声泣"……曹公用文字给读者营造了一个极具生活气息、真实也耐人寻味的虚拟空间，而大观园的潇湘馆却把这段文字现实地物质化了。如果认真地读了这段文字，那么，走进潇湘馆，就似乎有熟门熟路的感觉。的确是要佩服这些用建筑语言研究红学的专家。

大观园里桂花众多，到处都飘浮着阵阵幽香。今年（2014年）是闰九月。池边的金桂、银桂依然挂满了一树金黄色或雪白色的星点小花，地面和水面上铺着和浮着一层的厚厚的落英。大观楼内的院子里还有一株丹桂，花开得一树橘红色的，显得很是特别。也不知道曹公在文中有无提及。除去潇湘馆，我也不想过多去寻究，就当他提及过吧。

悠悠练塘

仲夏,温煦的阳光渐渐有些炫目,柳枝已告别了春日的稚嫩,披上了盛装,在微风的吹拂下,悠然地在游客的头顶上飘荡。我偕同两位好友,徜徉在市河边,打量着这已存世1000多年的古镇,搜寻着沿河的美景和古镇的风光。思绪穿越时空,对古镇的今生往世悄悄地对话。

这是一条东西走向贯穿古镇的小河,河面不宽,水乡的河都差不多。河水也不怎么清澈,可是,见惯了黄浦江那浑浊得近乎黄黑的河水,感觉这水还挺清澈的,不禁令人生出些亲切来。其实,它们同属一江水,只不过市河是黄浦江上游的无数条像市河一般的支流之一。

河中生长着片片水草,簇拥着,看不到根部。如果不是水草的漂向明显,还真不知水是从哪个方向流来。水乡里河网密布,古镇东西两端路的尽头都能看到市河分别连接了另一条河流。旧时的古镇有八景,很有诗意,天下的文人都有这样的情怀,会挖空心思搜罗出文气十足的溢美之词点缀家乡的美景。其中之一为"三泖行帆"。如此通三江之埠足可见此水乡史上素有鱼米之乡的美誉,大有灵动和富庶之态。

河岸两旁用麻条石垒起了整齐的河堤,相隔不远砌有下河的步道。一些女子在浣衣,岸边晒着不少衣物。我与同伴一起在找寻河里的鱼,因为我们觉得能浣衣的水体是可以信赖的,它们更是鱼虾生活的天堂。我们看到了不少在河岸石缝旁游弋和在水草边穿梭的小鱼,细小却灵巧活泼,很有活力。

从小地方到大城市生活,最不愿见到的情景之一就是河里流动着浑浊带有浓重异味的水体。这种强烈的视觉反差会自然而然产生一种厌恶和畏惧,往往使人捂鼻远离,退避三舍。我去过不少水乡,水都比此处显得黄浑。这并不奇怪,因为那些远离大山的河滨之地太过平缓,平缓得盘桓了许久的河水至今还滞留其间,不肯离去。每当雨季来临,大地的污浊源源不断地侵入,还把沉入水底的泥污秽物翻起,这些岁月陈味的水能清澈吗? 这个古镇却不一样,这里有"九峰列翠"之景致,离山并不遥远,有山就有水,从山里流出来的水是极其清澈的。

古镇沿着市河两岸,延绵二三里,遗存的建筑仍保留着明清的建筑格局和式样。千百年来,这里一直是一隅封闭和相对安定、悠逸的世间角落,而今,相比其他水乡,前来游览的人也不是很多,还没能更深层地撼动古镇人的意识,这里的生活也没有因此被打乱。古镇人依旧住在这狭窄低矮的旧宅之中,一边享受着现代技术带来的成果,一边继续立在房前的门旁,坐在屋后的河边,摇着蒲扇,看着映红半天的晚霞和西下的夕阳。唯一变化的是古镇被整治得十分整洁,市河两岸风光旖旎。

上塘沿河的一处住家的屋檐上头立着几只麻雀,有两只飞到了石板地面上,一边跳着一边"叽叽"叫着在觅食。有人家的地方就有麻雀,这种麻脸的小鸟谓之"家雀"很贴切,总是跟人在一起,保持着一定距离,不离不弃。它们像古镇人一样,世世代代在此繁衍生息,成为古镇的常住居民。它们很自由,也像古镇人一样天天都很快乐。也许是因为我们的惊扰,它们倏忽腾空飞起,连同屋檐上的那几只一起向对岸的下塘飞去,一会儿便落在了一家屋脊上。

家雀落脚的房屋是陈云的故居。故居略显逼仄,乃寻常小户人家。居所虽小,那一大片花园可真是大,这是后人精心开辟的陈云纪念馆,也是鸟儿们自由自在活动的天堂。这些小鸟都知道,这是练塘古镇最宽敞、最漂亮也是最多人去的地方。这里是古镇千百年来独领风骚的展示,是古镇人引以为自豪之处。走近这位中国革命和建设的卓越领导人,你会发现孟子的"故天将降大任于是人也,必先苦其心志,劳其筋骨,饿其体肤,空乏其身,行拂乱其所为,所以动心忍性,曾益其所不能"很有道理。陈云年幼父母双亡,跟着舅舅,寄人篱下,少年学徒出身,后参加革命。其童年、少年时期命运多舛,受尽艰难,严酷的现实磨炼了他的意志。这段经历对他以后事业的成功影响巨大,真所谓"逆境成才"是也。

行至上塘西头,看见临河的道边有几处还未全铺上石板,被近旁的人家栽上了菜蔬,长得葳蕤葱翠。他们没有栽花,也许在他们看来,菜豆比鲜花实用。抑或居所后面原来就是他们自己的菜园,过去在菜园里年年会栽上些时令的菜豆。平素客来,只须上肉铺割上一块肉,或在当街时从鱼贩子的盆里选上一尾活鱼,沽上一壶老酒,再在自家菜园摘些带着泥土腥味的菜蔬,炒上几个小菜,那可是十分的享受,神仙也不过如此。现在虽然菜园已被景区建设规划,但是仍不失时宜见缝插针地种上些东西,就三五兜茄子辣椒或一架豆棚,却实在是在怀念过去,那眷恋难舍的田园生活。

　　其实,古镇人过的日子远比过去优越。并且,随着古镇知名度的扩大,他们的生活内容和扮演的角色又会出现新的变化,日子会过得更加充实和美好。我很羡慕他们生活在古风犹存的悠悠古镇,羡慕他们那种清爽、闲逸、惬意的生活氛围。

重上郁孤台

"郁孤台下清江水,中间多少行人泪?西北望长安,可怜无数山。青山遮不住,毕竟东流去。江晚正愁余,山深闻鹧鸪。"这是南宋爱国大词人、时任江西提点刑狱的辛弃疾写的一首词。词中所云的"郁孤台"就是赣州的一处古迹胜景。

据清同治《赣县志》记载:"郁孤台,在文笔山,又名贺兰山,其山隆阜,郁然孤峙,故名。"贺兰山位于赣州老城区西北隅。闹市之中,孤峰独峙。郁孤台雄锯山顶,统挟两江,傲睨全城。

七八月间,我得暇回归故里,好友嗣介君得悉,邀我到赣州一见,以叙衷肠。我在故里盘桓数日后,即在返回途中取道赣州欣然应约。随后,嗣介君问我想到何处看看,我说就去郁孤台吧。也许,想故地重游是怀旧的潜意识在驱使,抑或是那曾经的快乐时光和无间友谊始终萦绕心头。

20世纪70年代,我曾去过郁孤台。那时,郁孤台给我的感受是较冷清的,那种氛围的确会渲染出伤感、失落和怀古思情的情绪来。山上树木郁密荒芜,野气十足。木结构楼阁,清同治年间的建筑,已有上百年的历史,显得有些破旧。游人不多,楼阁也时常闭门修缮。登临

119

楼台,放眼环顾,山下阡陌街巷纵横交错,高低建筑鳞次栉比。章江、贡水在左右两旁像两条长龙向北缓缓而去,在八境台前合拢,汇成赣江。穿过远山消失在天边。大有几多惆怅几多愁,壮士一去不复返之感。不难想象辛弃疾在金人进逼中原,蹂躏大半个中国的国家危亡时刻登临此处,触景生情,撩起了报国无门、壮志未酬的伤感愤懑之情。大概在那个年代,历史遗迹差不多都是类似境况,就像南昌青云谱的八大山人纪念馆,到90年代末还是人迹寥寥,气息苍凉,院内青苔斑驳,阴气袭人。置身其中,还真能体味到朱耷当时的潦倒、孤独之感。

郁孤台已存世1200多年。从唐代始至今,不少文人墨客登临其上,有的还留下了不朽诗篇,其中宋代就有苏东坡、辛弃疾、文天祥等人,尤以辛弃疾这首《菩萨蛮·书江西造口壁》词为甚。此词脍炙人口,至今已传诵800多年,后人有"横绝六合,扫空万古"之誉。以至于郁孤台形成了以辛弃疾为代表的强烈的爱国主义、顽强的战斗精神和以热切的忧国忧民为主体思想的文化传承。

嗣介君陪同我们到了郁孤台,这里已经大变样。山下东南两侧包括人民电影院已全部拆除辟为绿地,西北两侧环山小巷两旁的房屋做了拆除和仿古的修建,住家全部迁出,博物馆原建在北侧山脚边的职工宿舍也已荡然无存。郁孤台正南面辟为正门,几十级数米宽的石阶从山底拾级而上。至半山腰有一数丈余方正的平台,手握出鞘利剑的辛弃疾铜像耸立当中,给人肃穆之感。郁孤台是在1983年重建的,采用仿木钢筋混凝土建筑工艺,这是现代仿古建筑采用的通用做法。三层阁楼,雕梁画栋,环廊观栏,既保持了原样的基本格式和气韵,又更具伟岸、安稳、实用和精致的特点。郁孤台与周围整饰一新的环境浑然一体,仿佛有种隔世的超然感。阁内镌刻一副楹联:"郁结古今事,孤悬天地心。"以郁孤二字引申出观者对历史和现实的观照共鸣。

古迹存世是有形和无形的结合,有形是物质的表象存在,就像郁孤台,还有辛弃疾的铜像。无形是支撑遗迹的文化精神,就像郁孤台彪炳的爱国主义和英雄主义精神。大凡能存世的古迹,必有其内在的思想文化做支撑,其之所以能千古流芳并发扬光大,就是这种文化在人们心中的认知和传递。

郁孤台周围环境的变化的确改变了原有的一些意境,但同时也表达出了时代性对这种文化精神的强化。我更愿意把这种变化理解为这种文化精神的光大和发展,尽管重游之后生出了一些莫名的遗憾。

『水流何处』

水流何处

一

武夷山西麓盘桓着一条河,在崇山峻岭中穿行,顺着山谷和坡地流经了一个盆地,穿过了一座城。河是自盘古开天地的洪荒时期就有了,而城是在千多年前才开始逐渐形成。尔后,城与河就交织在了一起,让人们记着。

这条河叫绵江河,不太宽。武夷山跌宕延绵,浩瀚壮阔,亚热带的风裹挟着温厚的雨,吹出漫山遍野的苍翠,在那里流淌出来的水永远是清澈和甘甜的。这座城叫R城,我出生的地方,祖辈们长眠在这里,这是故乡。其实,上溯千年,祖上的故乡在中原。为逃离战乱,有几个朝代的中原人纷纷南下,逆流而上进入这个历史上曾经的蛮荒之地,渐聚人烟,成为如今的客家之邦,于是,便成为我的故乡。

城近水而生,河穿城而过。小时候我一直住在河边,搬过几次家也没离开这条河。我每天都要下到河里挑水,看惯了岸边洗菜浣衣的女子和行船运筏的男人,看惯了飘浮在河面上的如梦如幻般的烟雨和倒映在水面上的霓裳般的晚霞,看惯了节日剖鸡宰鸭时一群逐波抢食的小白条和滔滔西去的流水。城中的河和城中的人一代接着一代有太多的故事,这些故事随着河水流进了城里人的心田,许多年以后这些故事依然是鲜活的,犹如这河水的清澈。

在我的年代里,城的东西两头各有一所中学,都在绵江的北岸。东头的一中看得见西侧城中的云龙桥,那"桥界青云坊而跨龙池"的十一孔红条石拱桥,是清代康熙年间建造的地标桥。西头的二中看得见西郊水口的龙珠塔,那九级砖塔是明代万历壬寅年间的风水宝塔。两所中学向南望去可望见南山上的"笔架凌霄",那是前人励志后人修造的"龙峰、鹏图、凤鸣"三塔。

绵江河缓缓流着,数不清有多少学子带着追寻的梦像这流水流出故乡,他们与逆流而上的前辈走着相反的路,流向更宽阔的江河,流向大海。

二

说不上这条河的上游有多少支流汇入,包括那些从山林里涓涓流出的山涧溪流。看过一则资料,说在与东部邻县交界的山上流出的清泉是这条河的源头,并且,还是赣江的源头呢。如是说,绵江河是通向赣江的。

说不上绵江的下游有多少类似的支流一起汇入赣江,也不清楚它之前是融入哪条江河后成为贡水的。赣江起名于G城,那是章江和贡江的汇合处,登临八境台就可以一览章、贡两水合汇的壮阔。

G城是个地级市,辖全区18个县市,在全国算得上大的地级行政区了,全省第二大城市。G城是美丽的,又有2200多年的历史底蕴,这座城市一直成为全区移民的首选地。至今,我的许多同乡、同窗十分惬意地生活在这里。

在20世纪70年代末,那里有三所大学,为全区乃至全国培养过不少人才,其中就有许多绵江河畔的学子。1977年恢复高考,虽然那仅是百分之几的概率,但至少让这些青年有了圆梦的机会。知青的生涯是用耗去光阴换来意志的锤炼,就像钢在淬火。而上大学的机遇是用时光去打开眼界,犹如这流进赣江的绵江河水,经百里迂回,见了世面,变得强大。

科举制度是中国封建社会选拔人才的途径,从隋朝开始至清代废止历经了1300多年。其中的"世间皆下品,唯有读书高"的核心思想内容对后世影响巨大。至今,这种思想依然根深蒂固地影响着每个家庭以及对孩子的教育。我曾在一所重点中学工作过,每天都与那些怀抱着理想和充满着朝气的学子在一起。尤其是那些农家子女和寒门学子,从他们身上感受得到他们的父辈们对孩子的期望和良苦用心,感受得到孩子们的刻苦后面是有着"考上大学,改变命运"的强烈愿望在支撑着。所以,能考上清华、北大的都是这些孩子。

每个年轻人都有玫瑰色般的梦幻理想,都有一种闯荡江湖的跃跃欲试心态,就像那个年代的自己,当遇到有走出大山的机缘时,是义无反顾的,并不留恋十年间熟悉的一切,甚至不留恋这片生我养我的故土,就像这流走的绵江河水,走得决绝。

三

赣江,带着武夷山脉的细腻温情,被罗霄山脉的雄旷裹挟,一路向北,缓缓而去。1000多里路程,彩云和霞光高兴地躲进了它的怀抱,风雨为它唱着动听的歌。它奔腾地穿过陡岩险滩,潇洒地道别吉泰盆地多情的挽留,朝着武功山余脉的峡谷打声招呼,向省城进发,向它的归宿——那宽阔的鄱阳湖挺进。

　　绵江河之水融入赣江,流入鄱阳湖这个结局是十分明确的,这个路径是盘古时代就设计好的,亘古不变。除非哪天突然有天崩地裂发生,令河床改道。而人的命运却无法设计,上苍设计人类时故意加进了许多使人无法预测的变数。故乡的后生很多都想到 G 城去,到省会 N 城去,到其他大城市甚至到遥远的首都 B 城去生活和工作,可是,能去的人又有多少?更多的人只能把对都市的向往留在心中。命运有时也会一路绿灯,它就像冥冥之中有神灵在点拨并鼎力相助。就像我在近天命之年,竟然在辗转了一番后进到了省城。

　　1966 年我到过省城,并且在那里生活了半年,是被县蚕桑场派去省蚕桑场学习,当时才 17 岁。记得我去时带了一个新做的红油漆木箱,装着衣物和日用品,还肩挎着一顶油纸斗笠,上面还印上了黑色的"红都"字样。这身打扮在县里司空见惯,但在省城就显得老土了。那是个新的世界,我真好比是刘姥姥进了大观园,一切都觉得新鲜,令人激动万分。一个星期天,我去到百花洲的八一公园,看到许多情侣在湖中荡舟,那种坦然的亲昵和悠然自得,令人羡慕不已。

　　一辈子算下来,工作的时间实在是不长,从 1966 年起算工龄开始,下放做知青十来年,上大学、教书、卖书两个十来年,到省城工作十来年。这四个十来年一晃而过,就退休了。我想,一个人为什么会有强烈的事业心,大抵就是想在有限的工作时间内多做出些可以让组织赞许,让群众满意,让自己欣慰的事。因为离开了工作岗位,即使你想做,也是没有机会或者力不从心了。现在回过头来看自己走过的路,能从一个山区县市像那绵江之水一样一路走来,除了机遇以外,事业心所带来的效应自然也是有影响的。

我住在八一公园旁边,闲着无事常会到百花洲走走。如果天气晴好,又逢周末,东湖上荡舟的少男少女很多,很具情调。时不时会让我想起自己第一次来到省城,第一次走进公园,第一次看见那么有诗意和让人心猿意马的情景。

四

鄱阳湖波澜壮阔,浩渺无际。那是鱼虾们的乐园,候鸟们的天堂。可是,从故乡流到这里的水并没有太过留恋,只是逗留了一阵后又继续上路了。鄱阳湖的另一端是与长江相接的,于是,它们又融入了长江。那可是中国的第一大河啊!比赣江大多了。千条江河归大海。长江浩浩荡荡地带着绵江河的水,带着赣江的水,带着其他各路江河的水,流经了S城,最后,从吴淞口入海了,完了此水的最后夙愿,成了沧海之一滴。

我也来到了S城,像是跟随着绵江河流水的脚步一样,在生命进入黄昏的时候。因为内人的根在这里,孩子的家庭在这里。一个人到了这个时候原本是最自由的,但是跟所有的中国父母一样,却没有更多的自我。中国的父母对家庭和子女的理解往往是传统的,团圆式的,无私付出的。他们奉献惯了,对家庭的责任和对子女的爱让他们迷失了自我的意义,因此在责任和爱的挟持下就显得更为执着,由此也更为辛劳。就比如大家每天都不约而同地在校门口翘首以待,无论刮风下雨,等待着接送各自的孙辈放学回家。

我在寻找"故乡"的概念。现代汉语里对"故乡"这个词条的释义:"出生或长期居住过的地方。"R城自然是我的故乡,因为我出生在那里,我的故亲长眠在那里,我在那里度过了40多年。那么,除此之外,N城能算我的第二故乡吗?那里有我的工作单位,有我的组织、养老、医保关系;有熟悉的街区、公交线路、菜场、超市、医院、公园;有老领导、老同事、朋友、亲属及十多年来构筑的一切社会关系;还有一个像R城一样有铁将军把守的家,回去后依然能体味到往日温馨和舒适的家。我觉得这应该算是故乡了,因为那里的一切会经常被惦念,也时不时会想着回去转一转。故乡的概念是建立在家庭的基础上的,是家庭的放大。我将在这里终老,这里的政府所给予的返沪知青优惠待遇也使人有回家的感觉。

五

每年的清明时节,我都会回趟R城,去父母和其他故亲的坟茔前祭奠。每次回去,都觉得故乡又有了变化,城市的元素越来越浓,环境也更美了。埋藏在记忆深处的旧时的痕迹有些已很难寻觅到,恍惚间,立在街口,似乎迷了方向。绵江河依旧,虽然不见往日卵石滩上的波光潋滟,但是河水仍是清澈。只是挖沙船已把河床里的砂石淘去,留下了大大小小的洼潭,水流到那里变得缓缓的,也有打个回旋再从容西去的。始终有几位好友陪着,我们的友情几十年未曾改变。偶尔能见着几个旧日的同事和熟人在整饰一新的河边散步,个个精神矍铄、逸致闲情,很是羡慕他们的生活方式,内心情不自禁地真还搅起了"叶落归根"的涟漪。

每年在回R城做清明扫墓的某个周日,我一定会随着内人的兄弟姐妹一起先到S城的滨海古园做祭扫,那里的一块墓碑上镌刻着岳父母的名字。这是一块宏大的墓园,排列有序的坟茔气势雄壮。这就是大都市的气概。

在墓园里,有一块海葬纪念碑和一座陈列楼。这是政府正在着力倡导的殡葬制度改革的标志性建筑。从每年新增的一批批名录来看,这种形式,已被越来越多的人所接受。

汉族的殡葬传统习俗是信奉"入土为安"。我想,这种形式可能是以存有形而更利于后人单独祭奠。在有几千万人口的大都市,每年都有数以万计的逝者,长此以往,要满足这形式去安葬逝者,土地缺乏是个矛盾。所以,会追寻一种生态、经济和简洁的方式去替代,海葬这种形式便应运而生了。

偶有一次搭乘维多利亚号邮轮去远游,从吴淞口港口起锚,顺着长江河道缓缓向东海驶去。此时,看到的长江除了宽阔之外,色泽是浑浊无比的,已经没了赣江的清爽,更没有绵江河清澈的影子。这是长江一路涤荡污浊的结果。一如人生,从童稚无忌到老成持重,经历了多少人世间的磨难沧桑。

东海也不碧蓝透彻,大概是在近海,也许是长江的缘故。长江浑浊的水不停地注入东海,东海张开宽阔的胸襟不断地在接纳、稀释和净化着。邮轮越往外驶,看见的海就越蓝,水也越清澈,这时,长江的水、赣江的水、绵江河的水已完完全全地融入了大海,成了大海中的一部分。它们已回归到本来的面目,与无数条江河里的本来面目的水相聚一起。

如果真的有那么一天,我的骨灰会随着海轮洒入这蔚蓝的大海,我会去寻找曾陪伴过我的绵江河的水、赣江的水和长江的水,紧紧地把它们拥抱在一起。让我的灵魂萦绕在它们身边,为它们歌唱,一起在漫无天际的大海中欢快地自由自在地遨游。

绿草湖的春天

　　从市区沿着昌瑞公路北行13公里处有个绿草湖。湖周边没有高山峡谷,而是低矮起伏的红土丘陵。这些丘陵上稀稀拉拉地长着些猫须般的茅草,偶尔有几株似乎有些营养不良的佝偻的小松树散落其间。湖面六百来亩,一阵风起,涟漪荡漾,逐起的波浪,不紧不慢地抚摸着岸沿。岸沿没有更多的抵挡,顺着丘陵的走势缓缓地滑入水中,浪再大也发不出震耳的轰鸣声。水并不太清澈,大抵是因为没有上游来的溪流,近乎裸露的红土丘陵又无法阻挡雨水把过多的浑浊带入湖中,并且,这里红土的黏性连水也无法彻底地沉淀摆脱。说也奇怪,即使在天旱地裂的年份,这湖也从未干涸过。相传以前的老辈人说过,这湖底通阴河哩,几十里外的陈石罗汉岩油罗潭的水可是源头。站在湖边放眼望去,即使春天,依旧是一片苍茫,满目空旷荒凉,仿佛进入到了人迹罕至的角落,显出一丝凄美的意味。

　　绿草湖到底存世了多久?它有哪些变迁的历史?似乎没有资料可询,也没过多的人去关注。现在附近村里的老辈回忆说,40多年前这湖边有许多的桑树,六七月间桑葚成熟,小孩甚至大人也纷纷前去采吃,小指般粗壮的暗黑色的小浆果特别酸甜,吃得一嘴紫紫的。

历史是人创造的。那桑树是一群人种的。由300多男女组成的这个群，在那年春天，分别从县城和赣州市区两地集聚，带着初出茅庐的美好憧憬和一腔热血旺气来到这里，创造了这段历史。可惜命运多舛，不到三四年，人就散了，场也没了，树都砍了。留下的仍旧是那片起伏的红土丘陵和一泓并不太清澈的湖水，还有周围村人过去几十年在孩童时代里享受过的那桑葚酸甜的记忆。

历史往往是偶然的，就像在绿草湖办蚕桑场一样。20世纪60年代初省内某大学搞教改，提倡工读结合，把中文、政教二系搬到红色故都办分校。配合分校半工半读，又与地方联手组织生产基地，由生物系数位教授具体实施，以分校二部的形式组合本县的畜牧良种场和共大分校，选择以蚕桑为主业，组建蚕桑综合垦殖场。

人的命运是注定的，它与历史有着必然的联系。就像这群十七八岁的年轻人，他们的命运就跟着这个场的命运一起跌宕起伏，随波逐流，根本无法自主。

令人无法忘却的东西是经历，是与自己相关的历史。其中，走入社会的那段历史尤为深刻，因为它是人生的开端起步。这段历史是从春天开始的。那是一个春暖花开、桃红柳绿的季节，一个象征着生命萌发、朝气蓬勃的日子。同伴们欣喜地来到这缺少绿色的荒野，义无反顾、心甘情愿地用青春换取着来年春天的绿色。这段历史又在三年后的深秋结束了。那是一个秋风扫落叶的肃杀季节，一个皑皑白霜染坎途的日子。战友们沮丧地爬上敞篷的大卡车，带着对前途的渺茫，揪心地默默告别这曾经的家，无奈地任凭远去。

人们总释怀不了对历史的追究。从正面的意义上说回顾历史能吸取教训和总结经验，给后人提个醒。历史证明，在一个既无蚕桑社会基础也无栽桑养蚕传统习惯的地方办蚕桑场,其命运是注定会夭折的。江浙一带发达的蚕桑丝绸业有其传统和产业优势做支撑,而本县历史上却无栽桑养蚕的先例。省城里那偌大的蚕桑场,有远达上百公里范围的桑园规模,具备了丝绸生产的省属大企业,最终也改弦易辙另寻其他支柱产业。何况这区区小场,又哪能经得起市场的考问?这番动作充其量不过成就了几位秀才的一番空想乌托邦而已,反把当地政府推入一个难堪的境地。

在一个春天的日子,一群白发皓首的男女来到这里。他们在找寻40多年前熟悉的绿草湖,找寻他们曾用汗水浇灌并寄托希望的那枝枝春天的桑绿,找寻他们初恋的印记和春心萌动的感觉,找寻残存在记忆中在这里生活过的点点滴滴……

绿草湖完全变样了。几近干涸的湖面上,横七竖八的堤埂把湖分隔得四分五裂,水里散发出一股恶臭,据说是因为有个螺旋藻养殖场的缘故。湖貌邋遢猥琐,往日的清纯、大气和几分的野趣已荡然无存。千亩桑园已找不出一丝痕迹。老墙角篱笆旁长着一株孱弱的桑树,叶片细小、薄软,这是一株实生桑,是鸟儿吃桑葚把桑籽撒在了这里生长的。那嫁接过的桑树叶片可是有伸开五指的手掌那么大,手指粗的蚕儿扒在上面,吃桑叶的声音像下雨般沙沙地响。蚕房已经拆除,不见了痕迹,那还曾是男女生初恋时山盟海誓过的地方。在纯真的年华里有不少人找到了纯真的爱,这种爱恋也成全不少姻缘,他们至今相濡以沫,白头偕老。同时,因为命运的嬗变,这种爱恋有的成了流星般的闪光,成了一生中最美好的记忆和永久的伤痛。

斗转星移,时过境迁。这代人有的已经离世,这段历史也早已画上句号,其中的成功、失败、欢乐、悲伤,以及所有的生活、情感,只有他们自己清楚地记着，不久的将来也将湮灭于世，就像那堵还残留着用红朱色写上了伟人语录的风雨剥蚀的老墙，随时会轰然倒塌，永远不复存在。

　　又是一个明媚的春日，无事上网遨游，鬼使神差随意地打上了"绿草湖"字样，见得一些相关信息，其中有条"绿草湖湿地公园建设项目"落入眼帘，见之甚慰。看来，绿草湖要进入又一春的历史了。春天的季节就是好，总是会令人欣喜和激动。但愿"绿草湖"会以另外一种绿的方式存世，让更多的人深刻地记住这春天的色彩和那令人魂牵梦绕的绿草湖。

一条小路曲曲弯弯细又长

从乡里的墟镇到各村落有一条山路相连,它像一棵不断分权的匍匐着的大树,沿着大山的褶皱在山脚蜿蜒曲折地伸展开来。这条路是这片深居大山里的山民千百年来与外界进行信息交流和物质交换的必经之路。山路中有很长的一段是与山涧并行,它们像一对初恋的情侣,时而依偎,时而远望。依偎时有参天大树和密集的荆棘林做庇护,远望时隔着一畦畦黄莹莹的油菜花或者一块块青绿色或金黄色的稻田,始终不离不弃。路不宽,有的地方相遇还得放慢脚步,或者把挑着的担子顺个向。这里永远不要担心路泥泞难行,因为这里叫白沙田,土质含沙量大,雨后路上便泛起一层白岩沙,踩在上面会发出沙沙的声响,溅出的沙粒会从解放鞋的帮里跳进鞋底里硌脚。在县城里知道白沙田而不知道该乡名的老人是大有人在。

这里的南面与福建省的烂团交界,应该是武夷山的西麓,海拔高处是深山老林。我们刚去的时候还不通公路,县上干部下来指导工作或公社的干部上县开会办事,还得步行三四十里路到邻近通公路的谢坊乡去搭班车。据说,新中国成立初期县长曾亲临视察过一回,当时乡人敲锣打鼓、吹吹打打抬着大轿相接,欢迎场面盛况空前。

那时,拔英乡辖六个村,总人口三万余人,墟镇规模不大。十日三墟,逢农历月一、四、七日墟场开市。公社所在地在大富足,墟场紧邻其右。这地名或许是先人以为开市之地非富则足,便以此名取吉祥之意。那时候墟场只是个弹丸之地,挤在小河边到山脚下的一条狭窄河滩里。两列有十几间的二层瓦房相向而对,中间有两三丈宽的距离,搭起了瓦顶棚寮供赶墟之人交易用。两边的瓦房里分别是供销社的收购门市部和百货南杂门市部,还有信用社、邮电所、兽医站等部门用于经营和住宿,每个部门基本是一个人。东头有个农机厂,从事的都是些民间工匠之活。其中有个铁匠铺整日里"叮咚"的打铁声不断,师徒三人蓬头垢面,忙着打制些耙、锄、刀具之类。收割季节,几个木工师傅忙着装配打谷机,那铸铁的零部件还是从县农机厂批发来的。收购门市部生意也不错,特别是在山货收获时间,像香菇、红菌、冬笋、笋干、茶叶、蜜蜡、楸把、梭木、竹竿等物,当墟那天应接不暇。每逢墟日,上午十点来钟人渐渐多了,赶墟的男女从四面八方云集,墟镇顿时热闹起来。除了山货和自家种养的东西在交易外,棚寮里几家搭起的锅灶在煎、炒、蒸、煮,一阵阵诱人的肉香弥漫在人头攒动的墟场之中,增添了一种原始的宴聚气氛。下午两点来钟,人们便开始走散,因为回家至少还有一两个小时的路程。只是酒肆边还围着不少人,有的已喝得有些微醺,脸红气粗地还在和酒友碰杯。这里的水酒不会掺假。其实,这些老主顾并没有什么好买卖或要紧事来赶墟,纯粹是农闲时节在家待不住,来墟上走走,会会老朋友,老习惯地坐上招发娣的酒肆席喝上几口,开开心心聊聊天而已。即使喝得酩酊大醉,倒在回去的路上,过路的乡邻八舍即使不在一村,也一准会想法传信告诉,家人自会寻来接应。

平时在山路上行走，除偶尔能闻到几声鸟鸣外，静寂异常，一人走在路上，连自己的心跳声也能听得到。偶尔行至一个转角，猛地与迎面而来的人撞个满怀，彼此还真会有些意外惊恐。那些年，我经常去公社办事，独自走在那条路上，很不习惯那种寂静，最初特别对其中的一段路心怀恐惧。那段路两侧高树密林，遮天蔽日，一股山野腐臭，阴气逼人，除去山涧潺潺的流水声，万籁俱寂。独行此地，深恐突然从路旁山林之上和布满棘丛的涧流之中跃出一头怪物来。久而久之就习惯了，行到此处，猛地大声"啊嗬"几声，就此过去，心中无惧。有一回返家途中还意外在此拾到一只五六斤重的野鸡，红冠锦尾，身上有斑斑血迹。好像是被什么野兽咬到，大概野兽又被吆喝声惊走，尔后倒毙于此。回去之后，我与几个知青把它炖汤饱餐了一顿，甚是开心。

逢上当墟日，这条路走的人就多了。娘们早早起来做好早饭，喂饱牛猪鸡鸭，选件年初裁缝的得体新衣，稍作打扮后，约上几位妯娌姑嫂，挑起昨日已在自家菜地果园准备好的时令果蔬，捎上几十个攒下的鸡蛋，便匆匆上路。下午还得早点回返，家里还有很多事等着做哩。这里的女子十分辛苦，洗衣烧饭料理家务，养猪喂鸡菜园浇种，生产队长上工哨声一响，又得赶忙出工去挣那六个工分，劳作间隙休息，男人们在吞云吐雾，她们还得上山割得两捆柴草，待收工后担了回家。男人们可就舒坦多了，除去上工，家务事一概不理，这里男人挑着粪桶去浇菜是会被外人笑话的。娘们手头上一年到头都很寒碜。队里分值太低，年终分配下来，十分仅值三角五分，平时粮油薯豆支用下来，全家工分所剩无几。拿自家喂养和种植的什物到墟上去换点食盐、煤油、火柴等家用，是每家主妇的通用做法。所以，每逢墟日走在这条路上的女人还是不少的。

男人们赴墟则从容多了,女人们做事的传统习惯滋生了他们的懒惰和大男子主义。他们一直像老辈们一样"日升而作,日落而息"。山村的早晨醒得迟,夜晚却暗得快,村民们期望的电灯还未出现,大队里修了两年的水库还未蓄水发电。煤油灯像萤火虫闪出的光亮,大家也只能摸黑着早早就寝,去面对难熬的长夜。队里的事不忙了,赶墟去,去凑凑热闹吧! 说不定还能听到些有用的消息和有趣的传闻,比窝在家里强多了。顺便也买点自留地里用的化肥。所以走在这条路上的男人们个个不紧不慢,人人心生欢喜。

这条山路就这样走着男男女女,农耕时代的深山阡陌之路千百年来就是如此被走着。长期以来,不发达的生产方式禁锢了人们的思维,随遇而安的自给经济使人们满足于现状。于是,这条路就这样年复一年地走下去。慢慢地,我也喜欢走在这条山路上了,当然,那准是在当墟的日子。

春天的时候,有处山涧边开着一片粉红色的花,他们说这是羊角花,一簇簇像只只小喇叭,一树怒放,满目光彩。后来我知道这是高山杜鹃花。其实,除了羊角花外,还有许许多多说不上名字的花。它们生生灭灭,周而复始,矢志不渝地陪伴着这条山路。看着这些美丽的花,我们行走在这条路上也会有个好心情的。

当月亮升起的时候

当月亮升起,尤其在月满时,大地银光普照,黑夜的景物隐约可视,一片朦胧。这时,眼前冰清玉洁,怡性柔情,一种神圣和纯洁的感觉油然而出。

人世间,有多少姻缘在月下漫步中促成?月下那无比浪漫的氛围和情调最容易煽起爱的欲火和打开紧锁的心扉。以月下老人比作红娘,说明月亮在人们心目中有着对爱情的期望。那时候,明月是浪漫的,明月是情爱的见证。

人世间,有多少乡愁对着月光倾吐?在异乡的土地上月亮是游子们共同的寄情物,因为故乡见到的是同一轮皓月。那时候,月亮是柔情的,月亮就是故乡,就是家。

人世间,又有多少不可予人的秘密,藏在那黑黝黝空间里?这个墨黑的空间每月难得有那么几天会暴露在光洁如银的月光下,受到洗礼,让人一览无遗地洞察着。就像一个人的内心藏着许多的秘密,只有在皓月当空、夜深人静时容易泛起心灵的诉说。那时候,明月是可亲的,明月是慈母或恩师,是挚友或情人。

我喜欢在月光下独自坐着或随意漫步,此时,明月当空,万籁无声。明月温情脉脉,柔意似水,真像一位可托付终身的佳人。月亮与太阳大不一样,太阳可没有那么温柔让人亲近,它总是骄恣地高高在上,并且放出刺目的光芒让人不敢正视。而望着明月,却尽可把藏在心底的秘密与之分享,那是种能达到心灵净化的沟通。

记得一次深刻地感受到心灵与月亮的沟通,是在一次坎途。

那是20世纪70年代第四个初秋的一天,我与德华师傅开着拖拉机从公社拉货去县城。在简易的公路上,我们一路翻山越岭,颠簸摇晃,行至石水的一处山脚下,左边的大驱动轮瘪了气。时近黄昏,离县城还有30多里的路程。举目四顾,身后是山地丘陵,前方是荒野和稻田,不见人家,我们停在了一个前不着村后不挨店的地方。师傅决定到县城寻求帮助,因装了货物,嘱我留下好生看护,尔后拦得一车先行离去。

山后的那一抹血红的晚霞慢慢褪尽了颜色,变得灰暗,暮色在我焦躁的等待中悄然降临。我趁着天还没黑就卸下坏了的轮胎,尔后已无事可做,坐在车旁歇息,反觉得又饥又渴。田野的尽头出现一些幽暗的光点,或明或暗,也许是飘移的磷火或村里人家的灯光。县城方向久久没有来车的轰鸣声和车灯的光亮,这条乡村公路这个时候竟死寂一般,已经昏暗的荒地里一些隆起的坟茔隐隐约约,看着有些毛骨悚然,山谷中时而吹来的一阵阵风已不灼热,渗着丝丝阴凉,凉得手臂起着鸡皮疙瘩。我有些惶恐,感觉无助,心情十分沮丧。

当一个人沮丧的时候,会想着很多,而且难以排解。我想着师傅在县城焦急地寻找帮手或已找着帮手正往这里赶,想着我怎么宁愿舍弃民办教师的职位去学开这个劳什子,想着这已过五年的知青生活遭遇的许多从未有过的体验、见识的许多从未接触过的人和事,想着这种生活会否像翻越这连绵的群山,来来回回,没有穷尽……事实上,从城里到山里的大跨度嬗变,的确在摧毁一个初出茅庐的年轻人的理想,不少时候,自己总是会想着就已经成为像师傅一样的地道的山里人了。

月亮冉冉升起,很圆很亮。记起日子是农历十四,当墟日,已近本月望日。月亮像一枚玉盘挂在半空,发出莹莹的银光,洒向大地,周围变得清晰了许多。我凝视着明月。它似乎在温存地对我微笑,似乎知道我此时心情十分沮丧,知道我在想着很多很多难以排解的事,它要安慰我,要与我聊天。顿时,我的心似乎从漆黑的水底中浮出,有种透气舒畅的感觉,不觉得那么惶惶憋闷了。明月很亲切,明月里的纹理很清晰。我极力地在它的笑容里寻找广寒宫和桂花树的影子。记得小时候八月十五吃月饼赏月时,母亲曾经说过嫦娥和吴刚的故事,虽然这只是神话故事,但对那时的我有着天人合一的启蒙意义。嫦娥奔月是个美丽的传说,那是向往自由,实现脱胎换骨的选择。某种意义上孤独与自由是并行的。她应该满足有玉兔陪伴的自由自在的生活,满足于有独自织出五彩云锦打扮天庭的成就感。吴刚是位天神,他锲而不舍地伐桂与其说是对他违反天庭规矩的惩处,还不如说是他执着赎罪和改错的行动。相比之下,如今我们受此遭的磨砺又算得了什么呢?

月上中天,夜露在悄然凝聚,大概夜已深了。我钻进驾驶室,月光从窗口照在我身上,仿佛给我披上了一件银衣,此时,我心平气顺,抬头看着明月,它依旧是那么温存,仿佛在说:"睡吧,明日还要做事呢!"我有些困意,渐渐睡去,睡得很沉。第二天醒来时,见到了阳光。

搬家

一

人的一辈子,有的数十年仍安居一隅,难得挪一次窝;有的却似乎居无定所,经常搬家。

其实,搬家也挺不容易的,既花钱,费力,又很费心。很多时候,搬家是一种无奈之举,比如工作调动,从A城到B城,那可是身不由己要搬;或者住的地方又恰好是政府要征做他用,倘不愿意也得搬。当然,也有自己主动要搬的,在一处住腻了,想换换新;或者有了适合自己生存的更好的去处,虽然有点自讨苦吃,却又心满意足,乐在其中。

我就是这样,60多年来,一次次在面对搬家。

二

我很小的时候,家里就搬迁过好几次。

原来的老家是父母手上建的,父亲在外谋事,母亲正怀着二哥,挺着大肚子,亲自备料操劳,很是辛苦。父亲有四兄弟,他排行老幺,祖上做小生意,在官圳口有幢木结构的四间小屋,正好兄弟每人一间。

众兄弟成家后,住房就显得十分逼仄。抗战时期,父母为躲避日机轰炸,双双离职从重庆辗转返乡安家。母亲曾这样回顾:"教书生活比较安定,但很辛苦,待遇也低。想起自己还没有一个窝,想建几间住房,但靠自己工资是不可能的,思来想去,还是向亲朋邀会①。在瑞金邀会的先例不少,两人合邀谷会②一百五十担。没有地基,向人租一块,每年三担谷。房子包给工人做,自己备料。苦战了半年多,房子建起来了,但我瘦了一身肉,总算有了一个窝。"

父母都是读书人,受新文化和西学影响至深。两层的楼房虽然简陋,但与众不同,颇有些西式风格。屋顶四面去水,前后吊楼相通。房屋周围栽种各种果树,有桃、李、枣、枇杷和柿子等,从外引进的沙田柚当时还花了几个大洋。大门前两侧各有一个花圃,栽种着月季和玫瑰。屋前一口池塘,父亲喜爱钓鱼,休假回来,总要在那里垂上几钩。此居取父母字为"云韵别墅"。

我四岁那年,老房因兴建县人民医院,由政府出面拆迁。老宅的记忆,只有老人们日后不经意的只言片语,还有自己前额留下的月牙形的疤痕印记。伯母说过那是在老房子边的石头路上摔了一跤,是去看电影太兴奋了,当时还流了不少血。

家搬迁到叫麻袋厂和下半团的两个地方,其间之事,我依稀有些记忆,印象已十分模糊。两地点坐落在县城西南郊,绵江河的南岸,之间相隔近里路。房子都属于某宗祠群落,收归国有后由政府房产部门管理。偌大一片,青砖封火墙甚是恢宏,众家杂居,里邻不少。记得麻

注:① 客家方言,指民间一种经济互助的形式。

　② 客家方言,指民间一种以稻谷实物进行的经济互助的形式。

袋厂那边常办干部训练班,办班时候有很多人在那里吃住。大概是后来考虑住家会影响办班,我们没住多久,便同其他住户一起被动迁了出来。

六岁那年,母亲见我已识得许多字,又吵着要读书,便送我到附近的民主路小学上学。下半团旁边有个天后宫,办过福佑中学,也办过二中分校,母亲有段时间也在那里任教。我上学要路过此处,放学回家就常在那里逗留玩耍。天后宫大门前耸立着一对高大威武的石狮子,经常有孩子在攀爬。门前有座木桥,桥旁有株巨大的榕树,与河对岸的另一株大榕树遥遥相对。每当榕树籽成熟季节,有些胆大的孩子便攀爬上去,折些果枝抛下,大伙便哄抢起来,选摘那些暗红色的小浆果,吃得嘴巴紫紫的。那年头,"大跃进"全民大炼钢铁,大家都吃食堂。我常常端个大钵盆到居委会食堂打饭,回到家里往往饭都被吹凉了。上四年级的时候,下半团要改作劳改队营房,那一片人家又被列为动迁对象。我们便搬到了河对岸的下坊了。

离开那里后,我从未回去看过。

三

记忆中,下坊才是较为真实的老家,在那里,我度过了整个少年时期。

父亲在我两岁时故去,二伯母20多岁守寡,未曾生养,一直与我们共同生活,帮着照看孩子,料理家务。她与母亲惺惺相惜,两妯娌形同姐妹,我们兄弟姐妹四人也视其为亲生母亲一般。

下坊老宅地处郊区农村,房前屋后空地不少。搬家后我们把一些空地用篱笆围起来,翻成菜地。母亲教书吃住在校,学校离家很近,吃完晚饭便回来带领我们在菜园浇水施肥,一年到头,菜蔬尽可自给。在三年自然灾害期间,物资匮乏,粮食供应不足,大家经常饿得饥肠辘辘。有了这块菜地,一家人大可以菜当食,不至于饿着。

原来我一直不解,为什么几次搬家母亲不选街上而选市郊,二伯母说怕我们小孩子嘴馋。后来才明白母亲的良苦用心,事实上这个家的生活用度,供几个孩子上学,靠一个人那点微薄的薪金是难以维系的。

1962年,县城遭遇特大洪水,那里地势低洼,屋内进水达六尺多深,足有半墙多高。全家人爬上了二楼。窗外,洪水泛滥,一片汪洋。狂风卷着急雨呼啸而过,阵阵雨粒打在低矮的瓦面上啪啪地响。晚上黑灯瞎火的,我一点也没害怕,躺在楼板上竟然能酣然入睡。因为母亲在身边,有母亲在,就有家的安全感。

母亲退休后一直住在这所老宅,大哥一家搬离后,她仍然不愿离开,并表示只要自己生活还能自理,并不想去依附哪个孩子。这个苦心经营了一辈子的家,对她来说有一份成就,一份责任。她守住的是薪火相传的那段历史,是给远方儿女对家的念想。我记得在做知青下放那会儿,虽然山里的村民对我很好,但还是想家。当时那地方还没有通公路,于是与好友相伴,从早上天还不亮走到夜幕降临,翻山越岭,穿墟过桥,100多里路程,足足走了12个多小时回到县城,回到母亲身边。后来我在省城工作时对老家也是魂牵梦绕,总想要带上些什么滋补品和软绵食品抽空驱车回去。看到母亲日渐苍老的形态,不禁一阵心酸和内疚。见到院落里布满了茂盛艳丽的花草,心里又有了一丝慰藉。

母亲就是家的灵魂。灵魂不在了,家就散了。母亲故去后,大哥把下坊老宅租了出去。我也没有再回去过了。

四

从深山中走出，把家搬到县城，彻底告别知青生活，是我成家后的第一次搬迁。

在山沟沟里成家立业是我一直不敢想象之事，虽然经过十年的山风磨砺和乡俗浸淫，与乡民日臻同化，但骨子里总还是有一点城里人的优越和最终要离开农村的念想。命运有时也挺捉弄人，往往会事与愿违，因缘在促使我们面对现实。

旗杆峷下是一个小屋场，坐落在名谓赤沙的一条被群山包围的山谷之中，依傍在山脚边的一片高大的苍松翠木下。门前一条通向邻村的小路，路旁一线清澈的溪流，溪的那边是一大片狭长的田野。我内人插队落户在这里，也就成了我俩的成家之地。刘姓叔伯五兄弟世居在此。房东德煌年长，妻子号秀仔，无嗣，带一养女金兰，许配给亲侄金木为妻，约定生下一儿半女分一半以继香火。德煌夫妇生性敦厚善良，待人热情，我内人贤淑文静，很得他们喜欢。

新婚房设在一侧下厢房，是秀仔忙乎了大半天特意腾空出来的。赣南农村房舍多见土坯瓦房，家厅建筑虽然有些年月，房间墙壁日久烟熏得有些黛黑，老式的推合栅窗也不大，房内显得有些昏暗。我们找了些旧报纸往墙上一糊，房间顿时明亮许多。婚事操办时，整房理物，做酒办席，迎客送友等，房东兄弟妯娌如同办自家喜事一般忙乎。此时，生产队长也在与大家商量着，到公社把我俩的知青建房补助款领回来，队里为我们建幢新房。当时我们夫妇虽寄人篱下，却感受到了一种大家庭的温暖和小家庭的温馨。

一纸婚约使家的概念得到延伸，家再也不仅仅是成长中躲避风雨的港湾，或者是对母爱、对亲情依恋的巢础了，同时也是一份沉甸甸的责任，一种担负香火相传的、抚育后代的天职。

恢复高考后，我考上了大学。当时，对于我们这些已经有家室的大学生来说，除了十分珍惜就学的机会，倍加勤奋地学习外，还得常常计划在有限的助学金中省出点钱来，放假时给孩子们买点什么带回去。特殊的年代产生出特殊的群体，这代人更早地独立于家以外的世界，也更深刻地认识了家的真正的含义。

上大学的次年，小女降世，公社里又有了知青招工指标。我特意请假回去，恳请公社书记帮忙解决妻子的困难，此时，她已是全大队留下的最后一位知青了。也许，是这位书记动了恻隐之心，终于使我们遂了心愿。

搬家倒很简单，原本东西就不多，几件结婚时自己敲打出来的五斗柜、床、桌之类的家具，加上被褥衣物等。请来原在一起开车的同事，用拖拉机装了大半车。只是真正到了要离开的时候，我看着秀仔大嫂送别时含泪的目光，环顾四周十年青春所陪伴过的一山一水、一草一木和熟悉的人和事，依恋不舍的情愫油然而生，涌出一股似与亲人和故土别离的感觉。山里人，更多是活动在自己的小圈子里，很少接触外面的世界，人的善良的本性在人与人的交往中，往往体现得更为充分和自然。这些山里人的朴实和本分，深深地揳入我的心中，它像一种无言的教育影响了我后半生的思想。十年后，秀仔大嫂病故，我们得悉后悲痛万分，赶忙备上重礼前去奔丧吊唁，以表情义，以释旧怀。

高兴、伤感、留恋、怀念，当时搬家时的心情五味杂陈，难以言表，毕竟,离开的是我们的第二故乡。

五

临毕业前夕,辅导员与我聊起分配志愿的事,因有了家小,自然无他所求,愿回故里。生斯养斯之地,同宗叔伯兄弟、旧日同窗故友,近在咫尺,亲情之间照应自然顺畅。城中方寸之距,访亲办事等在须臾之间,方便得很。

1985年,我们居住的官口圳那两间老宅,因邻家姑娘与家里赌气,在自家房中点燃了一把火,殃及池鱼,把自家连同其他二十几家一大片房舍化为灰烬。肇事者自小疏于教养,性情刚烈暴戾,经常的吵闹声搅得四邻惊恐不宁。我时常想,长此下去恐酿大事,果然应验。烈火无情,十来分钟那里已成一片火海,令人悲愤欲绝,无可奈何。还好有几位朋友相帮,抢救出一些衣物和书籍。单位领导也怜爱,腾出了公家几间房舍,让我一家老小暂且安顿了下来。

那个年头,在县城里土地政策较为宽松,许多相对有条件的干部群众陆续批地建房,到后来成了一阵风似的争相效法。人的心态容不得攀比,原先的日子虽然过得紧巴巴的,因为大家都差不了多少,所以并不觉得特别辛苦,可是,一看某人突然富庶起来了,其他人也就按捺不住要发财致富的念头。我自惭无能力与他人一般建幢大宅光宗耀祖,可祖上留下的那点宅基地却无论如何得撑起房来,免得被人耻笑。于是,全家人省吃俭用,众亲朋鼎力相帮,经历两年的辛苦后,我们一家就搬回了曾经被火烧过的地方。

那地方周边有一连串的池塘,口口相连,连绵数里,如果把这一水系整合成一个整体,辟出个生态公园,县城的风貌会是有另一番水乡风韵的。可惜当时建房人多了,政府也没有控制好,把池塘都填了建房。我们屋后的那口池塘也被隔壁的养路段买去建成了宿舍。楼宇之间,仅隔四米,残留的水面,水污发黑,恶臭熏人,蚊虫繁衍。于是,便请人拉来十几车沙石土,自己一担担地挑了进去填埋,整成了一个小小院落。新居虽小,倒也舒适。不大的院落,垒起几方形态奇异的顽石,顽石下的小水池养着十几尾金鱼,池旁摆上数盆花草,给新居平添几分雅致和文气。每当入夜时分或休息日,常有朋友前来小坐,喝茶聊天。学生也不时拿些画作前来讨教。小小斗室,欢声笑语不断。相邻至亲,谁家有些好吃,呼来唤去,集聚一堂,其乐融融。

追求物欲虽是人们的一种本性,但在物资贫乏的年代,即使经济拮据,生活清苦,精神上的某种享受也能使人坦然和满足。这个新家就在这样的环境中生息,我们的孩子也在此生息中渐渐成长。

六

1998年我调离R城老家,到X城一处任职。作为交流干部,虽然在事业上做得风生水起,但离家四五百公里,半个月或一个月得空回去一趟,家中大小事情是根本无法顾及的,尽管在那里工作仅一年零七个月,却饱尝家庭两地分居之苦。俗话说:"少个女人不成家。"随后调到省会N城工作后,见单位配给了一套三居室的住宅,工作也相对安定,于是,便执意把家从老家迁了过来。

2000年初,住房改革工作在N城如火如荼地展开,我们买下了那套配给的房子。这种类似福利分房性质的房改是计划经济向市场经济转换的国家代价,给人们带来了实实在在的利益。房改推动了商品化住宅的快速升温,房地产开发像雨后春笋般崛起。我是在世纪之交的前一年进入N城的,那时,对这座城市的印象是旧、脏、乱,有些市民的文明意识也相对薄弱。就几年的工夫,以亮化、绿化、美化来打造花园城市的举措,使N城的面貌在翻天覆地和日新月异地变化。这其中就有房地产业起着盘活城市资产的功劳。

单位的东北面有一个远东小区。这个小区建设开发得比较早,其环境、结构凸显特色、建筑质量也不错,为当时N城的示范性开发楼盘,吸引了不少购买和参观者的眼球。精装修的二期高层楼盘推出后,其大气和经典,令参观样板房的人络绎不绝。由于单位的家属区与一墙之隔的农校被统一征用拆迁,我待女儿探亲回来,观摩了几处楼盘,最后就选择在远东小区买房落户。

进入21世纪,住宅的建设理念除了能提供必需的使用功能外,更加注重体现舒展的空间自由度和适合主人趣味的装饰风格。小区的规划也更强调自然和谐与人性化。这种理念反映了时代的迥然和进步,使得人们对居住环境不断有新的选择和适应,人们的居住习惯也在随着时代的变迁悄然地发生变化。我精心地选购了一批时兴家具布置新居。那些从老家一同搬迁过来的家当,包括那张带有60年的历史印记后来又经改装过的餐桌,在新居里已明显不能入群了,尽管心存恋意,也只有舍弃。

2004年,按照老家的习俗,择了个吉日吉时过火铺床,正式把家搬了进去。这个新家,虽然不是很宽敞,但我已是十分满意。有了电梯,走动方便,特意把年迈的老母亲接了过来,让她能安享晚年。墙壁上挂着的孩子们的合影和四代同堂的全家福,流淌出浓郁的亲情和家的温馨。

七

一阵"当当"的敲盆声和伴随而来的吆喝声,使我从午间的小憩中惊醒,穿堂过巷的拾荒者又来到楼下,每天都有好几拨。从远东小区搬到这老城区来已有大半年了,似乎还不是很习惯。2009年,远东小区的业主与物管发生了严重的矛盾。业主指责物业管理不善,经常停电、停水,高层住户无法安生。物管则反映许多业主恶意欠费,造成正常管理无法维护,拖欠电力公司电费达数十万元而被断电。其实,根本问题还在开发商与业主的一些纠纷没有处理好。前些年,许多业主因开发商违约问题陆续联名上诉仲裁委员会,彼此关系并不和谐,物业属开发商下属,自然被迁怒其中。矛盾不断激化,业主多次组织人员拦路上访,最后,发展到业主委员会强行取代物业管理,宣布自治。媒体做了报道,政府部门牵头协调,这一事件虽然以物管回归而告终,但小区已受到了严重的负面社会影响。经过几次折腾,小区里有不少住户转卖了房产离开了,我也对这个地方失去了信心。

转瞬间耳顺之年已至。母亲因不习惯大城市邻里间关门闭户、不相往来的日常生活回了老家。孩子们工作在外,各有家室,逢年过节,也难得回来团聚一次。退休养老在即,何去何从?必须要思考这个从来没有想过的现实问题了。

大女儿在S城。她初中毕业后就享受到原沪下放知青子女的相关政策,把户口迁了过去,并在那里上大学、参加工作和结婚生子。儿子出生后,一直由提前了三年内退的外婆带着。自然,她希望父母退休后大家能在一起生活。小女儿三岁时便跟着姑姑在东北长大,在D城结婚成家。姑姑的身体不好,劳累不得。小女坐月子期间,很希望我们一同前去照料。小女儿从小不在身边，总觉得自己有些未尽养育之责的愧疚，小女之事，心里也一直惦念着。

我们在N城生活了十来年，已与这个城市融合为一体。社保、医保等关系的依存，老同事、朋友间友谊的交往，使我们对这个城市难以割舍。于是，我们只能选择像候鸟一般在S城和D城不停地迁徙，飞累了再回到N城休养生息一番，由此往复，直到终老。

最终，我们选在老城中心区买下了一处二手房。这套房原属一单位的职工住宅，虽然北侧临街，因有一大平台距离，房内倒也安静，是个闹中取静之地。只是房龄已近20年，楼道有些昏暗和霉污，几盏小瓦数的灯在照着，楼下做餐饮，路过此处，下水道有一股馊臭的泔水气味迷漫出来，让人闻到很不舒服。

或许，是人老了，害怕孤独，期望从芸芸众生中感受到生命的热烈。我这辈子更多的是与教育打交道，习惯了人头攒动、济济一堂的情景，喜欢有人气和热闹。或许，是需要一个生活便利的环境。这个地方是城市的中心地带。活动散心，公园仅几步之遥。风寒病痛，医院近在咫尺。日需购物，去菜场、超市十分方便。当然，在老城区还是能节省一些居住成本的，小区的住宅长时间空置还要缴纳不菲的物管费，这的确会让人有些不情愿又无奈。

房子虽然老旧，但经过一番精心改造后，并无逼仄之感，似乎觉得比原先的住处更宽畅和实用了。走进这个陈设依旧的新家，关起门来，置身其间，是会感到些许安心和满足的。

八

搬家的过程似乎在抹去记忆。每次搬家，尽管各自都有"敝帚自珍"的情结,却总会不情愿又无奈地舍弃些什么,这种舍弃会连同记忆消逝,有些是永远也找不回来了。

搬家的过程更多的是在清理记忆。许多几年、十几年、几十年尘封不用的东西,随着搬家呈现在眼前,翻起了早已忘却的记忆的浪花。这些东西记录着点滴曾经有过的精心构筑的故事,保存着丝丝消逝已久的往日岁月的痕迹。在这个意义上看,搬家在回顾着过去,在延续和重构着历史。

搬家的点点轨迹演绎着人们对家庭概念的不同取向和认同,我们在重复着父辈们走过的路。有幸的是我以前有个习惯,出差在外总会买些当地的纪念性小装饰品回来摆设。几次搬家后,让两个孩子选去不少。所以,无论到哪个家,这些饰品都能给我带来往日在异国他乡的回忆,找到一些回家的感觉。

春色·春事·春情

四月间，又一次来到北京。

常听人说，这个时候的北京，风沙很是肆虐。记得有一年也是四月到此，与几个同伴在大街上走着，刹那间扬起了漫天风沙，天地一片昏黄。沙尘吹到脸上，有种细粒子微微冲击和呛人的感觉。风沙过后，衣服上能拍出些尘土，脸上、颈上灰腻腻的，很想去洗把脸。怪不得这时出门在外的女士头上都裹上纱巾，她们有经验。

这个季节，是中央党校一年之中景致最美的时候。"实事求是"碑后有两列梅花树，苍虬的枝条上挂满密集的花骨朵，有几株已绽出了一树的粉色光艳。湖边丛丛的迎春开出团团的嫩黄，依伴着一排吐出嫩绿的垂柳，分外柔情。几株玉兰满梢雪白，树下平整返青的草坪上，花瓣撒落一地，像碎玉。路边一溜高耸的白杨树，枝头萌出了芽苞，底梢已发出嫩叶，顶杈上有几个鹊巢，在疏枝和蓝天的映衬下，显得十分醒目。群群成双结对的大喜鹊在追逐戏闹，"喳喳"的叫声似乎在唤起人们对春天的关注。阳光和煦，春光明媚，生命在此时显得格外盎然。

崇学山庄那株玉兰花谢了，叶芽在悄悄地萌发。院子内的牡丹花蕾日渐壮大，几日后也将绽放。自然界的花草树木是在按自身的生长规律变化着,一年四季,冬去春来,春华秋实,循环往复。它们在不断地吸收阳光雨露和养分,积累生命的能量,在特定的时节,向大自然展现出各种生存的形态。生命的延续需能量补充,人亦是如此,生命人需要纳五谷食粮,社会人需要汲取知识智慧。人们习惯以学历取人,其实,那只能是代表知识的起点,知识的半衰期,会使终结教育的成果在新形势下显得苍白无力,甚至无所适从。它需要像草木一样,适时地吸取营养,积蓄能量,以迎接和适应下一轮的挑战,体现社会人的应有价值。在这个意义上,继续教育甚是重要。走进中央党校,就是实现人的价值链过程的一种选择。

"为人民服务"是共产党人的根本宗旨,也是中央党校一以贯之的校园精神。建筑朴实无华,犹如党风一般清纯。教学大楼两侧高墙上的浮雕,记录着新中国民族大团结的颂赞和在三面红旗指引下人民建设社会主义宏伟事业的决心。这是20世纪50年代末的建筑,花岗岩的墙裙给人一种稳固坚实的感觉。它的存在对我们来说也是一种历史的传承。校园环境洁净,道旁草地上立着不少书有"君子慎微"的警示牌,那是一种无声的教育。所到之处,不难看出在规整的外表透出求精的内涵。学员们身在其中,会油然升起一种肃然和自律的情愫。走进校园,会让你回归少年求学时的情景:作为学员,会让你实实在在体会到做回老百姓的本分。回归人的本来面目和重返少时的感觉,其实是一种有益的反思,能使人警悟,让人珍惜。校园精神在无声地倡导自觉节律,注重自我心灵的净化。

荟茗园非常幽谧。课余饭后沿着湖边小道漫步,心情愉悦,心境豁然。古色古香的楼台亭榭,爬满青藤的假山石径,垂柳依依,碧水潋潋,翠竹婆娑,曲径通幽,在诗人的眼中,确有"春色无限好""柳暗花明又一村"之情境。其实,对这些学子而言,身处此景此境之中,更多的倒是在追寻心神上的放松、安定,或者,是更适合对所学的理论知识与以前的工作实践进行比照、自省和指导。

校园内有两棵古槐,生机勃勃。据考证,这是雍正七年兴建的"丰益仓"遗址古物。此仓是存放漕粮的官仓,一直延续清末漕运制度消亡而终。而今,这里成了精神食粮之国仓。"丰益仓"疏盈补缺,通过漕运把粮食调剂各省。中央党校集聚全国顶尖专家学者之学识、智慧及研究心血,汇成治国安邦之理念和发展信息,通过芸芸学子,在全国各地传输开来,把春光带给大地,把幸福撒向人间。

北京的四月,春色满园,春意缠绵。

医院

一

身体已很不适,我住进了医院。

尽管人人都很忌讳生病住院,医院仍然天天是车水马龙,患者如织。造物主就是这样设计了人世间的相生相克,生生灭灭,造化了不少行当,特别是这个能主宰人的生杀大权的行当显得异常火爆。

内科大楼12层的走廊很洁净,清洁工刚刚用湿拖把清拖过,塑胶地板上还留下丝丝水迹。从东西两头船尖形窗台透进的天光和顶棚隔栅灯光映射开来,长长的甬道显得明亮和宽敞了许多。地面和墙壁都是浅蓝色,两边的房门是白色的,南墙上挂着八帧用双层玻璃镶嵌的不知是哪位名家的山水花鸟画,整个氛围静谧、幽雅,多少能给病友烦躁不安的情绪一些缓解。

窗外高楼林立,各式建筑鳞次栉比,远处的建筑物笼罩在淡淡的雾霭之中,渐渐模糊,与天相接。大片灰色的僵硬的世界,尽收眼底,唯有街道上来往频繁的车流,使得偌大的城市鲜活起来。近处有个老住宅区,楼顶上的隔热板,因年久失修,有些千疮百孔,与刚粉饰一新的墙体不太协调。就像透视到一个外表看来健康之人,其实有些肉眼看不见的地方已经有了病变一样。

一阵鞭炮声响了好长时间,浓浓的硝烟从医院围墙那头的楼宇之间冉冉升起,不知是哪户人家的婚娶寿诞或者是开业乔迁之喜。围墙的这头,也点响了一串鞭炮,但很短促,是一家一身缟素的悲怆之人在送别灵车。人世间生与死、欢乐与悲哀的演绎,在相同的时空中,仅一墙之隔。

二

对于命运,每个人都无法主宰。我们能感知已过去的一切,包括已经开始的,却无法预知未来。未来像一个难解的谜底,似一条莫测的深渊,给人迷茫和期待,使人恐惧和无奈。

隔壁三床是位81岁的老病友,人称陈老,患糖尿病和老年痴呆症。他是离休老干部,山东人。年少时,家里穷得没饭吃,赖在部队里不走,干了革命。后来跟着打日本鬼子,打国民党反动派,随三野南下到此。几十年下来,身强体壮,少有病恙。膝下二女一子,两个孙子也已成人,可谓福岁厚禄,其乐融融。不料到了垂暮之年,一场车祸撞断了左脚骨,痊愈后不小心又摔了一跤,跌坏了右髋关节。随后接二连三地发现了糖尿病,右脑开始萎缩,左脑又出现血栓。而今,长卧病榻,神志不清,已两月余不吃不喝,全靠输液维持,医生也束手无策。好在夫人贤惠,日夜陪护,十分入微。子女也孝顺,每日工余,勤于探望,呵护有加,尽心尽职。

他偶尔清醒时总说:"回去。"我想,他是否宁愿回到那战火纷飞的年代,在枪林弹雨中被子弹击中而光荣的痛快;或者回到被那无情的摩托车撞倒的一瞬间,永远不再起来的干脆,免得自己活受罪,家人受拖累;或者他是想见见宝贝孙子,每次西西来,总能看到他脸出现一丝变了形的笑容。那种对往日欢乐的遐想,一种亲情的眷恋,在支持着他生的信念。

他很幸运,幸运的是他毅然决然地选择了革命之路,从一个不谙人世的农家娃到屡建丰功、受人崇敬的老革命;幸运的是每次残酷的战斗后,他却能毫发无损地活过来,只有一次右膀负伤,虽然至今还有一点弹片未取出,也无大碍。许多老的、新的战友早已长眠地下,他们坟茔上的蒿草是长了一茬又一茬,他却多看了半个多世纪的世界。

他也很无奈,无奈的是无法选择死法。在天年已尽之时,没有寿终正寝的安然,只有下炼狱似的煎熬,并且无法终止。打吊针对他来说是一种可怕的折磨,手上脚上已很难找到合适的血管部位,几个护士往往要折腾半日。他又下意识地总要挣扎去拔导管,家人出于责任,往往会把他的双手捆在床沿。

没有文化的他是凭着中国人固有的朴素的忠义,血拼沙场、斩妖杀敌。他不信佛,也不信耶稣,面对生命的终结无以借托,只能顺其自然,无奈以对。望着那张苍老而憔悴的面容和欲语无声的表情,我恻隐之心油然而生,想想自己的未来,也心绪惆怅。

三

病房的一侧墙根摆满了一排鲜花,这是朋友和同事们看望我时带来的。

这些花已经被疏减了两次。第一次是护士长进来说花太多会吸氧,对身体有害,并叫清洁工前来搬走。清洁工来拿时我不在,据说她选的都是些很好看的花,包括几个护士也特别喜欢的紫色的郁金香,也是最贵的花。不知是否是因为这些花使这间房显得更特殊了,护士长有意在平衡调节气氛? 还真是花多了会有碍健康? 不过,她们的做法一直令我耿耿于怀。我觉得这是对人的情感的不尊重,也怀疑清洁工会将好花拿到花店做回收的。

进院时,我是不想惊动大家,朋友打电话来时便支支吾吾说在外地。可时间一长,很多人都知道了。朋友、同事,甚至还有生意场上之人,出于关切、礼节和其他,陆陆续续地前来看望。这时,医院变成了人际交流的场所,真让我难以消受和偿报这些人情。现在时兴送花,在物质文明相对充盈的时期,精神上的宽慰显得更为注重了。不过花一多,自己也感受到是有些显排场,在病友眼中似乎也成了另类。

花总是美丽的,生活中也不能没有花。看到这么美丽的东西,心情自然十分愉悦。更何况这美丽当中还饱含着浓浓的情谊,我是任何一束花都是舍不得丢弃的,尽管有些花已现凋零了。

人在心身极度疲惫的时候,渴望有一个幽静场所来养精蓄锐。在心绪十分纷杂烦躁的时候,渴望有一片独立的空间去静思抚心。这种时候,他们渴望逃离人的世界,逃离火一般的、陆离变幻的、像囚笼般折磨人的生活,去寻找桃花源里的天地。

人在更多的时候,渴望融入一个像春风般温暖的集体,这里有他人的关爱和彼此的依存,渴望实现童年的梦想王国、成年的踌躇满志和老年的金色黄昏。这种时候,生活是美好的,似冬日里和煦的阳光,像万绿丛中五彩缤纷的鲜花,如琼浆玉液般香醇的美酒,令人陶醉其间,流连忘返。

我应该积极地面对这美好的生活,也不枉朋友送花之情。

四

在我的记忆里,自20世纪80年代中期开始,我就比较频繁地光顾医院了。去得多了,原先的感觉就变得麻木起来。人们常说的"见怪不怪""习以为常""见多识广"可能就是这个道理,大概这也是认知方面的一种嬗变和深入吧。现在我进了医院会莫名生出类似曾走进巴黎圣母院时的那种感觉,是一种在内心油然而生的神圣的敬畏感。事实上,我不是基督教徒,当时进入圣母院纯粹是以游客的身份去瞻仰这闻名遐迩的建于12世纪中叶的哥特式建筑。因为每一位到巴黎的人肯定会去那里参观,根据雨果原著改编的电影《巴黎圣母院》给人的印象实在是太深了。大抵是刚好遇上做礼拜,那美妙的颂歌在高高的穹顶下回荡,庄严神圣,的确摄人心魄,让人敬畏。这一次偶遇,一辈子都难以忘怀。

教堂是个教徒们净化心灵的场所,从孩子的洗礼,到人生过程的不断告解及被布道,直至生命结束的葬礼。教堂是神圣的殿堂,在教徒心目中,那尖尖的穹顶,是能与神灵信息交汇的。牧师是教徒们纯洁心灵的守护者,是可信赖的交心者。在这神圣之地,教徒们视他们是代表与上帝沟通和传递信息的使者,需要他们向上帝转达愿望。他们从事的是对人们精神的救赎和慰藉。

对人的生命而言,医院的功能与教堂的功能是何其相似,只不过彼此是针对生命中的肉体与精神的差异,或者它不像教堂那样受信仰的约束,每个人都是受众罢了。医院是人们迎接生命、对生命的救助和告别生命的场所,换句话说医院是每个人人生的进口和出口,是每个人在人世间延续生命的加油站。从这个意义上看,医生便是生命的守护者了，是守护着人类的"白衣天使"。这个职业应该是十分神圣的。

医院的色彩大片是白色的，像流动的白云般白，这是天使的颜色。在白色的世界里也有些蓝颜色点缀，像澄明的天空般的蓝，这是旷远的去天堂的颜色。色彩中还有些绿颜色，像雨后青草般的葱茏，这是生命的颜色，大地孕育出的生命的色彩。这三种颜色组合在一起让人感觉自然、放松和对世间的热爱，让人觉得愉悦和充满希望。医院里，那淡淡的来苏水气味弥漫在大堂、走廊、诊室，弥漫在医院的所有角落。这种气味或许能杀灭空气中的病菌，或许能松弛人们的神经。它的作用就好像点燃的一盘檀香在庄重地为人们熏沐。因为医院的人太多了，人多并不是好事，人多了容易产生浮躁。我们这个社会现在浮躁较为普遍，人多恐怕是一大原因。生病的人心情不好，更是容易心浮气躁；医生每天都生活在这个人满为患的环境，感受着这无尽的人生百态，并且在马不停蹄地超负荷为人诊治，说不定也容易产生浮躁。所以，医院需要有种能起到心理安抚的环境，就像这些色彩，就像这种气味。

是呀，现在去看病千万别浮躁，许多的医患矛盾就是因为浮躁而起的。浮躁会滋生猜忌和不信任，会把原本简单的事变得复杂，会使本意颠倒。人世间的许多事情并不能以自己的想象和愿望去左右，人生无常，上天往往会给你开个玩笑，在你春风得意时给你失落，在你绝望时又给你惊喜。人们不清楚什么时候死神会叩开你的大门和你照面，并牵着你的手离去。但是，人来到世上，不管是在年幼夭折，或英年早逝，或长寿百年，都是一种造化，是一种生命延续的形态，都应该视为上天的一种恩赐。既然是一种恩赐，便要珍重，要敬畏以对，包括对那些随生命而伴生的医院。有了敬畏之心，生命才有意义。

我敬畏生命。于是，我愈发变得崇敬医院和尊重医生了。

歌声嘹亮

平常散步,我常带个有收放功能的袖珍播放器,一则听听新闻,二则听听音乐。音乐这东西很奇妙,它能澎湃心潮,激动情绪。走在路上,如果有音乐伴随着,人会变得精神起来。抬头挺胸,合着音乐的节拍踮起脚跟走步。如果播放的是首熟悉的歌曲,嗓子眼里也自然会跟着轻轻哼出那曲的调子。心花怒放大概就是如此吧。此时,心情愉悦,什么乌七八糟的阴霾心事全会一扫而光。

小时候,我就喜欢唱歌,那并不是有什么遗传基因或者天分什么的在起作用,而是觉得唱歌开心、好玩。否则,在四年级时,有一次老师选我和其他几位同学去面试,肯定会被前来招音乐苗子的人选中的。到了十七八岁,兴趣更浓了,到书店买来识简谱的书,看书自习;买来竹笛和口琴等乐器,无师自我捣鼓,把喜欢的歌曲抄在硬壳的笔记本上,抄了好几大本,没事就翻出来哼哼,俨然要在音乐上下些功夫。

每个年轻人都有许多美好的理想,因为他们追求浪漫,精力充沛,但比较盲目和理想化。就像我喜欢文学、绘画、音乐一样,这些都带着玫瑰色,对年轻人很有诱惑力。最后命运的安排仅是绘画成为我学的专业了。

　　很多时候我曾想过，假如我学的专业不是绘画而是文学或音乐，又会有何种成就？是否会像学了绘画并出了些成果但最终又未从事这个专业了呢？专业与非专业的差别在于精通与一般。任何一种东西都一样，一精通就不能随意了，精通中有许多的规范和禁忌，自然而然地形成了专业羁绊的禁锢链，让人望而却步。记得在知青插队期间，大队组织毛泽东思想宣传队，编排节目参加公社演出。他们听过我唱歌，那段时间我姐从东北寄来不少学习的书，其中就有全部样板戏的曲谱。当时我在大队完小当民办教师，课余便对着曲谱经常放喉高歌，没准他们听了觉得还真有那么点味道，就让我来组织。我按照公社自编自演的要求，编谱了几首歌教大家练习，虽然最终没有成行，倒也尽心尽兴，饶有兴致。现在想来，如果当时知道音乐专业里谱曲有许多的学问的话，是无论如何也不会去滥竽充数不自量力的。有一次看电视里的青歌赛，我觉得有些歌手已经唱得很完美了，但几个评委却分别点出了瑕疵，特别是那位滕矢初，他的听觉器官对音节的敏感度和专业的素养让观众们钦佩不已，并且，让人觉得音乐就是阳春白雪的东西，它的高深不禁令人仰止。

　　音乐最终没成为我的专业，我仍旧毫无拘束地唱歌，就像人们评论卡拉OK一样，可能会是自己唱得开心别人听了难受。音乐是艺术的一大门类。提起艺术，人们都会肃然起敬，它毕竟属于上层建筑神圣和高贵的领域。然而，在现实生活中，音乐较之其他的艺术门类却更具社会性和大众普遍性。艺术也会走下神坛，就像摄影艺术一样，自从数码相机问世后，这种艺术便成了全民性的。现在手机又有摄影摄像功能了，那这门艺术的大众普及率就更高了。古今中外对音乐的起源有不同的学说,有代表性的就有十余种。研究这些课题,是专业人士所关注的,对于非专业人士来说,音乐情感说更为贴切。我觉得,兴之起乐,乐之生情是人类最为原始和最为自然的心理现象,每个人,包括孩童或成人,通晓音韵者或五音不全者,歌唱家或卡拉OK顾客……都成了音乐的推广者,由此,音乐成了最大众的娱乐活动,人们的生活离不开它,由此,音乐也成了最普遍的一种社会现象,音乐无处不在。

在20世纪80年代中期,我有一套家庭音响,那还是经一位懂行的朋友介绍,到广东番禺办事顺便买的,那里有一家在东南亚最大的电器商城,当时还请了那边的朋友去选货和砍价。这个MARANTZ功放和AVANCE音响的确能播放出纯美优雅、低沉浑厚的音频效果来,不时地听一听着实是一种舒适的享受。而且听过之后就会明白发烧友们的那点痴迷。搬了几次家又因工作忙,渐渐把它冷落了,因不懂设备连接,时至今日已摆放不用十多年了。有几次家人要把它舍弃,虽不知这多年的电器是否还能用? 但这物品毕竟记录着一段难忘的历史,我仍不舍丢弃。一日,朋友震宇兄见之甚是赞赏。他自小喜欢玩弄无线电,从安装矿石收音机开始自学成才,已成电器高手,也是音响发烧友。平素常有人请他去修理和调试设备,退休后也甚为忙碌。我请他帮助看看能否继续使用。前不久,他抽空前来一试,除功放中有一侧音响旋扭电位器失灵,其他完好如初。听着那优美动听的乐曲,除去感官上的无比享受外,这老设备耐久性的质量也很让人感慨。他很专业地调试出最佳的听觉效果,也给我普及了不少音响知识,又一次让我体会到专业的深奥和遥不可及。

今天是国庆节,每年的这个日子我都兴奋不已,因为我与共和国同龄。许多朋友都在微信给我或在朋友圈上发了庆祝节日的贺卡。现在的贺卡又进步了,有音乐,有变幻的图形和可以随意编辑的文字。我收到最多的是一首嘹亮的《歌唱祖国》,"五星红旗迎风飘扬,胜利歌声多么响亮,歌唱我们亲爱的祖国,重新走向繁荣富强……"屏幕上猎动的五星红旗,鲜艳的牡丹花,庄严的华表,爆散的礼花,滚动着的祝福语在庄严嘹亮的歌声中不停地翻动变换着。顿时,我胸中涌起一股热流,心潮跌宕,热泪盈眶,一种神圣和幸福感油然而生。

说茶事

茶和烟酒一样,是遂心之品,属于一种温饱后的物欲享受。酒可助兴,酒能载诗,"李白斗酒诗百篇"可谓传世佳话。我天生不胜酒力,上天没有赐给足够化解酒精的酶。记得上大学时一次在外聚餐,喝了半小碗白葡萄酒,回校路上酒力发作,在邮局大厅的长椅上躺了四个小时,同学一直陪着,后成为笑谈。所以,我成不了诗人。烟能兴奋神经,"饭后一袋烟,胜过活神仙",是指抽烟的惬意劲。我倒觉得在写东西时抽烟能醒脑,思维更为敏捷。但是,"吸烟有害健康",香烟包装盒上也是这么印着,因此,抽了28年,最后发展到每天要吸四五十支的时候,便毅然决然地把它戒了。可人不能没有一点嗜好,特别是男人,应酬不少,交往总得找些乐子。茶能健身,饮茶也属斯文之举,由是,便以喝茶交友、谈业务。久而久之,喝茶也就成了习惯。

喝茶有道,谓之"茶道"。记得在20世纪90年代初期见过一本厚厚的大十六开本精装《茶经》,可称之为茶道的汇总。其中的内容十分丰富和专业,从茶的起源、典故,茶的种类、功能、分布,茶的种植、采摘、制作,到茶艺、茶饮等洋洋大观。江西有所女子职业学校开设了茶艺专业,据说就业前景很不错。有一次到台湾,在阿里山茶场见识的一场茶道表演,把茶文化演绎得十分讲究和雅趣,令人印象深刻。

不过,我喝了几十年的茶,并无章法,先前是胡喝乱饮,现在也不甚讲究。小时候家里没人喝茶,家境不富裕哪有闲钱买茶叶,所以不懂茶为何物。只知道伯母在夏天会采些土名叫"莳田苞"的一种植物,晒干后绞成碎段放一把到大茶壶里泡水当茶喝,这种植物长在田埂路边,有些毛刺,长出的红色的小浆果酸酸甜甜,我常会采吃。"莳田苞"泡出的茶有股植物的清香味,据说能清热解毒消暑。

十几岁下放到一个山区,在那里第一次见到茶树。不过,那不是连片的茶园里的茶树,而是在田埂边星星点点散种的有些年头的茶树。春上茶树芽出,妇人前去连芽带梢采回一兜,晚饭后就在自家锅台炒茶,灶膛里煨着微火,用手掌贴着锅壁边翻炒边揉起来,直炒到干燥有些焦香后收起,看着有些粗糙。山里人餐前饭后有饮茶习惯。没有远客前来,房东大嫂是舍不得将自制茶自家泡喝,要留着赶集去换些铜钱回来。平常喝的叫"甜茶",是用晒干的一种野生灌木的叶片煮出的水,有一丝甜味。大热天从地里回来,一气灌进两大碗,凉爽透心,舒服极了。

真正地喝茶应该是进了单位开始,尤其是戒了烟以后,因为我总想以茶水的味道替代烟瘾的诱惑,就像有些人戒烟用吃糖果、瓜子或小点心一样来分散对香烟的迷恋。到了办公室,便用一个带盖的大瓷器杯,放上一小撮茶叶,然后倒满滚烫的开水泡着。上午下午各泡一杯,边喝边添水,直至寡淡无味。我不喜欢泡酽茶,喝到口里有股太浓的苦涩味,特别是下午喝了浓茶,晚上也很难入眠。看着广东人泡功夫茶,就那么个小紫砂壶塞满了茶叶,每泡下来,斟到牛眼小杯就那么丁点茶汤,喝茶只是轻轻抿一抿咂咂嘴,口感十分苦涩,且喝起来一点也不过瘾。其实，人家喝茶才上档次，那叫品茗，我等是牛饮，严格说是不懂茶道的胡乱饮。

世间茶品无数，红、绿、白、黄、青、黑、花等类，衍生出各具地域特色的品种多如牛毛。它们之中因选材、制作工艺的迥异其饮用方法、口感、功效等也有所不同。我先前多饮绿茶，又以当地绿茶为主，诸如狗牯脑、小布岩等。并非情有独钟有地方情结，而是朋友不时来访顺便会带些过来。这些茶叶虽不耐泡，但清润可口，余味回甘。偶尔也会买些黄山毛尖、碧螺春等回来泡着，也说不上这些名品与平常所饮有多大区别，毕竟我们不是品茗高手，只是普通的茶客而已。一次长汀的一位朋友在办公室选了一包上好的铁观音来待客。他习惯喝这种茶，我也是第一次知道这茶是冲非泡的。此茶是半发酵茶，泡后的茶叶看似粗粝，可茶汤金黄，茶香郁馥，虽小盏把酌，却醒脑舒神，暖身爽气，口齿留香。赖君喝茶讲究，后来又改喝红茶，说现在喝红茶已成时尚。我依旧一如既往，喝得较杂。

茶为国人所爱。"柴米油盐酱醋茶"，茶可是人间烟火的七物之一，上至王公贵族，下至庶民百姓都离不开的日常生活品，说明茶本身的实用性。的确，茶除饮用外还有其他许多的用途，比如有人特意会到茶庄去买些茶末或便宜的劣质茶，放到装修后的房间里，大概是取茶的吸附特质来去除甲醛。"琴棋书画诗酒花"，茶又是大雅之堂的八艺之一，属于阳春白雪里的一个宠儿，说明茶又具有可赏性。古往今来，以茶所作诗赋存世不少，创造和丰富了茶文化。

茶喝得多了，就把世间的烦恼喝没了；茶喝的时间长了，就把岁月的沉着喝了出来。于是，喝茶又多了些感悟，这是"茶道"中游离"茶术"之外的精神层面的东西。与个人兴趣、修养、境遇、心境有关，是一种难以言状的心理感受。文人们喜欢煮茶聚贤，品茗清心，把盏明志。其风雅情趣也许就是此种心理感受所至。

至今，闲逸在家，我习惯泡上一杯香茗，靠坐在院落玻璃书房的摇椅上，随手拿起案头上的一本书翻阅。看累了，闻一闻茶杯里氤氲茶香，或轻抿一口，含在口中，然后把带点苦涩的茶汤徐徐咽下，看着阳光普照，云起云涌，或雾气缥缈，雨敲窗棂，慢慢品出那舌齿间的回甘。此时，一身轻松，心境坦然。人生如茶，在此一抿一咽一品之中，往事如烟，当下粲然。

霜叶的况味

一

年轮悄悄地滑过春夏,又转到了秋冬。人们对时间的离去总是迟钝的,他们似乎一年到头总在为了什么不停地思量着、忙乎着,无暇去顾及时光的脚步,往往在见到霜叶变色时,才恍然觉得一年又即将过去。草木们却很单纯,它们很忠实地遵循着天道,对季节的变异十分敏锐,能紧随着时光的流转,适时开花,届时落叶。

人活在世上有草木相依,的确是件幸事,草木伴随着我们的成长,它们是时光的替代物,给了我们许多可以追忆时光的片断。大概这也是造物主有意安排的结果,让草木来经常提示人们,一花一世界,一叶一菩提。

霜叶有色,介于绿、黄、橙、红、紫、褐之间,姹紫嫣红,变幻万千,层林尽染。霜叶有味,就如洒满一地的红褐色像羽毛样的水杉叶,散发出一股山岚般的芳香气味。当然,有情味更浓,这里指的味是指已超脱于生物本身的一种文化的意味,是人们有感于霜叶的外在形式美而生成的情愫。

有史以来,我们都自觉或不自觉地浸淫在这浓重的文化意味之中。

二

面对同样的霜叶,每个人觉着的味不尽相同,因为各人所处境遇不一,修养有别,故心境的表露自然因人而异,也各有千秋了。

唐代诗人张继,在旅经寒山寺时留有一首《枫桥夜泊》:"月落乌啼霜满天,江枫渔火对愁眠。姑苏城外寒山寺,夜半钟声到客船。"这是作者在安史之乱后的羁旅之思,抒发了身处乱世,尚无归宿,忧家忧国的愁楚心情。这时他看到江边的红枫是与霜天、残月、栖鸦、渔火、泊船等一些带着肃然成分的景物相呼应,属于愁秋的代表作。

比较杜牧的《山行》,却有另一番的气韵,与前者大相径庭。"远上寒山石径斜,白云生处有人家。停车坐爱枫林晚,霜叶红于二月花。"此时杜牧看到的枫林是美艳绝伦,胜似春花。俞陛云在《诗境浅说续编》中评云:"惟杜牧诗未赏其色之艳,谓胜于春花。当风劲霜严之际,独绚秋光,红黄绀紫,诸色咸备,笼山络野,春光无此大观。"此诗同样出现寒山、夕阳和深处人家等令人愁楚的字眼,但作者见夕照的枫林"停车坐爱",感之"红于二月花"以至流连忘返。咏物之间表露出一种豪爽、乐观、向上的精神面貌,属于颂秋的代表作。

我见到红枫,就会想起一个小山村,想起土屋边小河旁的那棵硕大的枫树,想起当枫叶由绿变黄、变红、变紫的时候,万物归仓,想起看到了这棵枫树离家就不远了。我在这个小山村度过了十年的青春光阴,也在那里成了家。年复一年,这棵枫树到了那个深秋初冬季节,一树的霜叶像团团燃烧的火焰,黄赤相间,亮灿灿的,在两三里之外都能见着。久而久之,看见它就有一种丰裕收成的满足,家的安定感油然而生,之于我,红枫是丰衣足食的象征。

记得在1972年,我第一次参加县文化馆举办的美术创作学习班,第一幅创作是水粉画《山村集市》。画中热闹的集市后面有棵红艳艳的枫树在烘托气氛,这应该是我心中的那棵红枫,山村的集市应该是富足的集合。启陶老师很感兴趣,亲自为红枫做了点睛之笔。他风流倜傥,颇有才华,是浙江美术学院高材生,水彩画尤为出色。他调到师院后,教过我们风景色彩。据说后来他调到了浙江老家的一所大学,我们之间便断了联系。即便如此,见到红枫我仍会想到他。

三

小区停车房门前生长着一棵桑树,高两丈许,枝条修长,纵横交错,叶片宽厚,青绿透亮。一般散见在房前屋后的桑树都是野生的,是鸟儿洒下的粪便里有桑葚籽而繁殖起来的,它们的枝条纤柔,杂乱无章,叶片细碎,平薄无光。相形之下这棵桑树就犹如流落乡野的大家闺秀,既挣脱了清规戒律的束缚,又保持了雍容华贵的大气。用专业的知识解释,这是通过嫁接培育过的苗木,应该是在某个时间被某人栽在这里的。小区内有不少学子孩童养蚕,以当宠物。低矮的小桑树还等不及叶片长成尽被采摘一空,唯有此株桑叶高高在上,未得惊扰摧残,一直枝繁叶茂,随风婆娑。看见桑树就联想到养蚕,我与蚕桑之事有过三年多的交集,而且,还曾经受过半年的专业培训,至少可以说自己当时已是能指导作业的技术工了。在江南一带,栽桑养蚕历史悠久,古人视“桑”为农业。早在3000多年前,从商代出土的甲骨文上就有了“桑”和“蚕”的字样。历代也出现过不少以桑入诗的田园诗篇,如唐代孟浩然的《过故人庄》中有"开轩面场圃,把酒话桑麻"的诗句。人们以"沧海桑田"来比喻历史的久远,说明蚕桑在中国传统农业中的重要历史地位。

蚕有春蚕、夏蚕、秋蚕之分,一年可养好几批次。待秋蚕成茧,桑园里桑树枝条上的桑叶也已全部撸尽。因此,对经霜的桑叶我是一直没有认真地在意过。

一日,路过停车房,见得一树桑叶现出枯竭之样,色泽灰暗,失去了往日的葱郁光景,叶柄还顽强地吸附着母枝,似乎有些依恋,叶片形态卷曲,耷拉在枝间,随风摇曳着,像吊着的一块块碎灰布。这在秋色绚丽的其他同伴面前完全显得黯然失色。

其实,经霜的桑叶是一味中药。《本草》中有云,桑叶能疏散风热,清肺润燥,清肝明目;味苦、甘、性寒;归肺、肝经。中药之材草木本为多,见药房所配之药皆干枝枯叶,色泽杂乱暗淡,然而却能祛病去邪,为人们解除痛苦。桑确实是宝,桑叶能入药,桑葚也是补肾之佳品,就连吃桑叶长大后制成的僵蚕同样是一味好药。

于是,我对这朴实无华的经霜桑叶不禁肃然起敬。

四

女儿在微信朋友圈里发过一张照片,拍摄的是落叶,题目《寻找》。画面采用特写手法,一方灰紫色的沥青路面上散落着十来片交叠的银杏叶,一只小蜗牛伸长着触须,行进在叶面上。

我觉得这张照片挺有意思。

从图面上看,其构图起码有了以下几点考虑:截取的路面空间和叶片组合讲究了疏密相间。路面肌理的圆点,叶柄的直线、叶形扇面的弧线和路、叶构成的面体现了点、线、面形式的结合。爬行的蜗牛与静止的平贴叶片形成了动静配合。蜗牛处在画心偏上处形成一个中心画眼,一目了然。其色彩讲究了路面与叶片的对比:黄橙与蓝紫对比色的对比,深与浅色差的对比,两组邻近色的对比。至于立意可就仁者见仁,智者见智了。我以为,分析这张图思维不能囿于图的本身,应该把视野拓展到经霜的落叶,以至银杏树的本身,拓展到追寻的蜗牛这幼小的生命。

银杏是种古稀珍贵树种,有植物"活化石"之誉,俗称"公孙树",有爷爷栽植,到孙子才能食果之说,意为"长寿树"。据说,世界上最大的古银杏树在贵州福泉,其树龄约有5000~6000年之久。我见过不少千年古银杏,洛阳白马寺前、苏州甪直古镇保圣寺里、井冈山宾馆围墙边的古银杏至少有千年以上,庐山三宝树的那棵银杏相传是东晋名僧昙铣手植,距今约1500年历史。因为银杏生长期漫长,树形如盖,霜叶色泽金黄,古寺庙内多有种植,这或许是僧侣人视之为另类菩提树吧。现在银杏到处可见,在许多地方已作为行道树,待秋霜一染,树上树下,金黄一片,蔚为壮观。

银杏又被前人视为爱情树,或许是因为银杏叶似心形,并蒂叶心心相接,有种美好亲密的象征。以银杏托物言志,借物抒情的爱情千古遗文莫过于南宋词人李清照的《瑞鹧鸪·双银杏》,"风韵雍容未甚都,尊者甘橘可为奴。谁怜流落江湖上,玉骨冰肌未肯枯。谁叫并蒂连枝摘,醉后明皇倚太真。居上擘开真有意,要吟风味两家新。"作者独具慧眼,以银杏的典雅大方,朴实高洁,品质坚贞喻其与丈夫赵明诚之间心心相通,爱情常新的美德,令人羡慕。

银杏叶生前高高在上,艳丽夺目,死后一地辉煌,不变容颜。经霜的银杏叶有一种雍容华贵和冷艳的气度,让人想起皇权,似乎有种神圣不可侵犯的力量在左右。与红枫不一样,红枫像庶民,感觉亲和,热烈。面对散落一地的银杏叶,真不忍践踏,如果那样,似乎会有种猥亵神灵之感。

蜗牛爬在银杏的落叶上纯粹是个偶发现象,也许它原先就在银杏叶上待着,一阵风吹来,与银杏叶一起被吹落下来;或者它本身就在路边草丛里,后来爬到了路中的落叶上。说不定,又一阵风吹来,它会随银杏叶片飘起,荡到一个什么地方去了。无论如何,出现在我们眼前的蜗牛与银杏是关联在了一起,构成了一种生物的共存共生。

我不太了解蜗牛,往往细微的东西的确会被忽略。据说它的寿命是五到十年,在有几千年寿命的银杏面前,真如草芥一般。宇宙是充满奥秘的,自然界是奇幻的,不过,其本质是有生命体的集合。尽管蜗牛卑微,寿命短暂,但它的本能决定了为了生存会不断地追寻。人生也是短暂,我们面对银杏落叶,是否也会有蜗牛般的执着?我想,应该会有所启迪的。

屋檐下

一

隔壁单元的603室住着一对夫妇,丈夫因为身体不好,不常下楼,很少遇见,妻子却经常起个大早,踏着三轮,流动在几个点卖些衣裤鞋帽之类的用物,天气好的话是基本上天天都能见着她。

大概是长期从事经营多与人沟通的习惯,或者本来性情就很开朗随和,她的人缘很好。因为经常照面,开始我们会相互点头礼貌示意,再渐渐会搭讪问候,久而久之,得知她曾下放到黑龙江生产建设兵团,我们有着相同的知青经历,彼此话语自然就更多了些。

三轮车上摊放的多是中老年人穿的衣裤,便宜,最贵一件也就三四十元,款式也还时新,常见得小区内的一些大妈和偶尔路过的行人会围着挑选砍价。她有几个固定时间去的地方,如星期三去西街,星期五去龙华……那里小区的人都知道届时有这么个流动摊点。因为是无证摆摊,在附近经常会遭到城管驱赶,有几次看着她悻悻地把三轮推回来,说遇上"黑猫"了。因此,她基本上是赶个早市,早上五点多钟出门,七点多钟结束,踩着人们晨练或去上班这个点,这个时间段,城管人员还未上班。她说几个远点的地方生意好做些，只是相距至少有六七里地，踏着装上货的三轮车来回奔忙的确辛苦。

直到现在，我也不知她姓甚名谁，彼此之间没有聊起相关话语，即使再熟，素来我不会贸然去打听人家的一些隐私。她住在六楼，还是一次遇到偶然的事而得知的。有一天，她背着包袱下楼，因楼道灯光昏暗，不小心脚崴了，等到收工回来，脚痛得不行。刚好我出门，看见她一脸痛苦的表情，说着眼泪都掉了下来，便帮着把包袱扛上去。这衣物真重，足有五六十斤，本来我有点有心动过速，上到六楼已是气喘吁吁，心狂跳不已，一上午胸部都不太舒服。想想一个瘦弱女子，天天如此上下，真佩服她的勇气和毅力。

603室是一居室，虽然我没进去看过，但从这逼仄之居完全可以推断她家境并不富有。20世纪70年代中期，大量的知青因不堪忍受下放的困苦，以病退、投亲靠友等理由纷纷返城，这些知青中有不少是被安排在大集体单位工作，退休后待遇都不太高。她说以前是做服务业的，也开过店，做这项事虽然辛苦，可是轻车熟路，也有些收入好帮衬家用。她有个女儿我没见过，有时她会去看望女儿，父母已逝，还有两个哥哥，其中一位在外地工作退休后才回来，因借高利贷把动迁的房子也抵押了，现在住在崇明乡下，生活十分窘迫。因小时哥哥对她很关爱，看着兄妹的情谊现在还不时地接济他。

有人说过，知青的一代是经受磨难最多的一代，也是最坚强的一代。从他们这辈子成长和走过来的各个阶段来看，所经历过的自然灾害、国家动乱和社会变革的影响，的确每次都踩到了艰难困苦的点上，让他们不堪回首。其实，每一代人都有不同的磨难，就像我们的父辈，他们所经历的磨难是介于生与死的一线之间，战争的残酷是其他任何困苦都难以比拟的。磨炼能锻炼一个人的意志,这位饱经沧桑的同檐之人在耳顺之年后还能如此吃苦耐劳,这就是长期磨炼的结果。

　　每次看到她那被风吹日晒而变成古铜色的消瘦疲惫的脸容,都想叫她别再做了,看看小区里的那些老大爷、老太太,锻炼的,打麻将的,聊天的,老有所乐,其乐融融,有多好啊! 如还有精力和兴趣做的话,去办个照,租个摊位,正经地去经营,也免得担惊受怕。几次欲言都被顾忌所羁,这些建议恐怕她都考虑过了,每家都有难念的经。她之所以会坚持做这事,肯定有她的难言之隐。谁不想过好日子呢? 到了这个年龄都会想有个安乐的晚年,很有可能是她的家境似乎不容她退却。这或许是命。

　　我只能予以同情,加上敬重。

二

　　田林游泳馆是个老馆,虽然只有四条15米长的泳道,并且,加温不是循环式的,水温总是一头凉一头温,但是,离家较近,去的时间长了,有一些熟悉的人,也就习惯并喜欢上了。据说,当初这里还是专供领导干部内部使用的呢!

　　游泳馆上午9点半开门,我一般是在10点左右前去,最迟不过11点,游半个小时到40分钟。有几个考虑:一是星期一至星期三下午学校的孩子要来游,此时不对外开放。这个城市的小学生都要学会游泳,四年级时必须通过及格考核;二是时辰的关系。我以为上午阳长,午时最盛,下午阴长,午后阴阳转换。水属阴,下午和晚上也属阴盛,此时游泳,阴气太重,对上了年纪的人来说恐伤身体。

　　在这个时间段,有一些天天来游泳的老面孔,基本上都是些已退休的七老八十的老同志,老张、老丁和老周就是其中的几位。老周坚持游泳有三年多,老丁在老张鼓动下也游了两年多,而我游的时间最短,还不到一年。他们说我是小老弟,无论年龄和游的时间也的确不能与他们相比,在他们面前自然要恭谨。

老丁体态矮胖,红光满面,精神矍铄,喜欢与人搭讪,认得很多人。老周秃顶,身材均称,肌肉明显,他说一餐能吃半斤米饭,难怪他的泳姿是力量型的。老张微胖,原来体重80多公斤,现在还有70公斤,他说还要加强运动量,再降五斤,把还有些隆起的小腹练平。他们平时都要游上一个多小时,只有老丁只游五个来回,动作慢也笨拙,在水里的时间大概控制在20分钟内,上岸后用热水淋冲十分钟,直到用完钥匙牌里规定的水量。

教女儿和外孙游泳的孙教练跟我闲聊,说游泳运动对老年人较合适,坚持下去,对身体的各个方面都有好处。老张和老周都说过原来的高血压、高血脂没了,颈椎病、肩周炎也好了,看来游泳活动的确很好。他还说,来游泳的中老年人文化人居多,一则他们有这种消费能力,二则这群人也更注意锻炼养生。我发现,经常来游泳的人办的都是年卡。还有一种处级干部游泳卡,限于警察系统,这大概是对这类干部体能要求而出台的措施,让他们有更强悍的体魄,保持在工作上的旺盛精力。

文人清高,有"出淤泥而不染"的雅称。不过,一个人的学识和涵养像幽兰的清香一样自然散发,很难隐蔽,也很难伪装。即便他藏锋敛气,不事张扬,依然能从其言行举止中看出端倪。清高固然好,是人品纯洁高尚,但清高有离众清冷的可能,特别是在陌生人面前过于矜持。其实,人的内心是害怕孤独的,渴望与人沟通,这就需要放下所谓的自尊,主动向人善意地表示,一个微笑,一个点头,一句问好。一般来说,每个人都心存善意,懂起码礼节,一回生二回熟,就看谁走出了第一步。老丁是个属于善走第一步的老人,他认识了我,我学他认识了老张、老周和其他人。为此,我很开心,学会了敞开心扉,看到了友爱。当然,面对的一些人中也有些不一样的,就像一位老弟,据说他的书法很好,可他的眼神中有种傲然和不屑的气度,让人不禁敬而远之。那是少数,也许他性情就这样,或者说他还没有觉悟。

"大隐于市",我们行走在路上,说不定一位大家就擦肩而过。就像在游泳馆里,说起"前身"人人都有来头,老丁是建筑设计的高工,老张是一个国企的原厂长。可是,当大家走进淋浴室,都只是一个个赤条条的人了,不分尊卑贵贱,没有隐私。它还原了人的本质。所以,当身外之物尽数剥去,我们又有什么可居高于人呢?你看老丁,见人打招呼,笑容可掬的,像个弥陀佛,身康体健,长寿得很呢!

三

43号的一位大姐人家称她为"爱心大妈",这大概是见她对所有猫狗动物都很有爱心的缘故。

她养了一条小花狗,名字叫小黑,陪着她已过了14个年头,对狗的寿命而言,它已到了相当于人类的耄耋之年。平常,她总是牵着小黑在小区里转转,前几天,却看到她抱着它坐在围栏边晒太阳,小黑腹部缠绕着纱布。她对我说,小黑患子宫炎,不吃食只找水喝,小便有些失禁,最后,花了2600元找个熟悉的宠物医院给开了刀,救了它一命。

有一天,见她给小区内的猫喂食时拉着的是另一条狗,我有些好奇。那只狗好像是只半大土狗,或者是什么品种狗的杂交,比较消瘦但很机灵,看见有人前来便表现惊警。她对我说,这是一条被人遗弃的狗,最先,狗主人是反复央求朋友把这狗送给他养,养了一段时间以后可能觉得烦了,就把它牵到一个地方遗弃在那里,但是,狗很快就自己回来了。狗主人无奈,又养了一阵子后,最终还是决定放弃,就把它送到了一个很远很远的地方遗弃。狗主人没想到的是,过了一个多月,狗又出现在他面前。最后,他请"爱心大妈"替他收留下来。她说这狗很聪明,估计在被遗弃时曾挨饿、挨打,担惊受怕,现在一看见扫地的清洁工就惶恐不前。狗主人曾到她家两次,这狗每次见了就吓得四脚哆嗦,小便失禁。遗弃对它印象太深了,现在能跟着"爱心大妈"真是它的福分。

小区内有许多的野猫,说是野猫,其实准确一点应该是在外面散养的家猫,"爱心大妈"每天两次准时地给它们喂食。这些猫的父母或祖父母或太祖父母本来就是某人的宠物猫,后来遗弃不管了,就让它们在外面自生自灭,繁衍生息。不清楚"爱心大妈"管这些小东西是从什么时间开始,我在这里居住快四年了,一来就见她与另一名大姐在喂猫,后来,那位大姐搬走后就见她一人坚持在喂,其间也有些妇人会间忽出现出手相饲。这些猫被养得肥肥胖胖,不太看得出它们有多少的野性。这个老小区至少有30多年历史了,那些疏于修整的散乱树木与这些小动物构成一种近乎原生态的环境,在这里我常常会感受到一种人间的真实。

喜欢看"爱心妈妈"喂猫。她牵着一条狗,背着装着猫粮和水的花挎包,沿着小区四周的路线转一圈。在每个饲喂点,只要她出现,不知躲藏在哪里的小猫咪就一起钻了出来,迎着,追着,围着,"喵喵"地叫着,弓着背亲热地蹭着她的腿,真有点儿孙绕膝的情景,令人感动。她知道每只猫的血缘,这些猫她是看着长大,又成为猫妈,尔后带着几个猫崽的。一次她说,有一只母猫养了五只小猫,因为有小孩去惊扰了,它就把孩子搬来搬去,连她也找不着,结果最后只见母猫,不见小猫了,估计小猫在哪个地方被黄鼠狼吃了,说得眼圈都红了。为了这只生养过的母猫更有奶水,她还特意买了些小黄鱼煮熟喂它。

我常常在想,这位"爱心大妈"为何有这种兴致坚持始终?曾问过她这猫粮和临时性的加餐一个月到底要花费多少钱,她说一般都要400多元。每年算下来这也是一笔不菲的开支。我除了知道她有个女儿外,对她家的其他状况一无所知。她坚持做这项工作的精神支柱是什么?是一种爱好,一种消遣,或是一种责任,一种使命?这个问题一直萦绕在我的心头。

那天她抱着缠着纱布的小黑说过的一句话或许是这个问题的答案。她说:"尽管它这么老了,但在没终老之前还得救它。虽然医生说有可能下不了手术台,但还得尽最后的心意,它也是一条生命。"听后我释然了。其实,她所说的就那么简单的一个道理,是一个普通人内心自然的表白,也许有人会不理解,但我完全理解她。

『初冬与秋雨邂逅』

触景四题

天目湖上的两叶扁舟

天目湖上烟雨茫茫，寒风瑟瑟，一大一小的两叶扁舟在风雨中随波漂荡。不知当时设计者出于何意，或许是想在偌大的天目湖景区里增添些人文的诗意吧。此时此景，我觉得会有种让人揪心的苦楚和怜悯涌上心头，进入眼帘的是类似相依为命的母女俩在生活线上无奈艰难挣扎般的一种凄美。

我不由自主地想到自己的母亲，她30多岁守寡，独立支撑着六口之家的生计，忍辱负重、含辛茹苦几十年，以至于她到了耄耋之年回忆起往事仍心有余悸。她在回忆中这样写道："回顾几十年的生活，自己感到心寒，可以说没有一天不向贫困做斗争。自从1951年噩耗传来，六口之家的担子全要我一个人挑。白天在学校上课，晚上批改作业之后，还要替别人打毛衣，赚些工钱维持整个家。孩子未长大，希望他们快些长大。孩子上中学了，带着他们去开荒种地，孩子也跟着受苦。"

母亲身材娇小，性情谦和，一生循规蹈矩，与世无争。她与其他善良的女性一样，平凡得很。可是，生活的无情磨砺却锻造了她那伟大

186

的母性,那种东方女性所秉持的贤淑的品格和忍辱负重的精神。母亲已经离去,她走完了坎坷的人生之路,留下了乡梓邑人对她的崇敬和赞誉,我为她骄傲。

于是,我想到了其他像我母亲一样的不幸的女性,那些在城里一边打工一边独立抚育孩子,或者在农村伴着几亩田独自带着儿女们艰难度日的母亲。她们现在又生活得如何呢?

天香园里的榔榆树

南昌天香园有"城市候鸟天堂"的美誉。那里一片片树林是候鸟的栖息地,这些树林都是人工移植出来的。

其中有棵榔榆树,树身缠绕着青绿的藤蔓,树冠已被拦腰截去,水桶般粗壮的树干顶端生长着杂乱无章的细枝条,远远望去还真像把倒竖的大扫帚。这棵榔榆至少在深山老林待了几十上百年,某一天被人相中请到了天香园里。随着时光的流逝,这棵榔榆与其他新伙伴们一起以一种更新的活法构成新的生态。

自然原生态与人文的有机结合是人们追寻的一种审美情趣。粗犷与精致,豪放与规整,生态与匠工,野趣与雅风,林林总总的形态对比,在天香园内比比皆是。就像这棵榔榆树,既保留着粗犷的野趣之态,又显露出人为的修饰之律,与其他景致一起纳入园区给人以天人合一的享受。

园内还有一处盆景园,据介绍,有些盆景已逾百年。这些盆景造型别致,小巧玲珑,雅趣十足。面对着庭院里摆放着的这些盆景,心中忽然生出一丝不平。就区区一抔泥土盛着,让它苟延百年?它本来可以树高千丈,却被定格禁锢在方寸之间,丧失了本能,湮没了本来面貌。于是,我想到那株榔榆树,虽然它付出了壮士断臂的代价走出深山让人识,但起码它在新的家,依然能扎根大地,恣意生长。

世间有许多现象似乎有相同之处,譬如现在对孩子的教育就像在打理盆景,而小时候对我们的教育就犹如移栽那棵榔榆树一样。

在园内看来看去,还是觉得那棵榔榆树赏心悦目。

追寻光感的偶思

我原本学的专业是美术,到后来竟没有以这个专业为职业。想起刚毕业的那些年,美术创作的欲望是何等强烈啊!虽然当时的工作与美术风马牛不相及,但八小时之外还是可以自由支配的。单位配给了一间三楼的顶间,那是属于自己搞创作的小天地,每当进到那里,便自然会涌出一股创作的冲动,在追寻创作灵感的空间里忘乎所以地翱翔。那时年轻气盛,干劲十足,特别是创作的作品参加了全国画展后,更加踌躇满志,把人生奋斗目标锁定在要成为国家级的画家,并计划每年至少创作四五幅作品,十年之后足可以开个个展。

然而,随着工作岗位和工作性质的变动,慢慢地开始无暇顾及这块自由地了。那种战战兢兢、如履薄冰的责任和没完没了的行政事务,完全扼杀了自我。毫无疑问,到后来自己喜欢的专业便被无奈地割舍了。每当看到故交旧友和曾经熟悉的画家的新作,除了自然勾起一股审美冲动外,还会隐隐地感觉到有一种莫名的失落。

摄影进入数码时代后,这种艺术形式的表现逐渐延伸为大众休闲艺术。经常出差在外,少不了会用相机留影几张以做纪念。久而久之,渐渐有了兴致。这也许还是因为摄影与绘画的审美情趣相通,假以这种艺术形式多少能圆回失落的艺术梦吧。

要拍出高质量的照片并不容易,我以为摄影中对光的理解的重要性无异于绘画中的色彩运用。有了光就有五彩的世界,就有生命,还有热烈、激情及对生活美好的期待。于是,追寻光感成为我拍摄的第一要素。

一次去海南文昌的东郊椰林,我用相机拍了许多照片,有些照片中的场景一直萦绕心头,久久让我难以忘怀。

置身深邃的原始椰林里,会强烈地感受到生物物竞天择、适者生存的惨烈竞争和生物的多样性。阳光透过高大的椰树,星星点点地洒在林下。海风吹过,椰叶微微摆动,漏下的阳光忽隐忽现,飘忽在潮湿的植被上。椰林中鲜有其他高大的乔木和灌木,倘有也是瘦弱无比,几近枯萎。几十米高的椰树似乎是椰林的强者,它那宽大的叶片会把大部分的阳光揽入怀内,使其他的树种窒息。而林下的有些不知名的匍匐植物,偶尔仅能得到一缕光芒,或者一直没有被阳光照射过,可是,它们并未走向消亡,却生长得葳葳蕤蕤。它们对阳光的依存度并不像平常所听到的"万物生长靠太阳"那么强烈,在竞争中经过漫长的进化,显出了另一种优势。这就是适者生存的必然结果。我很欣赏阳光下椰树迎风的飒爽英姿,同时也欣喜于小叶片植被被一小片光斑映照得青翠光亮的画面效果,它们在一片阴郁的椰林里变得醒目脱颖而出也令我激动。

是呀,在椰林中,高大的椰树挺拔婀娜,体现的是阳刚之美;匍匐的植被密集葱茏,体现的是阴柔之美。它们各有各的活法,都活得很精彩。它们不可能相互取代,这是物种的共生性决定的。

人世间,每个人命运的安排往往不尽如人意,也非都如愿以偿,但所走过的路并非就不精彩,未来的路上也并非没有精彩。从生物中的这个现象来观照人世间的众生态,我想,我们是不是可以从中悟出些事业成功及生活美妙的道理呢?

劫难另议

徜徉在西安古都斑驳的城墙根下,不时可以看到一些蕨草类的植物附生在墙壁之上。墙缝里至多只有少许被雨水冲积下来的尘垢,在暑气逼人、风干日燥的天气,或者在天寒地冻、万物凋零的日子里,这种低等的植物竟然能在那里存活并繁衍着。生命延续的这种方式,其物种进化如此之强的适应性,常令我感叹不已。

在腾格尔沙漠之中,我见过一种名叫胡杨的乔木。很难想象,面前如此纤弱的苗苗,据说有生长千年不死、死后千年不倒、倒下千年不朽的三千年精神的美誉。胡杨——沙漠的王子,干旱和荒瘠的坏境培养了它坚韧不拔的品质;燥热和沙暴,锻造了它的铮铮铁骨。这种对生命顽强抗争之精神,常使我备受激励。

在人生的历程中,每个人都有不同的人生经历和人生态度,大部分与共和国同龄的一代人,这辈子却有太多相似之处。长身体时遇上了三年自然灾害,求知识时碰到了“文化大革命”,风华正茂时被“上山下乡”,年富力强时恰逢“下岗”,还想认真做点事时已近退休。真可谓时乖命蹇,磨难多多。

其实,劫难也不全是坏事,看你如何面对它。就人的成长而言,劫难或许是种磨炼,就像唐僧上西天取经一样,要过九九八十一难,方成正果。磨难能让人长记性、明事理。遭受过饥肠辘辘之苦能使人在温饱之余想到节俭,认识到盲目崇拜的狂热实在是幼稚之举后会使人遇事更为冷静,下过乡、吃过苦之人往往意志更坚强;下过岗、失过业的人或许会有更多谋生的手段。所谓"逆境成才",不无道理。

大千世界,人只不过是一匆匆过客。活着的人谁都不知明天将会发生什么,许多好友说没就没了,走得让人愕然不知所措。也道不明这辈子会有如此磨难。同宗好友水源,自小有先天性心脏病,初中毕业后,作为城镇青年与我一起下放到蚕桑场,两年后又被再一次作为知青下放到农村,我们分别被分到离城百多里地的两个遥远的山旮旯。据说,下去以后,因生计维艰,心绪一直不宁,没过两年便走了。

磨炼一多,面对劫难的心态自然变得愈加平和,因为,命运安排你还得继续走下去。与其让劫难磨得你失魂落魄,筋疲力尽,还不如淡然处之,笑傲人生。事实上,天无绝人之路,世事没有过不去的坎儿。"车到山前必有路","柳暗花明又一村",这是应对劫难的十分贴切的人生哲理。

如果能像吸附在城墙上的蕨草一样,如果能似挺立在沙漠中的胡杨树那般,对劫难都有着坚韧不拔、百折不挠的抗争精神,或许会觉得人生是丰富多彩和无限美好的。

留住夕阳

此时,夕阳的光辉,无比绚丽。

它与云儿为伴,天的西头,缕缕白絮,披金戴银,漏射的万丈霞光,散发出十足的妩媚和生命力的炽热;它与海水为伴,放眼望去,万顷波涛,海天一色,映照的炫目金光,闪烁出无比的奇妙和深不可测;它与大地为伴,凝眸开来,天地无垠,浑然一体,洒遍的丰收般的喜悦,显露出格外的温情和与世间之物的友善。

那只被后羿射剩的孤独的太阳鸟,需要同伴,需要朋友。那些展现出来的梦幻世界般变幻莫测的七彩斑斓,像春天里姹紫嫣红的彩色花朵,似天国中普照万物的佛光,是朋友们给的鼓励,是同伴们衬托出来的美丽。

东方喷薄,虽有云蒸霞蔚的壮观,却来得姗姗,去在须臾之间;日上三竿,虽有耀眼灼热的白炽,却明亮得一成不变,游走得悄然无息。唯有夕阳,似乎要将所有剩余的能量,在日落西山前耗干散尽一样,来得轰轰烈烈、引人入胜,消失得也让人流连忘返、回味无穷。

人们通常把人生的童稚年少比作朝阳初升,把垂暮年老比作夕阳西下。在历史的长河中,人生苦短,转瞬即逝,以时间的朝夕变化寓为人生的过程，还是很贴切的。人类经过十月怀胎，从呱呱坠地的那一声啼哭，石破天惊，告示人间一个鲜活生命的到来。在不经意间，从蹒跚学步、牙牙学语开始，走过率真无忌、放飞稚心的童年，走过青春萌动、风华正茂的成年。仿佛，那一切都像在昨日发生的事。突然有一天，你可以不需要像往日一样去赶班，也再不需要提心吊胆地去面对工作的利害得失时，才猛然觉得，自己已步入老年人的行列。其实，自己的身体早就在悄然地发生变化。脑子好像显得迟钝了些，反应不是那么敏捷了；行动似乎显得节奏慢了些，步伐不像先前那般矫健了；精神往往显得有些疲惫，做起事来有时的确有些心有余而力不足了。只是工作的那根心弦一直绷着，并没有太多的精力去理会这些而已。

老将至，心亦静。曾经激励人生奋斗的理想、信念渐行远去，充满激情的事业之心戛然平淡，往日挥之不去的忙碌，此刻却显得时间多得无从打发。人生流水，岁月无情，在这个当儿口，你又必须去选择另一种活法了。

活法千差万别。个人的修养、习惯、兴趣、爱好，所处的环境机缘、影响，自身的身体状况、经济条件，如此等等都能生成不同的活法。但要活得充实而不空虚，有兴致而不伤感，有依托而不孤独，是得有个好心境。

说起好心境不由想起一位老同事。她性情开朗，为人古道热肠，修国文专业，又天生一副好嗓子，颇有些文采和雅兴。丈夫是位小提琴发烧友，平常两人休闲在家，你拉我唱，委婉之音透出其乐融融，好不让人羡慕。她酷爱打扮(或许这是每个女人的天性)，平素屡屡变换的新装束，虽说不上很华贵，却也新潮时髦。半老徐娘一个，有时竟穿戴得像靓女少妇一般，让人觉得有些异样另类。她到龄退休后，不屑与其他老同志合群，单位组织的离退休老同志聚会和活动，也从不参加。我有好些年未与其谋面了。其人心理年龄一贯年轻，有此心态，并不令人太诧异，也无可厚非。不服老，不是坏事，心态年轻才能活得洒脱，活得精神。

那片倾泻在西山顶上的落日余晖，是一天朝夕之间最令人动情的景致。残阳如血，火红的夕阳，收敛了刺目的光芒，变得和蔼亲近。它似乎有越来越多说不完道不尽的话别细语，就像你身后那越来越长的身影。

"夕阳无限好，只是近黄昏。"留住夕阳，留下绚丽的光辉——那能鼓舞生命的一片美丽。

一隅绿荫

院墙下对角栽种的两株丝瓜，藤蔓相互缠绕，爬满了墙院的铁围栏和用旧电话线拉起的几根吊缆，把半个小院遮盖得密密实实，满目青翠欲滴，生机盎然。在夏日的阳光下，它们投下一隅绿荫，留下一丝清凉。

搬来新宅，已是初夏，看着院落空荡，院墙上的铁围栏锈迹斑斑，心中不免生出些落寞。于是整些花草，点缀些红花绿叶，添些文气雅意。错季栽上丝瓜，指望它长成后攀爬在铁围栏上，挂上些许绿色，映出些生气来。

丝瓜在农家极为普通，生长粗放。房前屋后，菜园地角，多见丝瓜藤攀蔓附于篱笆、架杆或草绳之上，夏秋两季，条条修长的果实垂吊在绿叶黄花丛中。丝瓜在清明谷雨时节下种，与周边杂草野蔓一起随季而生。人们平素记得时会浇几勺肥水，干旱时拎上半桶清水灌上，多是任其自然长。见着丝瓜结了，看着合适，顺手摘了回去炒菜或做汤。往往疏于发觉的几根躲在叶堆死角，不经意间已经老去，就任其残留着，待秋后干枯变色，摘下剥去表皮，掏去黑籽后成丝瓜络，用于平常器物洗刷。我插队期间，见过房东大嫂栽过不少，也帮她搓过不少牵引丝瓜蔓的稻草绳。她不时采了丝瓜送几根过来,常啖此肴,记忆深刻。

精心地伺候丝瓜的成长,会发现它有种可亲的形态和可贵的灵性。种子破土后,幼苗吃饱喝足,一股劲地往上挺,一夜之间似乎又长了许多。顶尖的蔓枝翡翠一般颜色,毛茸茸的,沾着水滴露珠,晶莹剔透,显得十分娇嫩和妩媚。它身上不断长出长长的触须,像一双双灵巧的手,长着眼睛似的,能探寻到充满阳光的前进道路,坚定牢牢地抓住前途中任何的牵引,任凭风吹雨打,仍旧悠然自得地胜似闲庭信步。

丝瓜在大地的怀抱里养成了恣意随性的野气。院落的瓷砖地面隔绝了地气直接散发的通透,花盆的有限空间也禁锢了它成长的放肆。这是栽种的初衷所始料未及的,事实打破了这个盆景思维。那是在丝瓜长成丈余、藤蔓稍有分叉的时候,一日早起,见其叶面仍然软蔫蔫的,是烈日的暴戾所致。夏天的日头甚是厉害,这种幼嫩的生命哪禁得起那种烤晒?记得傍晚已浇过水了,表土还有些湿迹,还以为是浇过了头,夫人扒开土一看,里面的土是干硬的,根本就是水没浇透,赶紧给它补水,过了一会儿苗蔓就精神了起来。只可惜经过这一劫,最初长成的五六片宽大的叶子却日渐凋零。我在怜惜之间感觉到丝瓜在抵御灾难的自生过程中断臂护幼的可贵精神,把有限的养分自动地输送到顶芽,优先保证生命的延续,令人不禁为之敬佩动容。

季慕林先生写过名篇《丝瓜有了思想》,他在文中写道:"我觉得这样的丝瓜有了思想,它能考虑问题,而且还有行动。它能让无法承担重量的瓜停止生长,它能给处在有利地形的大瓜找到承担重量的地方,给这样的瓜特殊待遇,让它疯狂地长,它能让悬垂的瓜平身躺下。"

我观察到的丝瓜确有思想,而且我觉得,类似的其他植物,其实也是个有思想的生灵。季老说"上下数千年,纵横几万里,从来没有人类说过,丝瓜会有思想"。大抵是我们平素总是以人的思维看待世界万物,没有从对象的本能设身处地哲学地去看待其本性,忽略这种对象应对自然变化而逐渐生成本能。

两株丝瓜、两个品种,仔细分辨,两种形态。丝瓜 A:叶瓣呈细长五角,风韵雅致;花瓣略大,呈五瓣梅花形,端庄大方;果皮细腻,有毛茸感,柔润如脂;果形修长、棒形,亭亭玉立。丝瓜 B:叶瓣呈宽边五角,壮实憨厚;花瓣呈五星形,花形略小,风流倜傥;果皮平滑,有蜡质,厚实平朴;果形长条、菱形,有多棱突起,雄浑灵动。前者生长得更为含蓄,像情窦初开、脉脉含情的少女,有些羞涩,有些谦让。它与那养育它的圆形花盆很相配,也许就是这柔美的花盆造就了它女性般的性情。后者却显得更为强势,似英年气盛、魅力四射的俊小子,有些狂野,有些张扬。是那长条形的花盆赋予它的优越,让它有更多野性发展的土壤。

丝瓜如我愿地长成了一片绿色,葳葳蕤蕤,十分养眼。并且它追着夏末的风,赶着季节的脚步,开出一层层像五星的金灿灿的黄花,结出条条细腻修长的丝瓜来,随风摇摆,享受秋日夕阳的光照。我坐在丝瓜架的一隅绿荫下,摇着印有兰草的绢扇,望着透亮的丝瓜叶,望着叶间缝隙里几朵黄澄澄的花朵,望着那深邃的飘着彩云的天空,望着几条垂吊着的微微摆动着的丝瓜,感觉到秋的沉静、秋的清爽、秋的喜悦、秋的雅韵。

女儿的眼神特好。下班回来,她就在茂盛的丝瓜叶丛中数出了大大小小二十几条丝瓜,还说下星期有几条大的丝瓜可以采食了。丝瓜在菜场里并不太贵,一斤三元左右。我知道,女儿的兴奋是因见到了自己辛勤劳动的成果。我喜爱吃丝瓜,那种柔滑的口感,那种独特的清野气,真是顺溜润喉,口齿留香。但我更喜欢象征生命的那片悦目的嫩绿颜色,喜欢丝瓜垂吊在藤蔓上的悠悠情调,喜欢在一隅绿荫下欣赏夕阳光照的万般美丽;喜欢对美好生活无限憧憬的洒脱心境。

秋分已过,待寒露过去,霜降不久也将来临。这一片绿色,这花,这果,都将被萧瑟的秋风带走,绿荫也会消失。然而,眼下的一隅绿荫却会印在我的心头,它会耐心地等待残秋和寒冬过去,在春光明媚和夏日炎炎里重新出现在这个小院落里,重新给我一丝清凉和无尽的遐想。

秋的脚步

一

立秋日快要到了。

在中国的农历中一年有二十四个节气,其中立春、立夏、立秋、立冬这四个节气分别代表四季的开始,进入立秋,就算是秋天的季节了。

在沪上,或许是因为今年的夏天有着与往年不一样的灼热,所以,这里的人们这时十分渴望有一股秋风拂来,给闷热得近乎要窒息的人间捎来一丝凉爽。

一年四季,人们更喜欢春天和秋天。春天,万物复苏,姹紫嫣红,生机盎然,能给人以生命美好的激励;秋天,硕果归仓,天高气爽,大地辉煌,能予人以充实、爽朗和依恋之感。在中国文字的比拟运用中,采用"春秋"来象征岁月,大抵也就是人们对岁月的理解有着一种对春天和秋天的特别情感。

在儿少时,我只喜欢秋天,不喜欢春天,讨厌夏天和冬天。那时期的认知标准更多的是感性的,凭朴实的感官取舍。

老家地处赣南东部,与闽西接壤,坐落在逶迤延绵的武夷山西麓。那里属亚热带湿润季风气候,四季分明。全境日照充足,热量丰富,雨水充沛。这是块自然资源富庶之地,山清水秀,鱼米之乡。不过,季风一吹,也容易产生水、旱、酷热、霜冻等气候灾害。

在我幼小的心灵里,一年四季中有三季都留下了芥蒂。一是春天,冷、暖、晴、雨,变幻无常。三四月间有近达二十来天是阴雨缠绵,乍寒乍暖的天气常带来咳嗽流涕,令人痛苦不堪;二是夏季,虽不算十分酷热,但降水集中,时有洪涝发生。有一年甚是厉害,连日暴雨不断,房前屋后池塘里的水受河水倒灌,由清变浊,漫进屋内深达五尺。屋外洪水肆虐,周边道路田地成一片汪洋,看着害怕;三是冬日,冷霜皑皑,冻雨成冰。米粒般的霰一下,地面就像披上一层冰盔甲,踩在上面硬邦邦、滑溜溜的。偶尔,也有飘飘洒洒、漫天飞舞的鹅毛大雪降临。记得一次在冬日清晨去田野里采摘鹅和兔子们吃的青饲料,双手冻得通红僵直。回到家后要了一盆热水想把手给焐热,不料,浸到热水的双手顿时发出钻心的疼痛,似乎要断裂一般,让我终生记住了"冻僵的手是不能用热水焐的"这个道理。

唯有秋时,天干地爽,不冷不热,令人心身舒畅。晴朗秋日,偕同伴戏玩于旷野,自由无羁,天马行空,倘若兴致正浓,非大人催着回家是乐不思归的。秋季,又是收获的季节。在秋收冬种的紧忙时节,学校放一星期农忙假,我们民主路小学连续两年都组织高年级同学到郊外帮助生产队秋收劳动,任务是到田里收豆荚和红薯。收工后生产队管饭,一桌一大盆莙荙菜,饭能盛上两碗。在饥肠辘辘的年代,大家很是开心。星期天,姐姐带着我挎着篮子,扛着铁耙子和同伴们一起去收完红薯的地里刨食。集体的红薯地一大片,有些收获得比较粗糙,于是,不时有人刨出一个被遗漏的半大红薯,大伙羡慕过后,争相翻扒,各有收获。半天下来,大大小小也能装个半篮,一家人省着能吃上好几顿哩。

秋天真好,秋天很实惠。每当秋天来临,我就会想起那盆少油的苣荬菜,想起一位同学抢饭的经验介绍:第一碗饭要少装点,吃得快,才能抢装第二碗饭而且能多装,就会想起那半篮连后来做梦都在翻扒的红薯。

二

秋分日。

这天和春分日一样,阳光直射赤道,民间因此有"春分秋分,昼夜平分"之说。进入秋分,秋天过了大半,到这时,秋的特征已是十分明显了。

白露日的头天,天空就阴沉沉的,并开始飘下蒙蒙细雨,淅淅沥沥下个不停。那几日,还真有些像春日里的阴雨天,空气湿漉漉的,只是少了冷萧,多了温润。密集的雨点洒在院子里的塑瓦顶棚上发出沙沙的声响,犹如奏出的一曲美妙的乐章。进入秋季,虽然天干物燥,雨却不少下,只是些霏霏细雨。"一场秋雨一场凉",或许就是这些飘飘洒洒、缠缠绵绵的秋雨,不经意地浇凉了灼热的天地,带来了秋的温柔和舒爽。

今年(2013年)秋分日的前四天是中秋节。八月十五这天,月亮最圆,因此,历史上国人一直把它作为团圆的节日,借此亲人祈望团聚,彼此遥祝幸福。皓月当空,天底共月,食着月饼、柚子,赏月抒情。家乡父老在唠叨对亲人的思念,外出游子在寄托思乡之情。

母亲在世时,一直很重视中秋节。她的儿女们天南地北,天各一方。母亲是20世纪新文化运动后的知识女性,深知唯读书方能成才和改变命运。然而,在那人性近乎疯狂的年代,她明白父母这一辈无法改变的历史事实,已使得子女无法得到公平的教育权利。成绩优异的几个孩子失学在家,她不忍心让自己的孩子因此混迹市井,随波逐流,便毅然决然地做出决定,求助远在东北的侄子让弟妹跟着去读子弟学校,以完成学业。十四五岁的儿女,尚不明世故,分别独自一人远离故土和亲人,从此改变命运。不少时候,母亲一想起一对在远方难以相见的儿女,不免心中生出愧疚。每当中秋,她一定会将月饼多切两块,对着月光,祈望着远方的两个孩子健康、幸福。

人与动物之间最大的差异是理智和本能。许多动物在儿女成年时父母会毫不犹豫地把子女驱离巢穴,近乎残酷地让它们独自适应弱肉强食的世界。这种驱使是动物习性的本能,也是动物成长过程的必由之路。许多动物因此夭折,但有更多的动物因此变得和它们的父母一样秉承了凶猛的野性。人是情感动物,其舐犊之心,那难以割舍的依存情结始终如一,以至于子女长成至孝反哺,有"父母在,不远游"之说。人在对待子女方面,能理智地像动物的本能一样着实不易,非具备一种大爱精神是难以做出如此抉择的。母亲的伟大在于她做到了。

母亲离去了,她的儿女在天南地北,各自成家立业,而今,也过了耳顺之年。每当中秋佳节、在儿孙团聚之际,自然又想起各自分散在远方的至亲们。像往常一样,习惯地拿起话筒,拨通号码,彼此道声珍重。

三

寒露一过,秋天的最后一个节气——霜降就要到了。

晚秋时节,植物生长已明显有些倦怠,它们大部分已走过了生根、发芽、长叶、开花、结果的一番生命历程。那些落叶的乔木和岁岁枯荣的草芥,也该到了换装的时候了。康健园里那一溜高高的银杏树,已现出一片冷黄。一夜的秋风秋雨,把叶片吹落不少,撒在乌黑的沥青路上,显得十分耀目,似乎有种在生命终结时要让世界记住它的感觉。此时,秋天的景象流光溢彩,璀璨辉煌,那充满梦幻般的色彩和无比浪漫的情调,就像西下时的夕阳,把一天中最绚丽的一面显露在你面前,让你情不自禁地激动和流连忘返。世间许多东西都有相同的规律,在它将要消亡之前都要灿烂一下,就如流星的一线亮闪,暮云的一抹光辉……秋天也是如此。

寒露和霜降之间有个重阳节。九月初九,日月并阳,两九相重,谓之重阳。古人认为这是吉利的日子,久而久之约定俗成,有遍插茱萸,观赏菊花,出游赏景,登高远眺的传统习俗。"九九"又为"久久"同音,九在数字上也为大数,有长久长寿的含义。我国把这个日子定为老人节,提倡尊老、敬老、爱老、助老的社会风尚。

往年的重阳节,单位工会在这一天会组织离退休人员到周边游览,之后聚餐。其实,吃、喝、玩是其次,平素不常谋面的老同事有机会聚在一起尽兴的闲聊,倒是很顺心和快乐的事。今年的重阳日,我们十几位昔日的"五七"战友一同参加了莫干山旅游。游弋在那烟波浩渺的上渚湖上,穿行于莫干山茫茫竹海中,我们找回了不少青春的回忆和往日友情的欢乐。

秋天又是个很敏感的词,很容易使人联想到秋去冬来,夕阳西下,残花败柳,行将就木……古往今来,有大量的诗文对秋天流露出冷寂、孤独、愁思、伤感等悲秋色彩,如战国楚宋玉《九辩》中"悲哉,秋之为气也,萧瑟兮,草木摇落而变衰";三国曹丕《燕歌行》中"秋风萧瑟天气凉,草木摇落露为霜,群燕辞归鹄南翔。念君客游思断肠,慊慊思归恋故乡,君何淹留寄他方";宋朝寇准《书河上亭壁》中"岸阔樯稀波渺茫,独凭危槛思何长。萧萧远树疏林外,一半秋山带夕阳"等。读后的确会产生一种厌秋的情绪。饶有意味的是,古人造字把"秋"和"心"合在一起为"愁",说明秋天在内心的感觉中有悲凉的气氛。

秋色以风骨见长。在浩如烟海的存世诗文中,不乏也有不少秋色赞歌。作者借物言志,赞秋气以励志,咏秋色以怡情。其豪爽向上的峻拔之气和含蓄婉转的点化之词,一反其他文人悲秋的意境,为世人明志视物开拓了另一番视野。如唐朝刘禹锡《秋词》有"自古逢秋悲寂寥,我言秋日胜春朝。晴空一鹤排云上,便引诗情到碧霄"。唐朝黄巢《不第后赋菊》有"待到秋来九月八,我花开后百花杀。冲天香阵透长安,满城尽带黄金甲"。伟人毛泽东在1929年重阳节写下了《采桑子·重阳》,"人生易老天难老,岁岁重阳,今又重阳,战地黄花分外香。一年一度秋风劲,不似春光,胜似春光,寥廓江天万里霜"。读读这些诗词,心中豪气油然而生。

一日,散步于小区,偶见花圃一角长着一簇簇叶片上沾着晶莹水珠的类似蒲公英的植物,娇嫩挺拔,青翠欲滴。我有些愕然,在这里春天不是生长过这种植物吗?而且夏末已开花扬絮了。难道这是一年长两茬?或者本就是秋季生长的品种?我不得而知。但是,我看到了新的生命在迸发,在秋天里。它们与身边将要凋谢的一些草木形成了巨大的反差。谁说秋天就是走向消亡的季节?我明明看见了这些新生命才刚刚开始。

清晨，感觉真好

是鸟儿的鸣叫声把我惊醒，或者，是我醒来就听到了鸟儿的鸣叫声。微明的天光透过白色的窗帘，照得室内朦朦胧胧，显出一股温馨的柔和。又迎来了新的一天，感觉真好。

每天傍晚，院墙后那两棵高大浓密的樟树里会飞进许多鸟儿。这树长在第三小学运动场的围墙边，学生们放学回家后，热闹了一天的校园便清静下来。到了晚上，这里黑黢黢的，也特别寂静。鸟儿也像人一样，经过一夜的休息，又精力充沛，神气十足。天刚泛白，这些小东西便迫不及待地拉开嗓门，无所顾忌地鸣叫着，其中，至少有两只鸟儿(应该是大些的鸟)此起彼伏的鸣叫声显得特别高昂和婉转。或许，它们是在向同伴问候或向情侣献殷勤，也许它们用这种方式在向世间炫耀自己的存在。

既然醒了就不想再睡了，按养生的说法，回笼觉不利健康。我理了理思维，挺了挺身子，捋了捋手臂，清醒地慢悠悠地起身。记得电视里有一档节目曾播过一位心血管专家的告诫：凌晨两三点钟是肌体活动的低谷时段，容易发生意外。起床时不能猛起，以防供血不足或血管爆裂，出现不测。人上了年纪就显得特别脆弱和无奈，任何一个不当心的动作或行为都可能导致终生的遗憾，以致让人惶惶然，小心翼翼。对于这些人来说，能保持一个健康的姿态面对新的一天，是十分欣慰和开心的事。

走出室外，渐渐发白的天际高远透亮，没有浮云。空气有些潮湿，十分清新，会让人忍不住地深深地吸上几口，再把体内的所有残余污秽一吐为快。昨日入夜时分下着小雨，淅淅沥沥、歇歇续续地下了大半夜。芒种已过，南方开始入梅，进入了黄梅天时节。街头的景象一改往日的朦胧，变得清晰了许多，像牛皮糖一样粘在城市上空的雾霾似乎被雨水冲跑了。微风像看不见的小精灵，顽皮地撩动着树顶的枝叶，任凭它们挠首摆尾，发出"窸窸窣窣"的嬉笑声。一会儿它又抚摸着我的脸颊和裸露的臂膀，阵阵似丝绸一般柔顺地滑过，还沾着点露珠的清凉。感觉真好。

绿地已经有不少晨练者。一隅响着节奏明快的曲调，十几位大妈随着节拍在翩翩起舞。不知是什么时候起广场舞悄然兴起，这大概是随着生活水平的提高，人们对生活质量有更高要求的一种表现吧！一位中医专家曾用阴阳说解释广场舞，他认为：男性八年一生长周期，阳气渐盛，到32岁为生命顶峰，阳气最旺。此后阴阳交替，至56岁后阴盛阳衰，故多窝在家里不愿出门。女性则七年一生长周期，阴气渐盛，到28岁为女性之极，阴气最甚。此后阴阳转换，至56岁后阳气当道，所以性情外露，都跑到外面去跳广场舞了。这就是跳广场舞绝大部分是女性的缘故。此论虽有些牵强，但仔细品味还是有些道理。我喜欢看广场舞，那是一种享受。尽管广场舞出现过一些负面的社会现象，但那种音乐的美妙，舞者的愉悦和投入，加上整个氛围的热情，很能感染人。平常我散步时总是带着一个小型音响播放器，我觉得，踩着音乐的节奏走路就显得格外轻松,好像年轻人朝气勃发。我想,那些舞者就是在找这种感觉,想找回已逝去的青春的感觉,让生命延续得更精彩。

其实,在我们身后滑过的岁月,有无数个类似的清晨,同样有许多的美好瞬间。岁月像个魔幻大师,它会制造出类似万花筒里许多美妙转瞬即逝的情境,让人目不暇接地去观赏,去体悟。只是我们忽略了太多,或者留意不够。那时我们年轻、幼稚、慵懒、随意,对时间的概念永远只有明天。因此,与太多美妙的情境失之交臂。当光阴流逝,怆然回首,点点轨迹间竟显得有些苍白,不由得心生悔意。

美好是一种心境,认识美好需要一个好心态,一种平和的、积极的、开放的、愉悦的心态。带着这种心态看待事物,一切都会变得十分美好。

太阳出来了。阳光穿过树丛,穿过淡淡的晨雾照在嫩绿的草地上,修长的紫蓝色的树影伏在上面,草地的色泽更为灿烂。阳光照在舞者们的身上,她们还在如痴如醉地舞着。远远望去,她们像一群银灰色的鸟儿,迎着晨风,朝着旭日轻盈地飞翔着。

清晨,感觉真好。

秋事

走在人行道上，一片法国梧桐树叶飘然而下，落在我的头上。正想着的心事被倏然打断，仔细地看了看这片落叶，有些枯黄仍带着新鲜。我不由自主地抬起头，那一树的葱绿，分明还散发着旺盛的气息。不过，处暑已过，一叶知秋。在古代，将处暑分为三候："一候鹰乃祭鸟，二候天地始肃，三候禾乃登。"其中"天地始肃"即天地万物开始肃杀凋零。过了处暑，就告诉人们秋风开始扫落叶了。这是自然界的周期规律，这个规律是任何力量都无法改变的。

这片落叶如果是属于自然脱落，那么，它应该是在春天里最早萌芽最早面世也最早成形的叶片。它完成了它成长的使命后便溘然告别，毫不犹豫，没有牵绊，没有拉扯，十分坦然果断。因为它觉得这是有来有去，有始有终天经地义的事。既来得悄然，也走得决绝。

行色匆匆走在路上的行人络绎不绝，却没有哪个停下脚步来看这落叶一眼。或者它太微不足道，或者人无暇顾及。如果这片落叶不是出现在我的足前，恐怕我也不会去注意它。只有秋风，会与它玩耍，相互拥抱，相互追逐。最后，清道夫来了，把它和其他落叶一起扫进撮斗送走。

世间所发生的事很多都是在悄然进行，就像这片落叶，就像我踽踽独行在钦州南路的绿荫道上。光阴的流逝也是悄然的，往往不被人们注意。悄然间一天过去了，人们就觉得时间不够用；悄然间一年过去了，人们就觉得日子过得太快；悄然间一个年代过去了，人们就觉得人老得好快；悄然间一个世纪过去了，人们就觉得百年沧桑，离得并不是那么遥远。

看着这片落片，突然想着这片落叶的这一轮生命，出现在世间到底经历过什么？又奉献过什么？它曾受过风的吹拂、雨点的叩击，曾与蝉做过伴、与鸟儿为过邻，曾为行人遮过阴、挡过雨，曾沐浴阳光做光合作用，吐纳着氧气和二氧化碳，也曾给这个城市装扮出绿意和清新……这一轮生命十分短暂，在它的概念里一年只有三季，春天萌芽吐绿，夏天浓荫婆娑，秋天迎风飘洒。夏天是最充满浪漫情调的时光。这跟人一生的成长阶段一样，经历幼年、青壮年和晚年。这辈子也像这片落叶一样过得很快，也像这片落叶一样享受过青春的浪漫和事业的成功，转眼间我们就进了耳顺之年。尽管那放学后与小伙伴一起在地上打铜钱的专注情景，仿佛就是昨天的事。这片落叶并不像香山红叶，没有娇艳的颜色让人特意去欣赏。它粗粝不起眼，显得平实、普通，跟其他普通的树叶一样，不会引起太多的注意。

人来到这个世上，其实也是偶然和不经意的。中国古代遗存下来的《四库全书》中有许多关于流年时辰、天文地理和命理面相等术之类的记载，似乎都与人的前途、事业、家室等有着关联。其间的吉凶生克的生辰八字，孰好孰差，是每个人不能在出生前像自选车牌号一样任意选择的。正因为如此，为使这辈子活得更好，便会努力去奋斗。有时候，往往人为难以左右，更多的还是机遇在起作用，所以，我们绝大部分的人就像这片落叶一样,命运无从选择,最后不事张扬地过着平凡而普通的一生。

日前,我同好友游览了徐汇滨江公园。这方为世博会配套的休闲公园,保留着原有的历史印记的陈设物,给我太多震撼。看着江边长廊保留着的旧码头系缆的铸铁桩头、高高的旧式龙门吊车、在月台下的蒸汽机火车头、铁轨旁的芦苇……似乎时光在倒流,时光在流淌。其前世今生,百年之时,弹指一挥间。置身其中,恍如隔世,大有时光稍纵即逝之感,予人以珍惜光阴,珍惜生命之启示。

其实,眼前世间的一切东西也像这片落叶一样,有着它们生命的周期,也像这片落叶一样最终成为历史,包括我们。

今年暖冬

立冬这天,天阴沉沉的。行走在光大的高楼下面,感觉刮过来的风似乎很是强劲,并且,这风也裹挟着一袭寒意。节气毕竟是我们老祖宗总结出来的好东西,十分应时。《月令七十二候集解》云:"立,建始也";"冬,终也,万物收藏也!"这个时候南昌的最高气温已下降到20摄氏度以下,早晚的最低气温也不足十摄氏度了。冬的气象已悄然出现。走在大街上,仔细地打量着熙熙攘攘的人群,从他们的穿着上不难看出人们对节气改变的敏感度。人们开始穿上夹衣了,就连喜欢秀腿的年轻姑娘们也套上了厚实的连裤袜。当然,立冬这个节气日的含意是深秋已尽,秋去冬来。人们从心理上恐怕也感受到了寒冷将至。

一年四季中,冬天最令人不爽,那种不爽是从生理上感觉到了寒风的凛冽和冰霜的刺骨。人们总认为南方是温暖的,其实不然,南方的冬天最难熬。记得有一年冬天姐夫同姐姐从牡丹江回到老家探亲,只待了几天他就说受不了。东北再寒冷,可屋里暖和,温暖如春。南方寒冷,屋里屋外一样冻,穿着棉衣还冷得打哆嗦。江南的这种冷是湿冷,冷到骨子缝里。空气湿度大,下雪天大多数看到的都是结晶的霰,像米粒子般。有时雨雪交加,冻雨下到地上被寒风一吹就结成了坚硬的冰壳,又冷又滑。

一年四季中,冬天最令人落寞,那种落寞是从心理上感受到了万物的凋零和生命的停滞。落叶的植物结束了一个从生发到没落的生命周期,进入凋亡后的沉寂;冬眠的动物为躲避严寒的肆虐,选择到洞穴里蛰伏。冬季给生灵们带来的是萧瑟,冷酷和死寂。这种景象叫人自然而然地产生出黯然的心理。

我不喜欢冬天,无论从生理和心理,随着年龄的增长,心里感觉尤甚。

节气属于中国农耕文化。在几千年来的农耕社会里,人们在生产生活的实践积累中创造了节气,节气又指导着人们的生产生活。而今,现代农耕的形态已从个体的劳作演变成大生产化的作业,人们日常的起居生息已和许多科学的成果相关联,农耕时代的那些原始的、直观的、有着巫术色彩的口诵身传被现代社会的开放信息所取代。节气的实用性、指导性显然有着消弭趋势。可是,节气的文化象征却根植于人们心中,成为一种与民族关联的非物质形态的东西。

一年有二十四个节气,每季六个,每月两个。每当节气日临近,我总要提醒一下自己,又一个节气日要到了。在我的心目中,每个节气日都像时间旅途上的广告牌,这广告牌中蕴藏着许多的与世间、与人生相关的密码,让你去发现、去解读。走在时光的驿道上,也许你会不留意它,或者你能从其中悟出些奥秘来,这都是很自然的事。人们对待世事和人生的态度本来就是有差异的。

立冬就算是进入冬季了。这一季,从农历的十月至十二月。古人常以占卜预测未来,其中有句谚语:“立冬阴,一冬温。”按照这种说法,今年的冬天必是暖冬。这对怕冷和畏惧冬天的人来说算是个好事。

接着而来的节气日将是小雪、大雪、冬至、小寒和大寒。这些充满冰冷气息的节气名会分别预示冬日三候中不同阶段的气象信息。其实，不论你对它们喜欢或不喜欢，重视或不重视，不论将来的日子好过或不好过，过得去或过不去，它们都会如约而至，和你擦肩，相背而行。所以，我们要坦然以待，依照大自然的规律去顺其自然。

由此看来，无论冬天会怎么地令人不爽，会怎么地令人落寞，都无关紧要。只要咬咬牙挺一挺，待大寒一过，立春就要来了。新的一轮开始，那又是说第二年的事了。

最终的简约

　　秋天如期而至,凉风乍起,那株高大的枝叶繁茂的法国梧桐开始落叶。最终,它将留下一副凛然身骨,面对着冬季的到来。那个画面将是简约的,在一轮生命将终结时表现得是那样毅然决然;那个情景也是凄美的,在一片银装素裹中孤傲挺拔。树叶每年都在更替,这是自然界中生物的周期规律,落叶植物表现得更是分明。它们的生命就是三季,春天萌发,夏天长成,秋天老去。来来去去,天道自然,简洁明了。

　　知秋叶落是树的一种本能。由此,想到一次在网上看到的一则消息,介绍一位女大学生把简洁家居的创业做得风生水起。她把一种简约的理论实践运用到家居内部整理和重构,使顾主有精神与心理上的减负和耳目一新之感。这种创业体验应该是从心理学的角度研究了人类生活中的一种心理矛盾,帮助人们从繁缛中解脱出来。

　　记忆是种精神活动,人的记忆往往会伴随可视物而存在,当这些可视物消失以后,记忆也可能会渐渐弱化、遗忘,精神上也由此放松、解脱。但是这种遗忘又往往需要外力的作用,它属于不自觉的消除。这位女大学生所做,恰恰就充当了这种外力,让人们从不自觉的遗忘中得到自觉的认可。

这条消息令我颇感兴趣,想起搬家就有体验。我搬过多次家,每一次搬家都要面对一大摊子的什物打包装运,搬到新家后,又要把这一摊子被精心包裹着的东西解放出来摆放整齐。因为每年都在不断地添置新物,而旧物依然存在,所以,每次搬家都觉得东西越搬越多,人也越搬越累,并且,都要经历一种取舍的纠结。想过要淘汰一些过时物件却一样都舍不得丢弃,尽管有些平时根本就用不上,也可能永远都不会再用了,但心里总觉得它与某个时段的故事相联系,或者,老想着上古留下的"闲时捡起急时用"的古训,最终还是留下了。还是一次次把那些准备舍弃的物件又打包装运,又一样样被拆开重新摆放。

舍弃确实不易,但一次在西藏,一些信徒对佛的膜拜信仰使我内心为之震撼。他们视今生的所有为身外之物,除了保留基本的果腹充饥和遮体御寒之需,可以把自己的所有财富贡献给寺庙。这种无物无我的境界生活简约,心无妄念,神气澄静。当然,这不是每个人都能达到的境界,但这个例子起码对人生的追求有种正面的启示。

人性是贪婪的,人的索取和占有的欲望似乎无穷尽。每个人来到这世上,本是赤条条的一无所有,到行将就木之时,却有家财万贯,儿孙绕膝。所以,对当下所有一切就有着无比的依恋和牵挂。舍不下身后荣华富贵,弃不了一世的功名成就,了不断所有的亲情友谊。大抵,这也就是人们都希望自己能长寿的原因吧。

上了年纪的人总喜欢怀旧,几个同庚凑在一起就有唠不尽的陈年旧事。尽管在过去的岁月里吃过了不少苦头,受尽了不少委屈,但对他们来说,过去的日子才是熟悉的、真实的。那曾是他们风风火火的时代,很值得怀念,就像藏匿在深巷里的老酒肆,那里陈年老酒的醇香始终吸引着老主顾。其实,人的记忆似乎只有加法,时间一长,见识就广,经历就多,情感就丰富,记忆也就盈满了。满了就会溢出,唠嗑是溢出的一种形态,这跟个人喜好似乎没有太大的关联。

人在世间行得太久,背负的这种记忆就变成沉疴。在步履蹒跚、举步维艰、行情黯然的时候,可曾想过这也许是一辈子贪婪的结果?"良田万顷,日食一升;广厦千间,夜眠八尺。"古时《增广贤文》中就有不少这类警世通言。人要活得精神,就要洒脱,就要学会舍弃,活出简约。就像这株法国梧桐,尽管在夏天长成了枝叶繁茂,绿荫一片,到了秋天,也将自觉褪去繁华,弃之累赘,回归本真。

心中的胡杨林

记得有几次曾在十月间到过新疆,那是那地方最美的季节。其间,每一次都能见着胡杨林,并且,每一次我内心都会为之一振。至今,那个景象仍不时萦绕在心头。

我时常在想,为什么会对胡杨林难以忘却?是因为秋日的风吹黄了那一大团变得像火焰般的热烈和绚丽的色彩?或者是那铮铮铁骨般的虬枝虽死犹生的傲然苍天的形态?或者是那片戈壁的原因?造就了胡杨在那恶劣的环境里经受烈日和风沙磨砺的精神……或者都是。

胡杨是生长在沙漠里的一种乔木。这个已存世6500多万年的物种伴随地球的地质变迁从悠远走来,在适者生存的大千世界里,生物的漫长进化赋予它极强的适应力。在贫瘠的沙漠里,只要有点水,或者在地表数米、数十米以下有湿润的水汽,它就能顽强地成长和繁衍。

一望无垠的荒漠,给人的感觉是空旷、静寂、荒凉,长时间地在沙漠中行走,会生成一种走向死亡般的无助感。蓦然间看到胡杨林,仿佛就见到了生的希望。因为有胡杨林的地方就有河流,在干燥的沙砾底下藏着的丝丝湿气,那水汽是一直伴随着胡杨林能孕育生命的气息。胡杨林给濒临死亡的沙漠带来生气。

人们总是在赞美胡杨。有人赞美它的耐干旱、耐盐碱和不畏严冬酷暑,能在百般恶劣的环境中生存的习性;有人赞美它有着"活着一千年不死,死后一千年不倒,倒后一千年不朽"的三千年存世的品质……世间的某种东西能让人类在生命过程中借鉴为一种励志精神应该是不多的,胡杨是其中的一种。我就一直把胡杨精神作为自己人生中保持坚韧不拔、不畏困难的助力剂。每当在个人事业成功时,我往往会在成功的后面看到它的影子。回顾自己从童年一路走来的一生,也还真有些类似于胡杨经历的写照。

因为胡杨的一生是陪伴着沙漠,而沙漠的冷傲孤僻,容不得过多的热烈,所以注定胡杨是孤独的。白天,它面对着烈日下鱼鳞般的无尽的沙丘,独自承受着沙尘暴的肆虐;夜晚,在一弯冷月下,瑟瑟地窝在昏暗的一隅中,看着满天的星斗像盏盏闪亮的磷火。

胡杨的坚韧,与其细腻的材质有关,细腻是缓慢与持久构成的。其之所以具备"三千年精神",也就是这种缓慢和持久在昭示自己物质生命和精神生命的顽强。可是,恒久的东西注定是孤独的。就像一位百岁老人,当他的至亲、朋友、同伴伴随着岁月流逝不断先他而去,崭新的时代又像潮水般涌来,一切都是那么陌生和难以融入。

持之以恒是件不简单也不容易的事。上天注定了胡杨林与沙漠结合,它也就对沙漠不离不弃了,尽管沙漠没给它丝毫的温存。哪怕是有一天维持生存的水突然断流了,被沙漠无情地吞噬了,最后胡杨死了,但它的尸骨仍然傲然屹立在沙滩上,悲壮地守着荒漠。

年复一年,胡杨林就一直承受着这样的孤独。

　　然而,胡杨林并没有因为孤独而伤感,并没有因为孤独而自暴自弃。它固守着本分,遵循着天道,顺其自然,终其始终。当秋风拂过,它会高兴地脱下那身翠绿的衣裳,换上金色的新装;当大限将至,它会坦然地褪去美色,依旧每天恋恋不舍地送别晚霞后又翘首等待着迎接次日的朝阳。

　　我喜欢秋日夕阳下的胡杨林,一直留在心中的那一团团的绚丽和一棵棵的傲然。

初冬与秋雨邂逅

　　窗外无风,细雨淅沥。这种天气断断续续已持续了月余,仍然没有停歇的意思,还真有点像初春天一样,阴雨霏微,湿冷缠绵,甚至雨点打在脸上的那种冰凉好像也是一样的。进入"霜降"后,明显感觉气温低了许多,早晚也变得有些寒意瑟瑟了。"一场秋雨一场凉",天地间,也变得冷峻起来。

　　泡壶热茶,在书房坐下。这里可以听雨。纤细的雨丝落在书房的玻璃顶上,杳无声息,只见雨丝落下溅出的点点密集的水痕,不断地集聚着流动着。院子里的一块塑料雨棚上,发出了细微的窸窸窣窣的声响。随手翻着一本唐诗,见着张鼎的一首七绝《江南遇雨》:"江天寒意少,冬月雨仍飞。出户愁为听,从风洒客衣。旅魂惊处断,乡信意中微。几日应晴去,孤舟且欲归。"作者把冬月雨日客居他乡的冷落、无助及思乡之情表达得淋漓尽致。

　　秋的肃杀,冬的冷寂,这种天象本身会给人带来一种伤感和消沉的意味,再加上连日阴雨,情绪会愈加沉闷和失落。或思乡,或别愁,或为生计忧患,或为前途迷惘……每个人都曾经有过不同的感受,流露在那冬月的雨日里。

"丽莎"靠在我足边舒服地躺着。它已换上了冬季厚厚的绒毛，像一团温热的暖足宝。一大早，雨未停歇，我照例撑着一把大伞，牵着它出去方便和溜达。路过小区内的林间，见天天在此嬉戏的几只花白小猫被雨淋得有些邋遢，看见我时喵喵地叫着，眼神里也显露出哀怜。这个小区里有不少野猫，这几只长得最是漂亮，也讨路人喜欢。此时，我不由得生出恻隐之心来，相形之下，愈发觉得"丽莎"此生最是幸运。其实，我是有些杞人忧天空善感了。天一旦放晴，这些小家伙会把自己整理得皮毛清爽，光鲜撩人，也照例会在那里嬉戏玩耍。也像那些鸟儿，破晓时分，即便是风雨交加，或冰霜雨雪，它们都会在宅后樟树的枝头上叽叽喳喳地鸣叫，并不会因为环境的恶劣而改变自身的习性。对它们而言，下雨与出太阳是一回事。

一到学生放学时间，学校门口就聚集了许多接孩子的家长。他们之中老者居多。在阴雨天，有的穿着雨披，有的撑着伞，彼此挤挤搡搡。冬日昼短，待接上孩子行走在回家的路上已是天色昏暗、华灯初上了。孩子的教育是每个家庭面对的大事，这些白发苍苍的老人能忍受着风寒雨冻在学校门口翘首等待，既饱含着对孙辈的万般宠爱和无限期望，也视作逢时处世顺其自然一般了然以对。他们把接送孩子作为一种关爱和责任，即使知道自己无法去左右或改变孩子们的命运，却毫无怨言地尽心地做了，并且，也不会因为这寒风冷雨天而放弃或改变自己应该做的事。

人有七情六欲，所谓七情，《礼记·礼运》曰，"喜怒哀惧爱恶欲"；所谓六欲，《吕氏年龄·贵生》中提出，"所谓全生者，六欲皆得其宜者"。东汉哲人高诱具体注释为"生死耳目口鼻也"，后人又将之概括成"见欲、听欲、香欲、味欲、触欲、意欲"。情欲彼此互为作用，情的愉悦赖于欲的满足,而欲的满足又需要情的投入。人们对冬月秋雨的一切自然感觉均出自于情欲之间的心理和生理动态的自然表露。

一味放纵情欲并非好事。佛学中把情欲视为修持大忌,主张皈依佛门者应寡情戒欲,修得六根清净,四大皆空。中医有种说法:物极必反,凡事皆适可而止,情欲犹过,势必影响脏腑健康。

自然界中有许多的诱惑滋生出人们各种情欲,而情欲之相又皆由心生。由此,静心、定心至为重要。苏轼有"人间有味是清欢"之词句,我很欣赏"清欢"这个字眼。林清玄对"清欢"的表达是"平静、疏淡、简朴的生活觉察并感悟到人生的欢乐"。我也常以《菜根谭》中的一副对联"宠辱不惊,看庭前花开花落;去留无意,望天上云卷云舒"。作为修心之本,追求一种平和、宁静、恬淡的生活状态和顺其自然的生活秩序。

窗外,细雨仍在不停地下着;室内,或许是地气的作用,暖意融融。抿上一口热茶,觉着一股暖流涌入心田,茶香氤氲,口齿回甘。心注书卷,行走在字里行间,似乎与智者面对面,倾听他的叙述,洞察他的思想,大有艺海拾贝之得和茅塞顿开之悟。此时,仿佛天地静寂,时物两忘,心静恰如止水。

我国的农谚有"立冬阴,一冬温"。之说,去年的"立冬"也是阴雨天,整个冬天的确不太冷。那么,今年也必定是个暖冬。如果是这样的话,初冬连绵阴雨的这种坏天气倒不是件坏事,经受了这段阴雨天的折磨后,对我来说,起码今年的冬天会更好过些。

这里长着水杉树

我喜欢在小区里的树林中徜徉。

树林茂密狭长，有许多高大、丛簇的树木，其中有水杉、白玉兰、香樟、绣球、桂花、蜡梅、棕榈等知名的和许多并不知名的树；有一条三四尺来宽的水泥步道，蜿蜒曲折地穿插其间。清晨，雾气朦胧，缕缕阳光穿破枝叶的遮挡，与雾气亲吻，拉出细长的热情，空灵的有些幽暗的树林顿时显得有了暧昧的光明。傍晚，当夕阳的光辉照下，一切都显得充实、温煦，绿中透亮的叶子边缘现出橘色的光芒，看着刺得眯眼。

靠着仪表小区的围墙旁边有一溜水杉树，它们之间已枝叶交错，俨然一体，只见十来个宝塔般的尖顶在居高临下，俯视着周边的一切，窥探对面的一片六层居民房所有洞开的窗口。一阵微风吹来，这尖顶在频频轻摆，有点倨傲得意的样子。这些最粗的树干直径至少也有40多厘米，估摸树龄也有30多年了吧。它们应该是小区起始的第一批绿化树，与许多显得有些老态的塔柏、广玉兰一样，至少与这个小区的同龄。那树干底部四周形成的凸起，像曲棒一样连接着发达的根部，的确会让人觉得有些年代的沧桑感。

走到这里，我经常会驻足，带着一种说不上是崇敬还是在意的目光看着这些水杉。据说这个物种有活化石之誉,考古学家在中生代白垩纪沉积地层发现了水杉属植物化石,便以此作为划定水杉的渊源。其实,物种的起源是很难界定的,化石只能佐证,说明在那个时期这个物种已经存在,至于己存在多久,也只有待发现更早时期的化石来推论。不过,中生代介于古生代与新生代之间,属恐龙爬行动物时代,其中的白垩纪距今至少也有一亿多万年,那个漫长也是足以令人咋舌的。

见到这些水杉,我自然会想起北方的白杨树,想起在中央党校学习期间也像这样驻足,在欣赏白杨的伟岸风姿。那时,可能是见到白杨便联想到了在读初中时课文里茅盾写的《白杨礼赞》。那粗壮、挺直、高耸、片片向上的特征,体现出男子汉般的阳刚之美。白杨,这个在北方最为广泛也最为醒目的树木,赋予了北国的大气,赋予了东北大汉的形象和秉性的写照。见着的水杉与白杨的风貌何其相似,那它又象征些什么呢?

见识过水杉之前,我接触最多的也有一种杉树,大概是针叶像刺,又名刺杉,是建筑材料中的主要木材,用途广泛。因为它的木质轻巧,木条平直,旧时多用作檩梁瓦角、窗棂门页、橱柜桌椅等木质用材。林场为适应市场,所垦种的人造林基本品种是杉树。进入老家的关山,沿途所见的人造杉林,连绵逶迤,苍翠葱茏,其气势之恢宏,撼人心魄。它与水杉同纲同科,却不知这物种又是何时进化而来。世间之事就是如此,能司空见惯的事大家不会太用心去关注,一旦成了凤毛麟角,关注度明显热烈。就像水杉一样,这个物种在第四纪冰期已经灭绝,直至20世纪40年代在川、湘、鄂边境发现尚有留存,于是轰动并传播于世。也许刺杉太过一般了,在知青插队时期,我就上山砍伐过不少,或许刺杉的针叶像尖针一样不近人情,我也被刺过不少,又痛又痒,很难受的。乡人会用此针叶用于防鼠,家中一般餐后食物会用竹编的菜篮盛着悬挂于梁下,家鼠利害,夜间会爬墙过梁前往偷食,如用上几枝杉树枝叶,置于菜篮提耳上方,足可无忧。相比之下,水杉却显得阴柔可亲,那柔蔓的细枝,羽毛样的叶片,如山岚里透出的幽香;那四时应季的装束:春日嫩绿如翡,夏季葱翠如盖,秋天绯紫如霓,冬令清透如纱,皆着实让人喜欢。不像刺杉,一年到头总是翠头绿面,毫无变化,没点情调。

我第一次见着水杉是在井冈山。天街周围的大道两旁栽种的行道树就是水杉,枝叶如盖,遮天蔽日,行其道上,一股带山岚的微微清香扑鼻而来,很有一入深山的感觉。山上还有一种法国梧桐,也是落叶树,印象也颇深。那还是在求学期间,在山上写生,时近深秋,一日清晨去南山路上,见得挹翠湖边临道的梧桐沐浴在朝阳下,那长长树影的紫和变色梧叶的橙,形成了绝妙的色彩互补,即兴作画,幸是满意。因此,我更喜欢落叶的乔木。虽然常绿树很有生命的力度,词语中也有"万古长青"的说法,但总觉得过于单调没有变化,时间一长就产生视角疲劳,便觉得乏味了。而落叶树就多彩多姿,各领风骚。犹如水杉,秋霜一染,翠绿的色泽就变成了如祁门小种泡出的茶汤一般的玛瑙色。再秋风一吹,像羽毛般的绯红叶片飘落一地,原本单调灰暗的地面就变得丰富和热烈起来。小区的树木里有许多落叶树,除去水杉,还有白玉兰、蜡梅、黑叶李……它们在每个季节都给小区带来不同的视觉感受,让人觉得日子过得新鲜,不时有惊喜存于脑际。我想,它跟人的思想一样,要与时俱进,温故知新,多吸收一些新的观念总是好的,这样才能更好地适应时代的发展。如果一直食古不化,因循守旧,终会被时代所抛弃。

据资料云:水杉宜生长在pH值4.5~5.5,多见酸性的山地,于山谷或山麓附近土层深厚、湿润或稍有积水的地方。我不知道小区里的土壤的pH值是多少,沪上这个冲积平原肯定没有山地的酸性大。但是,这里的水杉生长得很好,这方面说明这里的环境条件虽然不很标配,却也不甚恶劣,其次是水杉本身也有对环境条件的适应性。

前些日子,在围墙边的水杉树下,多了个用防雨材料拼搭的小窝棚,里面放着一个纸箱,箱中有五只雏猫。知情人说是前面大饭店的人弄过来的。他们要留老猫抓老鼠,却嫌弃小猫,觉着累赘,生生把它们母子分开。我真担心几个小生命由此夭折。几天观察下来,它们竟然活得好好的,而且,还不时看见连走路都还不太平稳的几个小家伙在窝外会相互扑玩。虽然它们已过早地断了母乳,但有好心人投喂了猫粮,虽然难咽,却得以存活。所谓适者生存,关键的一点是必须先适应。植物如此,动物如此,人也应该如此。

时光的脚步声

　　家里有好些个时钟,有大有小,形态各异,每个房间都有,小书房就有两个。已记不清这些时钟购买的准确时间,只是在一次次的搬家时发现又多了出来,而且每一个旧钟走得也还准,都舍不得扔。于是,便让它们墙壁上挂着,柜架上立着,书桌上摆着。因此,在我们家无论哪个角落都能听到"嘀嗒嘀嗒"时钟走的声音,夜间更是清晰。

　　时光本是无形的,但它借助了自然界的某种现象而变得有声,变得可以使人认知,被人珍惜。就像年岁交替,四季轮回,日月出没;就像交叉路口红绿灯发出的闪烁的光亮和光亮中倒数的数字;就像这钟表擒纵器发出的"嘀嗒嘀嗒"的声响。在我的概念里,这声响就是时光的脚步声,离得很近,从从容容、不紧不慢地在你经意或不经意间不停地响着。

　　我最早喜欢听到这"嘀嗒嘀嗒"的声音在上初中的时候,是对已丢弃在一个杂物抽屉里的一个双铃闹钟感兴趣,那是个有弹簧和许多齿轮构成的老式机械闹钟,受学习物理知识的影响,让我对研究并修好它产生奇想。终于在一番反复拆装后,听到了期望的"嘀嗒嘀嗒"的声音。可是,毕竟那是有些年代的旧东西,我又不是钟表匠,结果修得走了一阵又停了,响了一阵又不响了,让我初次尝到失望的滋味,当然,也有动手体验的一种乐趣伴随。那时,对这闹钟发出的"嘀嗒嘀嗒"的声响没有丝毫的时间概念,仅有能让它恢复功能而带来的兴奋。

我把钟表走动的声音与时间关联在一起应该是在20世纪70年代中期。成家后买的第一块手表,是在上海用了岳父大人好不容易搞到的一张购表票。当时人们戴手表并不普遍,手表与缝纫机、收音机等属于奢侈品。因为手表不便宜,我买那块上海牌手表花了120元,当时,夫人当民办教师每月工资才15元。应该说戴手表除去能准确地把握时间外,还有富贵的象征,特别在农村,有种出人头地的优越感。不过当时我们下决心买这块表主要还是方便出门在外开拖拉机的工作,另外,年轻人的虚荣心也还是有点。那段时间,晚上睡觉怕不慎弄坏手表,往往会放在枕下,那"嘀嗒"声清脆于耳,伴我入眠。

待在屋里凝神聆听这时光的脚步声,的确不快,大概就一秒钟行一步,犹如平时散步的节奏。一分钟60步,一小时3600步,一天86400步。如果这样计算下去,可不是个小数目了,那先前发生的事虽然清晰得仿佛就在昨日一般,却已过去了四五十年,也就是说时光从那时到现在至少在我们面前走了4000多万步了,这是一个能让人惊愕的数字。那么,这个数字里面又有多少至今脑海里依旧清晰的事情发生过?又做过多少曾经影响过人生的事?换句话说,其中又有多少秒钟的时光脚步被忽视?而当回过头看见的是许多的空白,时光是否被无谓地浪费掉了?年轻的时候,我从未如此想过,大抵是因为人生被时光的冲刷还不显粗糙,少年的纯真幼稚和青春的锋芒锐角犹在,或者是悠悠岁月,人生漫漫路,根本不屑去考虑这其中还有时间的急迫感。也许,现在也没有多少年轻人会这样去思考,尽管这确实是很现实也很残酷的事。

偶出门月余,回来觉着有许多原本熟悉的东西不一样了。遛狗走到55号单元旁边,眼前出现一团葱茏的绿,顿时,眼球被花圃内一丛茂盛的桑树吸引去。原本这里有几株手指般粗细的桑树,生长的嫩叶又常常被孩子捋去养蚕,显出永远也长不大的零落的样子。现在竟然长出了十多根枝叶,并且向上蹿了有一层楼般高。愕然之间,我不禁佩服起这些不起眼的植株了。它们似乎在瞬间就完成了华丽的转身,好像由一个发育不良的黄毛小丫头蝶变成了亭亭玉立的美少女,让人意想不到。它们似乎抓住了孩子们不再摧残的空当,利用盛夏这煽情的热烈摧开了那疯狂的野性,愉快地与时光立下了竞赛之盟。

室内的时钟依旧在"嘀嗒嘀嗒"地响着,不紧不慢,也不依不饶。"少年易老学难成,一寸光阴不可轻。未觉池塘春草梦,阶前梧叶已秋声。"朱熹的一首诗道出了我此时的心境。人生苦短,光阴无情,未来将还会有多少时光的脚步声继续在我的耳边响起?这个问题是属上天的事,我等孰能把握。所以,我不会过多地去考虑,只是觉着该如何更好地珍惜这余下时光了。思来想去,那些桑树所展现出来的热情,倒是一个很好的借鉴。

攀爬的绿荫

居所周围的围墙和房舍的墙壁上攀爬着不少爬山虎。其中有几处长势葳蕤,一片青郁,油光翠绿的叶片在阳光下闪闪发亮。

爬山虎是一种攀爬植物,依附于岩石、树木、墙壁的表面生长。人们常以它作为垂直的绿化载体,为墙体隔热或美化环境。那大大小小倒悬着的带锯齿状的叶片交错重叠,犹如织成的一块绿色的壁挂装饰着墙壁,这块镶嵌了些许紫红的大绿突兀地出现在一片灰色中,很是养眼。

小时候我见过一种爬山虎,颜色墨绿,叶片如米兰叶一样细碎,像鱼鳞般密集。它攀附在三合土结构的残垣断壁上,看着总觉得有荒芜久远的意味。这种爬山虎在随后的日子里也偶然见过,记得有一次陪着一对当年的上海知青夫妇回到赣东北的一个小村落,见到一个荒废了的清代或明代青砖门枋上檐爬满了这种植物。

至于爬山虎是如何能在垂直光滑的墙面上攀爬,我却从未去认真观察过。看过叶圣陶先生的文章《爬山虎的脚》:"爬山虎的脚长在茎上。茎上长叶柄的地方,反面伸出枝状的六七根细丝,每根细丝像蜗牛的触角,细丝跟新叶子一样,也是嫩红的。这就是爬山虎的脚。""爬山虎的脚触着墙的时候,六七根细丝的头上就变成小圆片,扒住墙,细丝原先是直的,现在弯曲了,把爬山虎的嫩黄拉一把,使它紧贴在墙上。爬山虎就是这样一脚一脚地往上爬。"我实地去观察了一番,果然如此。老先生观察事物仔细,表述也很形象、平实。大凡大家都是如此,就像季羡林先生写的《丝瓜有了思想》,也是通过细微观察后得出常人不经意的发现。

20世纪80年代,曾看过一篇短篇小说《爬满青藤的木屋》。这是古华的作品,是伤痕文学的代表作之一,描写一位知青与世居深山老林的林场职工一家人之间的故事,至今印象犹存,特别那个题目。在作者眼中"爬满青藤"既指深山老林的环境,也又指山里人观念封闭,用在此文,的确点题。其实,山里人是不会允许青藤爬上房屋的。30多年前,我也是山里人,我知道,只有荒废了的破败房舍才可能被青藤占据。

离开农村后,我一直喜欢这个题目。也许是这个题目会勾起在大山里那段日子的回忆;也许久居城市,在高大密集的建筑和车水马龙的人流车流之间内心感觉压抑,幻想着有一方清静的世外桃源。因此喜欢"爬满青藤"这个意境,在这个意境中觉得有了不一样的生活情调。在N城生活期间,我常在八一公园行走,公园内挨着着民德路一侧有处矮平房,墙上和屋顶爬满了爬山虎,只有几扇窗户像绿面人的眼睛一样露了出来,从窗户的式样中勉强看得出是六七十年代的建筑。旁边是花圃,零乱地排放着养莲的大水缸。我觉得这个绿色的建筑物外形生态、幽秘,它与周边的花圃、树木很是协调,有种亲和感和神秘感,像是神话里的森林公主和绿色精灵出没的地方。看着让人童心大发,兴致斐然。

有句佛语:"境由心造。"我理解其含意是情随境所至,境为情所生的一种境情依存关系。境是客观存在的,本无所谓好坏,美丑,而随情所至,由情所使,便有了好坏、美丑之分了。情在其中起着类似催化剂的作用。心情差,情致淡,境则暗淡无光,索然无味;心情好,情致浓,境则光鲜丽人,物化升华。面对任何一种事物,包括对人,其次得有一个好心态,用一种美好的眼光去看待万事万物,那么,世间的一切都会是美好的。就像看待爬山虎,你觉得它美,它就有美好的形态,即使是一蔓一叶,你也会觉得美不胜收呢!

小区北门的一幢楼房西墙,爬山虎的先头部队已攀爬到六层的楼顶。前段时间门口道路拓宽,把临墙的花圃拓为路面,临路的一层墙面也粉饰一新。于是,攀附于墙面的爬山虎一层以下的藤蔓尽数齐根斩断清除殆尽。昔日茂盛一时的绿色屏障因遭釜底抽薪,叶片渐渐枯萎跌落,灰色的墙面残留着爬山虎曾经的身骨,犹如一副庞大的向上脉动的经络血脉。此时,那干枯得近乎发黑的影子,似乎渗进了灰色水泥墙面里,但依然风骨犹存,姿态万千。站在楼下仰望,那些已失去生命的爬山虎,构成了一幅美妙的肌理图,还真有吴冠中的写意水墨画的风韵,应该说这位大师的作品是师承了这豪放不羁、自然天成的物象之作吧。

修整一新的幼儿园彩色围墙边上,许多爬山虎又从地面上萌出,茁壮地攀爬着。它们像在彩色电子写字板上显出的图案,每天都见变化。不久,这里又将出现一片绿荫。那是爬山虎茂密的叶片组成的象征生命的颜色。

『别让亲情流失』

别让亲情流失

时间，

距离，

不联系，

是感情最可怕的敌人！

时间久了，

感情会变淡；

距离长了，

感情会疏远。

无论多忙，

记得多联系，

别让时间陌生了彼此。

——佚名《别让时间陌生了彼此》

读着这首诗，有些怅然，有些伤感，也有些觉悟。

从理论上说，我的亲戚不少，从父辈的叔伯姑婶，同辈的兄姐表亲，下辈的儿女媳婿，林林总总，少说也有好几十门吧！如果再往上代、下代或者在五服内展开，那就多得真的说不清了，只有去翻谱牒。但在实际交往中，走得近的也不是太多，有些亲戚鲜有谋面，有的就根本没见过，其间许许多多的原因导致了这种因血缘而勾结的关系也只停留在一些口传和文字的印记上。

一

自从父亲过世和娘家变故后，母亲娘家的那些亲戚，因害怕联系会给彼此带来厄运，30多来年一直断了往来。我有个大舅，20世纪90年代中期我陪着母亲回去见过他一面，人瘦高个，显得苍老憔悴。因为新中国成立前当过宪兵，成分不好，几十年来日子过得不太好。他的四个儿子都因为家庭牵累没受到良好教育，还好这些表兄弟聪明本分，改革开放后做生意、搞工程、办企业做得风生水起，日子过得也还滋润。我与老四表弟多有几次联系，他的儿子在省城读师大，毕业时我还帮着找过接收单位呢！过年我都会发个信息过去给表弟拜年，虽然见不着回信，每年我都会坚持，因为我觉得那里有母亲的根，在我手上不能断了。还好有他儿子电话微信，有急事便可与他联系。母亲在弥留期间，我就给他打电话要他转知，老四与仙琴姨妈急急乘车前来见上了最后一面。见着娘家人，母亲已无憾事，很快就走了。

还有个小舅在台湾，新中国成立前夕跟着亲戚过去的，一直在新闻界谋事。他50岁学字，55岁学画，待退休时，书画已在业内享有盛誉。他尤其善画墨竹，九十年代来大陆在R城给我留了几幅雅作，有幅风竹我特喜欢，寥寥几竹，画得飘逸潇洒，风动影随。这些画至今珍藏着，也作为对他的念想。他有两个女儿，不知何故，两个表妹一直未嫁。2005年，我因公去过一次台北也没见着她们，只是小舅来到我下榻的宾馆看我。母亲在世时，他们常有书信往来，母亲故后，我请大哥代表我们兄弟给他去一信告丧，此后便无信息往来了。他也已是耄耋之年，据说身体也不太好，我们彼此海峡相隔，难以相见，令人伤感。

伯母有三个弟弟，每逢他们到城里办事或路过，总会到我们家打个转，看望我们，自然也会留下吃午饭。三舅来得最多，和我们也最亲。他参加过抗美援朝，转业后分在绵江林场当林业工人。他们的工作是把山林中的原生态林木全部伐去，炼山后垦种杉树成人造山林，清山时那里有许多灌木树枝被放火烧掉。我初中毕业后，他叫我跟他去砍柴。我和他同住在十字石林场，整整一个星期，天天随着他们上山，捡回了不少薪柴。有一段时间，我是从十字石林场担柴回家的。我下放后，听说他患了癌症，不久就死了，我很怀念他。他有一个女儿菊香嫁到城里，来过几次，上辈的人走了后我也辞别故土，彼此便失去了联系。

每年清明我必回乡，既有祭祀的责任，也有亲情团聚的渴望，每次回去总要顺便宴请在家至亲。远离故土的人，尤其珍惜团聚的意义。今年回乡，却有两件事令人伤感，一件事是堂叔不能参加至亲团聚共餐了，类风湿已使他下肢萎缩，不能行走。我去看他，他明显衰老了许多，那无神的眼神看着我时泛出些泪花。他是我们这个至亲家族中仅存的唯一长者，明年又会是何样我不敢想下去。我们称堂叔生发叔叔。他乌石陇人，过继到父亲堂叔名下，顶了两房。我们与他亲近有两个原因，一是他年少时跟着父亲在外生活，跟我说起父亲的一些旧事时常有感慨，说父亲很有才气，也有傲气，不会巴结上司。对他要求很严，不准他去赌钱，夜晚不能一个人出去云云。看得出他对这位哥哥十分崇拜。父亲故后母亲碰到一些难办之事或家里的一些大事都会找他商量；二是他膝下无子，三伯的儿子金寿过继到他名下，堂兄有三个儿子，老大就一直跟他生活在一起，作为顶了他那一房。堂叔现在已是五代同堂了。这辈子他没有什么很体面的工作和荣耀的过往。原来堂兄跟他时他在沿冈的供销合作社做事，那是县里最东面的山区墟镇。不知何故后来给辞退了，那时我正上中学，他还叫我替他写了一份申诉材料。最后他夫妻带着大孙子回到县郊的乌石陇老家。他胞兄年轻时当红军出去，在中国人民解放军总后勤部离休。所以，村里乡里对堂叔很是刮目相看，自然在当地也受人尊重。他在乡里几个企业做过干部，后因在石灰厂时腿部受伤赋闲在家，便在通往沙洲坝的老马路边搭了间房子开了个小杂货店，又逐渐扩建把旧屋改了。有了这个小店，虽说每日销售不多，但家里日用开支应是无忧了。年轻人出去做事挣钱，一家日子过得倒也安乐。一直以来，他是我们家敬重的长者。每次回去，我总要特意去看他，临走还记着给他塞点平时买酒割肉的钱。

另外一件伤感的事是友云死了，是自杀的，用尖刀刺入胸口里死的。他有70多岁，自小患佝偻背驼，随弟一起生活。友云聪慧过人，写得一手好字，热衷族中理事。因残疾没正常工作，在家自制些姜锉子等餐厨用品卖钱，或磨剪刀，挣些零星钱。据说他与弟媳相处得并不和谐。去年我们回去，见着他坐在轮椅上，已不能独自行走。他跟我夫人说："生病无人理，生不如死啊！"我们听后心情黯然。听堂兄说，他死前留下遗嘱，骨灰不要落葬，随便撒在树下。很明显，他不但对生命以决绝的方式结束，对亲情同样不抱希望了，他拒绝被祭祀。友云的父亲号南台，日本早稻田大学毕业，任过忠义中学的校长，与家父交谊甚好。父亲有段时间在家教书，担任过忠义中学教务主任。友云比我年长,但低我一辈。也许是因为上辈人交好的缘故,加上是隔壁邻里,我们彼此并不觉得生分。我对他有几分怜惜,对他的家庭更有几分敬重。书香门第竟出这等事,令我震惊和哀伤。

二

大伯有两个儿子,两个女儿。大儿子在南昌上体专时逢国民党溃退台湾,跟随其他学生兵一起过去了,现退休住在高雄。20世纪90年代,他大儿子回来几次。家里只有他继母一人。因我家稍宽敞方便,他就住在我家,与我聊了他以前与我父亲的许多事。2005年,我赴台湾时曾路过高雄,他一家老小来宾馆与我见面,一看便知嫂子是当地人,像闽南人长相。当年,回大陆前托人给继母带了点钱,整修他父亲的坟茔。我遵大伯母之托与二堂兄树发一起请人把大伯的坟茔整得像了个样,树发在墓碑两旁的水泥立柱上镌刻了"福如东海,寿比南山"的对联,并细心地填涂了红油漆。大堂兄回来前去祭祀时十分满意。

大伯的小儿当是高校的退休教授,早年就读于长沙土木建筑工程学院学建筑,毕业分配到黑龙江铁路部门。后来他调转南方的一所交通大学,他做到建工系的书记退休。母亲随我在南昌时,他们夫妻不时会前来探望。我们感念他们对我母亲及兄姐的情义,也与他们走得较近,俨然亲如一家。令人悲戚的是,他一次乘车北上途中被上铺的一个孩子落下时砸到头部,当时不太在意,后来出了情况,因颅内出血伤及脑干,至今处于半植物人状态。真是上天不公,如此善良正直之人最终会受此折磨,夫人和孩子也由此拖累。嫂子身体原本不太好,真让人担忧。

二堂姐年少时聪明秀气,活泼开朗,能歌善舞。解放初期不甘像姐姐一样被嫁到乡下,就偷偷地参加了部队文工团随解放军走了。因勤奋出色,受到许多立功嘉奖。转业后随丈夫在省城工作,曾当过教师,在企业做过工会工作。是当年她生母过世后,后母要把她嫁出去,而我母亲支持她自由选择生活道路的缘故,一直与我母亲十分亲近,对我也格外疼爱。记得在1966年我被派到省城学习,每周六傍晚便从新祺周坐绿皮车到城里堂姐家,次日下午坐车回去,持续了半年时间。堂姐当时住在潭子口军区医院,每回我去,她总要弄些好吃的给我加些营养。当时我17岁,第一次出远门到省城,穿着显得土气。一个星期日,她带着我去广场的百货大楼,特地为我挑选了一件白衬衣,那个夏天穿在身上,显得帅气精神,让我记了一辈子。十年知青的岁月里,堂姐这里成了我们夫妇返沪探亲的中转站,来了总要在此盘桓数日。1999年,我调入省城,次年家也搬了过来,与堂姐家自然就更亲络了。逢年过节看望自不用说,平常也能经常见面叙叙家常。前些年,姐夫患胃癌过世,堂姐尤显形单影只,还好两个儿子有孝心,虽不住在一起,每日也有电话问候。我们也已大部分时间留居S城,见面机会就少了,所以每次回去,定要请她过来叙叙衷肠。

三

记得小时候母亲有次带我到上阳的一位瞎子先生那里算命,先生说我的命很硬,父子情短,兄弟远离。现在看来果然不假。父亲在我两岁时故去,我对他的了解只限于他人口中零碎的介绍和台湾同乡会刊出的几篇悼念文章;母亲为了使孩子能继续完成学业和日后有个更好出路,利用一位侄儿的关系把两个孩子送到了远隔万里的东北。她清楚,此一去,孩子是难尽孝了。后来我因工作也离开了老家,我们兄弟因此天各一方。半个世纪过去,兄弟之间彼此有着自己的家庭,有着自己走过的生活之路。此间,兄弟亲情这时更多的是体现在血缘中的精神层面。

夜深人静,月上中天,万籁俱静,纷繁的事务像流云消散,此时心中澄明,对亲情的思念就有种本能的渴望。是呀!我常会为侄儿媳妇的一句"打针了吗"而感动。打了几十年的胰岛素,年纪大了,这种餐前必需的事情有时会忘却。一声提醒看似平常,但这种细微的关注却体现出了她心里始终盛着的那缕亲情。

每年的腊月二十四前,我夫妻俩必定赶回去,N城还有两位侄儿,和他们两家在小年夜相聚,一起先过个年。老家过小年是在年二十四,这似乎比北方的习俗延后了一日。我不清楚是否南方过小年都在这天,因为从小就习惯了,所以无论走到哪里,还是把这天视作过小年的日子。

何谓亲情?亲人的情义;又何谓亲人?直系亲属或配偶,或关系密切,感情深厚之人。这是现代汉语的定义。亲人的情义应该是有情有义,这本是天经地义的事,然而,在世间却有不少在亲人之间无情无义的故事发生。久远的不去说它,只要关注一下沪上的"老娘舅"电视节目,便能见闻许多。何谓"老娘舅"?俗语中有"天有雷公,地有舅公"之说,娘舅为大,兄弟姐妹之间出现矛盾了,就请娘舅来调解。诸如在遗产继承、赡养监护、动迁补偿分配……反映在亲情天平上的波动,的确会令人为亲情之殇痛惜,对绝情之举不屑。我的一位老同事,就在动迁补偿的分配问题上,最后弄得姐弟对簿公堂,令人唏嘘不已。

　　情义的改变在于对亲情把握,亲情之间,也不可能是恒定一成不变的。因此,它需要提醒,需要呵护,需要培育。

　　我时时在告诫自己,别让亲情流失。

忆伯母

三月末,我回到故乡。每年的这个时候,那隐约的乡愁像受到了春色般的感染,愈发浓烈地萦绕心头。"清明"似乎是个催促的字眼,有种无形的力量在召唤着我回归故里。

清明时节,日照暖融,桃红柳绿,春意盎然。时而细雨也来凑个热闹,淅沥缠绵,把大地洗得透净,煦风微微拂过,此时更觉风清景明。这个时节是人们踏青赏景的季节。这个时节也是人们传统祭祀的日子,祭拜先祖,祭扫故亲坟茔,尽表追思哀念之情。

故亲葬于两地,母亲及大嫂、小侄三人葬在清水墓园,这里是市里始有火葬殡仪后开辟的公墓园。伯母的墓地在与此墓园一岭相隔的北侧山窝,是乌石垅村里开辟的墓地。原来的坟茔在村边山的西北侧,因开发区建设山地被征用而迁葬于此。伯母过世于1986年,母亲与我们商议,顺便给早先在外故去的父亲建一衣冠冢。我寻出一枚父亲用过的铭名印石,装在一黑色小罐内,与砖同放坟穴中。在安葬伯母的同时,也一并补上了我们35年来一直埋藏在心底的对父亲的哀思和敬孝。三伯的子嗣也在此处替三伯修了一穴衣冠冢。于是,伯母在此处有两位小叔做伴,应该不会寂寞,我等后人也备感慰藉。

伯母与母亲两妯娌亲如姐妹，我兄弟姐妹视伯母也如亲生母亲一般。父亲兄弟四人，二伯年轻病夭，伯母从一而终，不愿再嫁，20多岁便守寡在家。当时父亲在省城谋事，母亲一外乡人氏，人生地疏，伯母便陪着料理家务。尔后母亲教书为业，家中琐事和小孩带养悉数由伯母料理。随着父亲故去，她们彼此间更惺惺相惜，便愈发亲密无间不离不弃了。

伯母曾氏，名秀仔，不识字，是位农家女。她娘家在离县城十多里的鲍坊乡十屋家。小时候我常在假期跟着伯母去走她娘家，一去少则两三天，多则四五天。那地方有十几户人家，房屋坐落在一个小山冈的脚下。屋前一片平坦的田野，左前方鲍坊墟镇隐约可见。屋后丘陵起伏，山冈上长着粗壮的松树和参差的油茶树。油茶树上开着白色的花朵，松树下一层松针散落在红土冈和一兜兜的茅草上，茅草顶端长着狗尾巴般的絮花，随风摇晃。大舅的女儿兰兰与我年龄相仿，常带着我到屋后山冈去玩，玩得常不思归。二舅见得我们两小无猜，戏谑地说长大后把兰兰许配给我。兰兰后来嫁到黄柏的另一村，我在教育局工作时她丈夫为他们儿子读书的事来过几次，一晃30多年过去了，往事依然清晰如新。

伯母从小裹脚，是20世纪初叶最后一代裹脚女人中的一员，伯母在洗脚时，看着自己明显变形和受着酸痛的一双脚掌，总是会说女人是造了哪辈子的孽哟！

记得小时候伯母给我洗澡，总是会深情地抱紧我说："长大了会孝敬我吗？"当时我肯定地说"会"，因为她是我最亲近、对我最好的人。懂事后我就懂得了这话里有另一种含意。她没有亲生骨肉而为我们倾注所有母爱，想到也将老去，想到风烛残年的后半生，希冀日后我们能善待她。面对这种养育之恩,这种大爱,我从心底里铭刻着一定要孝敬她,像孝敬亲生母亲一样孝敬她的由衷情愫,让她晚年幸福,当其百年后,也务尽孝子之责。我以为,血脉之外的亲情不易,那是真正的大爱,这种宗亲大爱确实是能撼动心魂的。

伯母与母亲一道,两个弱女子撑起了我们兄弟姐妹的一片蓝天,含辛茹苦地带领着我们渡过了年少时最为艰辛的日子。记得在60年代初期的三年自然灾害期间,她在池塘边的荒地种上蕃芋,蕃芋根块涮烂成的渣渣烙成的饼味道不怎么好,但在缺粮的日子的确能充饥。还养上了四五只鹅,鹅吃谷糠和青草菜叶就可以。在那个年头,孵出的小鹅一对能卖上十来元,那可是贴补家用的好来路。就是这鹅每天要放出去让它们自己觅食,有时游到了河对岸要把它们赶回来那可是费劲。伯母过的日子并没有那幼时梦想过的荣华,其实,那种颠沛的生活与农家妇女又有何异?她甚至跟着在我插队的山沟沟待过,看着她瘦小的身子抱着大孙女坐在低矮的屋檐下晒太阳,我心里着实有种愧疚。伯母这辈子跟着我们尽管生活艰辛,却从未抱怨过。她觉得满足,有家的温馨,有儿孙们的孝敬,享受到了人世间的天伦之乐。

《论语·学而》中曾子曰:"慎终追远,民德归厚矣。"自伯母故去始,我便开始祭祀,祭天地神灵,祭祖宗,祭故亲,30年间每逢清明、中元两节从不间断。我想,祖上曾有"清白世家"之誉,而所谓"清白",首先得有敬畏之心和谨慎德行。常祭祀常自省,一为追思故亲,二为立身是也。

父亲节

偶染微恙在家休息。今天是父亲节。

不知什么时间开始，在华夏大地上"父亲节"也盛行起来了。当今中国特别是城市里崇尚的舶来节日是越来越多，类似圣诞节、感恩节、情人节、母亲节、愚人节等，中华传统的节日却显得冷淡了许多。这个现象反映年青一代在改革开放中的一种追潮思维，或许，这也是现代社会东西方文明交融的结果。

小女儿和小女婿上午分别在牡丹江和大连打来电话，祝我节日快乐。尽管自己并没有把这个洋节看得很重，但听到孩子们的祝福，心里还是高兴的。

看着躺在身边已酣睡的外孙，小脸蛋红扑扑的，嘴角还抿着一丝微笑。刚才，在小区的花园里他与几个大点的孩子着实疯野了一阵，恐怕梦乡里还在演绎着追逐的欢快。他这个模样还真像他妈妈小时候。记得大女儿也是四岁那年，我带她到几十里外的乡下走亲戚。我们骑着自行车，一路上她看到山间的花草动物，十分好奇和兴奋，有几次嚷着要下来看看和采摘。中午时分，太阳热辣得很，我推着车上山，又热又累，大汗淋漓。她也累了想睡觉，在车杠上坐不住了。恰好路旁有丛大杉树,赶忙抱着她坐到树荫下小憩一阵。温热的山风吹拂着她的小脸,脸蛋红扑扑的,挂着笑靥,头发缝里都沁出细细的汗珠。20多年过去,当年情景仍历历在目。现远在上海的她也已为人母。此时此刻,在加班?还是读书?这阵子大女儿工作较忙,又要忙考职称。外孙自小由外婆带着,前些天,外婆回南昌,值幼儿园放假在即就跟了过来。因为父亲节,反而勾起了对女儿的一缕挂念。

东西方有太多的差异,家庭观念就有明显的不同。有位在德国做生意的朋友给我说过一件事,一次德国朋友请他到家里做客,其父母很热情,忙了大半天,饭菜弄得很丰盛,但餐后父亲给儿子一张采购清单,要他付账。这在中国可是匪夷所思之事。前不久,听过释果宁法师一堂课,云西方人重头脑,东方人重心灵。头脑是理性的、逻辑的;心灵是感性的、情爱的。西方人认为,孩子成人后就要独立,不能依附父母,因此在亲情之间我们见到了生分和冷漠。大抵,这就是西方社会以父亲节、母亲节之类来提醒孩子要关注父母,恪尽子女的义务。在东方人的眼里,孩子到老在父母心目中仍然是孩子,呵护、关切是一辈子的自然之事,而且是一种永不图回报的奉献。或许,这就是东方社会以中秋节、春节之类的团圆形式表达人们对天伦之乐的渴望和追求。

年轻人渴望自由、独立,向往着家庭之外的美妙的世界,在新事物面前迷惑,忘记了自我,对家庭乃至家族间的亲情缺失一种足够的认识和感受。对这种亲情有时会觉得是羁绊,老人的叮念有时会觉得烦恼,在尽孝道面前有时也会疏于无意的失礼。老年人喜欢团聚,喜欢怀旧,喜欢有人陪伴,喜欢絮叨往日亲戚间的迎来送往和眷属们的家长里短,喜欢惦记不必要担心的事。92岁的老母亲就是这样,儿子想趁夜半人静写点东西,她必定起来三四次催促休息,把那点灵感全给赶跑了,让你无可奈何。孙子下了班没回来吃晚饭,她会反复询问:"是不是出了什么事呀? 要不要打个电话呀?"算好了重孙放学的时间到了,她会一直守在窗前盯着楼下的走道,而且不住的叨唠:"许多学生都回来了,怎么还没看见他回来?"中国传统的家庭伦理中,"四世同堂"可谓家族中的最大福分,它代表了一个世纪的历史,凝结这段历史的核心东西就是东方的血脉亲情,天伦和谐。人们常说的"隔代亲",其实就是这种亲情的加速器,这种亲情倾注了人们对年轻时期忽略亲情的补偿,也是一种老来将至的精神寄托。由此,中国的家族传统得以延续。

互联网把世界变小,视频将千里之外的亲人拉到身边,仿佛在家里聊天一般。小外孙先向爸爸说:"爸爸,父亲节快乐!"然后对着妈妈说:"妈妈,我要批评你,小姨和小姨父都打了电话,你为什么不给外公打电话呀?"童年无忌,他这种年龄只是鹦鹉学舌,根本不知"父亲节"为何意,只想让外公高兴。

窗外沥沥下着细雨,屋内则其乐融融。

清明忆母亲

　　临近清明节,赣南大地春的感觉已经很浓烈了。田野路旁,新绿怒放,枝头上挂满晶莹的水珠。村头地角,一团团的桃红李白争相吐艳。油菜花一派冷黄,在轻风的吹拂下,一袭带点生腥的芬芳钻进鼻腔,激灵得不由得打出喷嚏来。雨已停歇了,绵绵细雨飘洒了好几日,空气显得清新湿润。这个时节,春雨飘拂在脸颊上已不觉冰凉,它温柔地把春的信息传递给我:清明节要到了,该启程回故乡了,那些长眠于故土的亲人正在翘首以待,盼望着阳上亲人届时的问候。

　　母亲过世之前,就我亲身经历过的事,故土已葬下了四位亲人。她在世时,每逢清明将至,总是会亲自准备好祭祀之物,然后带领我们去扫墓,年纪大了行动不方便了就挂记着催促我们去做。对她来说,这无异于去完成一项十分神圣的大事。那里有她的丈夫,虽然仅是衣冠冢,有几十年惺惺相惜、相依为命的二嫂,还有白发人送黑发人的一位长媳和一个次孙。而今,已轮到我们像母亲一样记挂着这件事了。这时,我们便十分明白那是一种出自内心对亲人思念的情感冲动在催使我们去做祭扫。

　　时光走得是快,转瞬间母亲已辞世近三年了。这期间,母亲的音容笑貌经常浮现在我眼前,似乎并未离去。那年她95岁,除了左耳有些背外,走路腰板直,眼目明亮能看书报,思维清晰有条理,生活尚能自理。原本她志在活上百岁,曾在公祠理过事的衍兰大哥曾鼓励她要活到100岁,说到时给她在众家祠堂里挂一块百岁匾哩。冥冥之中或许是天意。在N城与我们在一起时完好无恙,那年她硬是执着要回老家,不出两个月便患上脑梗,说话也不清楚了,接着住院,身体日渐虚弱,最后多器官功能衰竭而故。她曾说,年轻时有位先生给她算命说有95岁的高寿,果然应了那位先生的预言。

看着亲人撒手人寰,是人世间最为残酷和痛苦的事。母亲弥留之际嘴唇不住地嚅嗫着,或许是下意识地在呼吸,或许是想说什么。我不知道她还有哪些牵挂? 三个儿子都在身边,特别是远在东北20多年未回的儿子在她住院期间一直服侍左右,娘家的姨娘和侄子也赶了过来;远在万里之遥的女儿没回来,她知道女儿得了重病是没法回来的。那么,是否记挂着那块匾? 这辈子时乖命蹇,过得实在不容易。随夫远嫁于此,三十来岁守寡,含辛茹苦,为杨家把四个孩子养育成才,并且,一辈子鞠躬教育,桃李满天下。是的,她理应得到褒奖。

旧时城里杨姓者众多,曾有杨半县之说。杨氏分北杨、西杨、南杨等分支,且不知是何朝分嗣的,各支字派迥异。上杨有几列祠堂,年代久远,因设过小学,经常维护,未遭损毁。学校搬迁后,杨氏众支合力将其恢复为本族公祠,集人丁款和纳本族成功之士捐赠之资,将祠堂修葺一新,颇为恢宏肃穆。各支年长的头面人物常适时在此聚会,共商本族大事。母亲之愿虽经我等极力举荐,无奈众祠目前仅挂上将军匾,故经合议未果,建议由本房祠堂褒扬。而本房祠堂早已被医院改建时拆除,此事只得作罢,留得遗憾。

城区方圆数里一马平川,四周群山丘陵环绕,宛如一口硕大的平底锅盆。西郊一片丘陵,与东西走向的连绵山脉相接。此处峰峦生起,山谷青幽,松林叠翠。20世纪90年代民政部门引入火葬的殡葬机制后,在此地开辟了规模较大的"清水墓园"。母亲和其他两位亲人就葬在这里。每年清明扫墓,这里便成了我必到的一个点。

赣南山民绝大部分是客家人,这个从中原迁徙而来的族群一代代在这里繁衍生息,既保持了中原人的文化特质,又融入了当地人的山野文化,形成了较独特的风土习俗。并且,这种习俗虽然随着时代的发展有些从简淡化,但基本形态仍根深蒂固,甚为大众所遵从。尤其对逝者的善后仪式和处置更是马虎不得。厚葬逝者对逝者本身并无实在意义,更多的是做给活人看,这里自然会有种后人风光的成分,避免在人后有不孝的骂名。其实,我觉得这里头更有种出自内心对亲人在世上最后的孝敬和爱意,即使流多少泪,花多少钱,受多少累也是在所不辞、心甘情愿的,也难以抚平失去亲人的悲戚之心。

"清水墓园"已扩展到了两个南向的山面。从山脚至山顶,几十列水平状的坟茔鳞次栉比,墓与墓之间宽约一米,墓碑大小不一,两墓中植一株不高的塔柏,整个墓园显得有些壅塞。由此自然联想到沪上奉贤的"滨海古园",每年清明时节,我必去祭扫岳丈岳母大人。那个墓园宏大有序,整齐洁净,给人以耳目一新之感。进而又联想到一次去法国,为拜谒"巴黎公社墙"而进了拉雪兹神父墓地,那是座在闹市之中的大型墓园。墓园里是个坡地,整个山包布满的旧茔新坟,映掩在绿荫之下,繁花丛中。形态各异的雕像、祭台显示出浓郁的文化品位,走进墓园仿佛进了花园和历史博物馆。如果母亲和这众多的逝者能处在这种环境中,那该有多好啊!

　　清明时节,这里热闹非凡,特别是清明前的周末,人流更是络绎不绝。小汽车、摩托车、电动车无序地挤在山脚下的路旁和草坪上。坟山上鞭炮声不断,烧冥币、纸钱散发出的呛鼻的油墨焦纸气味和点燃的香烛气味搅混在一起,随烟雾弥漫在整个山头,黏附在每个扫墓人的衣襟上。一年到头,这里始终被寂寞和阴幽笼罩着,只有这个时节,才显生气,不至于令人生畏。每次前来扫墓,总想在母亲的坟前多待些时间,不忍离去。这一见又须相隔一年,为了这一见极不容易,得往返数千公里之遥。镶嵌在墓碑上的母亲的瓷版画像永远是那样慈祥,我一遍又一遍地抚摸着已经是一尘不染的像面,生怕有哪怕是一丁点污秽会影响母亲的容颜。这穴坟茔是经过风水先生选定的,特意买了两穴的位置,建得也明显高大宽敞。墓碑乌黑,打磨得如镜面般的光滑。碑前的两根圆形石柱与碑两边的方形柱形成四角,顶起拱形的石穹顶。墓堂前、左、右三面镶砌雕花围栏,围护着穹顶下的龛盒。龛盒大理石盖板上镌刻着我写的墓志铭。我想,即便如此,也难以衬托出母亲的伟大,也难以抚慰我们对母亲无限爱戴的心。

　　山脚边一排灌木丛上攀爬的金樱子花又开了,开得更为茂盛。年年这个时候绿树丛中布满星星点点的小杯盏般大的花朵,远处看雪白的一片,甚是壮观。这大概是这里的山神也在做清明祭扫,他是在向所有的逝者们敬献一束圣洁之花吧。

老陆

　　前些日子给老陆打了个电话,询问他的腰好点了吧。一次他在三中晨练,抓单杠不稳摔了下来,把腰给摔坏了。俗话说伤筋动骨100天,又是70多岁年纪的人了,虽说他平时身体还硬朗,毕竟年岁不饶人,躺了几个月后才能轻微活动。现在听到他说早晨仍到三中运动场沿着塑胶跑道行走锻炼时,悬着的心稍微放下了。

　　我与老陆是多年的朋友。记得和老陆初次相识是在1975年,当时我下放在拔英公社已有七个年头,大队书记照顾我,让我去做开拖拉机的行当,而老陆是地质勘探队的,在拔英工区做机修工。一天我同师傅开着拖拉机到工区去,带去了两个油桶请他们做切割。那时,公社没有电焊、氧焊的设备和修理机械的能力,即使一些小修理也要到百里之外的县农机厂去。地质队在那里设了工区后,做一些修理的事就方便多了。为我们做切割的是老陆。他是山东人,身材魁梧,面貌敦厚,话语不多,30多岁年纪,精力充沛,看他浑身是劲,见到我们后二话不说就操起家什干起来。只听一声巨响,原来一只桶是装过汽油的,一接触到火花就爆炸开来,急速膨胀的空气发出巨大的声响,两端的油桶盖都顶凸变形了,老陆和我们都吓了一大跳。过后,他并无嗔言,继续做事,令我心生感动和敬佩。

拔英公社这个地方是全县最边远的山区,南部与福建的烂团公社毗邻,山高林密,交通闭塞。我们知青到那里时才开始修公路。待路修好了,公社和三个大队就分别购置了一台拖拉机,不耕地时就跑这条路,把山里的木竹山货拉到县里,再把城里的化肥和日杂商品拖回来。后来往谢坊公社方向也打通了一条公路,走乡道的距离短了,路也更好走,没有第一条公路那么坎坷和险峻。

老陆的分队是在拔英大队的庙背,那是个山旮旯。因为要运设备,他们修了一条能过车的路接通乡道,建起简易的工区房。老陆平时吃住在工区,只是到了周末,如搭上队里的便车,才能有机会回到设在与拔英公社相邻的谢坊公社的大本营与家人团聚。

地质队长年累月在山野,这是探矿的工作性质决定的。我听过《地质队员之歌》:"是那山谷的风,吹动了我们的红旗,是那狂暴的雨,洗刷了我们的帐篷;我们有火熠般的热情,战胜疲劳和寒冷,背起我们的行装,攀上层层的山峰,我们满怀无限的希望,为祖国寻找丰富的矿藏……"这首歌曾激励过我们这代人,当时听着这首歌就热血沸腾,激情澎湃,觉得他们所从事的工作十分伟大神圣,充满青春浪漫的情怀。由此,一直对他们有种无比羡慕和崇敬的心情。他们这支队伍于1955年组建,由转业军人和相关专业的大中专毕业生组成。这批血气方刚的有着崇高理想的年轻人,在百废待兴的历史阶段,凭着一腔热血,保持着军人的魂魄,锤炼出了忍辱负重、不畏艰难和甘当奉献的品格。这支队伍曾转战新疆、浙江,最后挺进江西大山。老陆的一辈子就这样与大山为伴,修炼了他大山般的沉稳的性格。他就这样在平凡的岗位上一路走来,培养了谦逊和善的品质。

人与人之间的许多事都有些难以捉摸,就像彼此之间的关系亲亲疏疏,又疏疏亲亲。这辈子我阅人无数,曾与我称兄道弟之人如过江之鲫,但随着时间的推移,大多如同晨雾一般在阳光下渐渐散了去。幸好还有几位能坚持始终,在自己解甲归田之时仍能觉着友情尚存,温存依然,不觉孤独。老陆是其中一位。

我与老陆其实相处在一起的机会很少,只是难得的互相探望或电话联系。然而,40余年彼此能把对方记着而且关切着,我想,这就是双方对彼此人品的认可和友情的信任。其中,抑或真是有种缘分所致。多年来他挺担心我的身体,认为我无论调到那个部门和单位,拼命三郎的性情始终未变,身体严重透支。单位出了成果,自己身体也跟着出了情况。他在山上利用休息时间做了一张折叠椅,木竹和铁件的制作十分考究和精致。我知道,他是想让我在家休息时能舒舒服服地躺着,这种心意一直存留在我心中。这躺椅虽然无法伴我走南闯北,但老家楼梯的铁扶栏至今仍在,那是新房建造时他专门从几十里的队部搬到县城的废旧钻杆做的,当时他扛着铁挂栏满脸通红、大汗淋漓的情景至今历历在目。"结交在相知,骨肉何必亲。"这是汉乐府《箜篌谣》中的词句,说的是知心的朋友比有血缘的骨肉同胞的亲情更亲。

老陆有四个孩子,都受过良好教育,上了大学,参加了工作,而且各有所长,业有成就,也分别成了家。这对长期在山区工作的家长来说是一种莫大的精神安慰,当然,孩子争气是其中的一个方面,而良好家风和父辈的言传身教所孕育出的一种善良、勤奋、坚韧、上进的品质是极为重要的。我也为之高兴。

大半辈子窝在山里的老陆退休好几年后终于走出了山野,进到了生活便利的城市。大本营从山区农村进军城市的战略转移,是地质队经过了半个世纪艰苦卓绝的奋战后的觉悟；新形势下事业的拓展需要一个良好的平台；一批久经沙场的老战士已逐渐功成身退，需要一个老有所养的良好环境；他们夫妇俩现在住在G城，宋代称为虔城，是个十分宜居的地级市。这里生活便利，虽然他们的几个子女都不在身边，但生活尚能自理，单位也多有照应，老陆觉得日子过得挺舒服自在的。一次，电话中说到什么叫"幸福"？他说："坐在家里，泡壶茶，来点花生米或几块饼干，听着音乐，这种生活真叫幸福。"朴素、平实、真切，没有鸿篇大论；他不嗜烟酒，知足常乐，没有奢靡之望。我听后很是感动，这就是老陆的心境，一贯以来的风格，一直没有改变。

老陆他们来到赣南已近半个世纪，足迹遍布那里的山山水水，对那里的一切如数家珍。他们已把那里作为故乡。今年他又通过快递寄送了两箱脐橙过来，说这是老家的特产，有着故乡的味道。

那么，今年我又该为老陆淘些什么呢？上次我还在N城时，他上省城看我，老寒腿又患了，山里的寒湿气长期侵蚀，留下了病根。看他走路的样子明显有些异态，人也好像苍老了许多。这次又腰部受伤，更是雪上加霜。沪上是全国最大的商城，还是选些能壮腰补肾、健脾去湿的土特产品邮去，顺便也捎去兄弟的情谊。

大寒之爱

今日大寒,是农历甲午年的最后一个节气日。《授时通考·天时》:"寒气之逆,故谓大寒。"一年之中的寒气至极天,照理应是最冷的时候,但此日阴霾尽散,阳光普照,气温明显比往年要高。记得入冬那天是阴沉天,依照农谚的说法必是暖冬,大寒不冷,果然应验。

在我的感觉中,大寒是冰冷的代名词,并且还带有悲切的气氛。老家有个习俗,大寒日宜做阴事,在此日对坟茔动土是不犯冲的。因此,四年前我母亲坟茔的修整就定在大寒日。

母亲是在那年的五月去世的。她的离去,让我心中那堵爱的巨壁——曾为我人生遮风挡雨和涉世效法的墙碑——轰然倒塌,令我惶然、悲伤和常相追思。我很清楚,人的生老病死是自然法则。小辈们渐渐长成,老一辈的就走了,时间在操纵这个规律,任何力量都无法改变。母亲不会因为我们对她的挚爱就永远留在我们身边,就像列车上的旅客,中途有上有下,每个人都有不同的出发地和目的地。我也明白,人死如灯灭,对逝者做任何事都是做给活人看的,逝者已无法享用,毫无意义,除非真有灵魂不灭之说。可是,真正到了那个时候——为母亲做最后一件事——似乎只有厚葬才能表达自己对她的孝敬,才能多少平复自己对她一世为我们辛劳的感念和补偿之情。遗憾的是，在建墓茔时，碑前压顶的石料与其他石料颜色有别，当时无货调换，承建的杨老板答应待大寒日把合色的石顶换上。由此，大寒日就开始重点进入了我的视野，与亲情的思念联系在了一起。

母亲是江西上饶县周氏大户人家的长女，名韵，又号秀琴，家境殷实。她自小聪慧，品学兼优，后读至杭州高级蚕桑专科学堂，学业前甲。就读其间，母亲的一位亲戚与父亲在南昌共事，经其撮合父母相识。婚后，曾伴随父亲在南昌、泰和等地生活，抗战爆发，又入川谋事，战事吃紧后辗转回到夫家持家教子，以教书为业直至退休未变。她的前半生逢时局动乱，命运多舛，34岁时丧夫，娘家也家破人亡大变故。此后便开始担负起独立养家的艰难重任。母亲从教四十余载，桃李芬芳，学子满天下，其贤德之心广受众人赞誉。育有子女三男两女，除长女七岁时患病早殒外，其余皆受良好教育，各有成就。这就是母亲一生的奉献，也是人生历尽艰辛的最大安慰。

母亲的时代是伴随着新文化运动开始的，那是中国最后一个封建王朝在辛亥革命的枪声中结束的时代。民主、自由、科学的价值观冲激着封闭的国度，仿佛打开了一扇窗，让国人开始看到了一个更大的世界。这个时代的无数青年学子怀抱着追求自由平等、科学救国的理想和激情。母亲在大学里选择"蚕桑"专业，大概就是看中了中国江浙一带传统蚕桑农业对民族丝绸工业发展的影响。只可惜世事变幻，人生坎坷，她未能从所学的专业成就一番年少时的梦想，最终成了一支红烛，渐渐燃烧了自己，照亮了一代代也在追求着梦想的一大批少年的心田。

一阵馥浓的花香飘来，那是蜡梅花的香气。院墙外的蜡梅早已抖落了渐渐枯黄了的绿叶,枝头树杈开满了细密的花骨朵,一派鹅黄景致。花虽不起眼,但那缕香是幽馥宜心的,那抹黄是显高贵的。蜡梅花开数九寒冬,凌霜傲雪,自有一番不凡的风骨。我想,在大寒日以蜡梅祭拜远在故里的母亲是最合适不过的了,她的品格风貌不就像蜡梅花吗?

在大寒日,在冬日灿烂的阳光里,在氤氲的蜡梅花香中,我十分怀念我的母亲。

春天里的悲伤

姐走了,永远地离去了。

小女从东北老家一早惶恐地打来电话,报告了这个噩耗。尽管我预感她大限将至,但这个时刻真正到了,还是觉得突然,悲痛顿时在心中生起,胸中一阵阵虚空,仿佛丢魂失魄一般。我尽量镇定地交代善后事宜,眼泪情不自禁地夺眶而出,说话也有些哽咽。

六年前,她患了直肠癌。曾动过手术,做过两次化疗,试用过不少奇药偏方,喝下许多大盆小罐的药汤,练过"郭林气功"的抗癌功法……可是,癌细胞仍像顽魔般黏附着不脱身,最后竟变本加厉地折磨着她,直至摧毁她的意志,终结她的生命。

认识癌症这种顽疾,我看过不少相关专家的资料,为的是寻找一种能给人希望的方法和药物。带着急病乱投医的心理,也通过电话或小女的微信向她转述过不少。有一次,一位朋友介绍了一味草药方,说效果很好。三味草药分别为:半枝莲、白花蛇舌草和铁树叶。我亲自去采了不少铁树叶,剪好晒干,打包寄去,一直让她配着药店里买的其他两味药煎汤当茶饮服。然而,这些都无济于事。姐到后期出现了诸多不适,渐渐下肢不能行走,周身骨节疼痛,不能坐卧,服用吗啡也难以安宁。她才67岁，尚未到垂暮之年，如此煎熬，内心十分痛苦。我听说后心疼不已，寝食难安，但也只能多与她说些宽慰的话，要她坚守心神，坚持服药，相信会出现奇迹。

这辈子我与姐姐聚少离多。她13岁那年读初二时，红旗初中不知何故解散，她因此失学在家。母亲不忍孩子辍学，请在东北铁路子弟学校教书的侄子接其去续读。于是，她走进了另一段独立的人生之路。后来听堂兄说，那年冬季她去东北的时候，正是天寒地冻的冬季。一个小姑娘先坐汽车，后坐火车，再换车，历经四五天才到。当列车停靠在牡丹江站，堂兄见到穿着红花棉袄的瘦小的她时，一个箭步冲上去用棉大衣紧紧地把她裹住。为她的安全到达，为她的勇敢激动地流下了眼泪。我不知道姐姐那次的长途跋涉当时的心情如何？紧张、恐惧肯定会有，但是她为了前途，为了不辜负妈妈的期待，很勇敢地走出了独立的第一步。堂兄说，他的许多同事都为之动容。

60多年姐弟一场，我甚至不知道她最喜欢吃什么，喜欢什么颜色和款式的衣衫，有些什么嗜好，工作和家庭生活如何。唯一体会到的是她像母亲一样爱我、护佑我。我清楚地记得在山沟里插队时经常收到的信件基本是她寄来的，当时，在那个艰难无助的环境中，那些信给了我生活的信念和奋斗的力量。上大学期间，她每月在有限的工资里给我寄上25元，当时那可是一笔数目不小的钱。她尽力接济我们已有两个孩子的家庭，使我不至于在同学面前显得寒酸。我想，这就是亲情，这种亲情是流淌着同一血脉的亲情，是距离和时光都难以隔断的亲情

小女三岁开始在东北生活。那年她二伯回来，接奶奶一同去的。姐一直未生养，母亲想给她抱养一个孩子，她没应允。随后母亲与我

们商量让小女跟她。我们姐弟本亲密无间,况且主要是为了孩子有个更好的受教育的环境,让孩子从山区小县到市里去生活,自然我们没有异议。姐和姐夫欣然同意,乐不可支,视小女为掌上明珠,抚爱有加。30多年过去,他们母女、父女的情感已胜过亲生。姐临终期间,女儿一直亲密地陪伴着,使姐在与病魔的搏斗中并不感到孤立无助。有小女在身边,她即使周身痛苦至极,也心存欣慰。

3月23日,原本这个日子与其他普通的日子并无二异,因为姐是在这天离去的,由此就变得黯淡,变得令人伤感了。它成了姐的忌日,变得已深深铭刻在的我心头。

三月的春天,牡丹江乍暖还寒,单春天的气息已不可阻挡。

姐是在冬月来到这个世界的,那是万物肃杀、天寒地冻的日子,这是否预示了姐这一生必定有残酷的磨难在等待? 现在,她已从春暖花开、阳光明媚的春天中走进了另一个世界,这辈子她的许多修心向善之举定会有善报的。如果人有下辈子,我希望能继续与她做姐弟。

三月的南方已是桃红柳绿、生机盎然。我们也启程,准备向亲人做清明祭扫。那么,就让我们也向姐献上一束洁白的鲜花,燃起一炷心香,烧下一把纸钱,向着遥远的北方叩上三个响头,祈祷她一路走好。

红石砌成的房子

人过中年,容易怀旧。尤其过知天命之年后,这种情愫愈发强烈。大抵退休在家,更有闲情逸致去回味人生甘苦;或者人生是要盘点的,天命难违,不可留下更多的遗憾。

三年前,我与上海林校有过约定,要陪他完成一个心愿。其夫人小傅曾是下放到江西的知青。一晃近40年过去,她很想回到曾生活过的地方去看看。三年后,我终于兑现承诺了。

弋阳县地处赣东北。这是块红色的土地,方志敏的故乡,第二次国内革命时期重要的革命根据地。《可爱的中国》伴随着烈士的英名传了一代又一代,弋阳也由此而闻名。圭峰公社离县城十来公里,境内有一处龟峰风景游览区,在此周边也小有名气。林夫人就下放在这里的杨桥大队茅阳生产队。

"红石砌成的房子"是林夫人谈及下放时印象最深的,她们几位同学就住在一幢红石平房里。弋阳一带,是丹霞地貌,茅阳村组周边的小丘陵,都是像馒头一般圆溜的红石坡。此石质地细腻,易开采,当地房舍大多就地取石,垒砌而成。沿途可见不少新旧采石场,堵堵石壁像刀切一般整齐。时间一长,与山坡的褐黛色浑然一体,仿佛就是生成的绝壁,掩映在苍松翠竹之间,成为当地的特定景观。

红石房子、竹林、小河、木桥……偶尔出现在梦境中的情景在现实的映像中渐渐清晰,封尘了近40年的记忆闸门豁然打开,早已忘却了的往事一下子冒了出来。小傅兴奋地带着我们围着不大的村子打转,滔滔不绝地诉说曾经的人和事。先生很耐心,紧紧跟着她,还不停地用摄像机拍摄所见到的一切。

红石房子还在,大门关锁着,看来有些年头没人住了,竹林好像更多了,而且竹子更粗更密。看见竹子,小傅就想起那条半尺长的青竹蛇,当时不是队长拉她一把,说不好踩上去就被它咬到。队长说那蛇可毒了,咬伤会致命的。

小河依旧清澈见底,似乎小了许多。记得那年发大水,桥冲垮了,到对岸劳动,要蹚水而过。那天我轮值做饭,一个人先蹚水回家,看着脚下湍急的水流,头发晕腿发软,动弹不得,急得在对岸直哭。最后还是队长叫我坐在牛背上过了河。

这里已经发生了很大的变化。木桥不见了,那个两根木桩当桥桩,几根木条拼成桥板,走在上面会悠悠晃晃的小木桥。洗衣服的小码头边上建起了一座水泥桥,桥边原先在深夜她们女生洗澡的河湾似乎也变了样。村头那棵几个人合抱的茂盛的香樟树已经枯死,只留下光秃盘结的苍枝,兀立在几棵弯曲的小树中间,显得有些悲壮,村口那堵明清风格的砖牌门已看不出有路径通过,牌门右侧爬满爬山虎,显出十足的荒芜野气。她渴望寻找到一个认识她或记得她的人交谈,可是整个村子除了偶尔有几声树上蝉的嘶鸣,竟然死寂一般,毫无人气。老旧的红石房子大门紧闭着,周遭已好长时间无人打理,有些房子瓦顶也已坍塌。杂草野蔓葳葳蕤蕤,恣意疯长。显然,这里已成了空壳村。

行将至村头，一阵急促的犬声把我们惊住。狂犬病很让人害怕，据她说，一位知青临调回上海前被狗咬伤，因未坚持连续打狂犬疫苗，回去后竟不治身亡。这时一位老者应声而出，喝退狗回。村口遇到一位老太，但已不记得九位上海知青中最小的她了。问起桂花在哪里。老太说前些年已搬到马路边的新居了。桂花是外村嫁进的媳妇，结婚那天，知青们都去闹了洞房，很是热闹。

天气酷热、沉闷，没有一丝儿风。大家都在汗流浃背，衣服全湿透了。

村头前那一大片垅田里的水稻已经泛黄，十天半个月内将要收割归仓，农村最紧张、最辛苦的"双抢"就要开始。这个村组的人都奔向何处?市场经济和城镇化建设的确在改变人的观念。他们之中肯定有人已彻底告别了祖辈留下的土地，到城镇去发展;应该有更多的人舍不下故土，舍不下丢弃农民的根本，但又不愿窝在那个旮旯里受穷，看着人家发财。于是便集中在公路旁或交通要道占窝建房，开个小饭馆、做点小生意，亦商亦农，不时回去料理农事。农耕时代的旧田园式生活，随着时代的发展因此打破。旧茅阳村落因此走向衰落。

眼前的茅阳村落真像垂暮的老人，它已经走完了它的历史行程。就像村头那棵经历了数百年岁月，见证了茅阳村落的风雨兴衰，现在也行将就木的香樟树一样。知青这个中国社会特定时期的产物已成为历史。它的千万个个体的不同的经历、情感也将与千万个茅阳村落一样，走向无情的湮灭，无法再被触动。

初秋琐记

蝉鸣

立秋刚过去,处暑就接踵而来了,这日子呀过得真的很快,就像后面有个人拿着鞭子在催着走。处暑,这应该是初秋的末个节气吧?照理说初秋已过,气候也应该凉爽下来了,但是,难熬的伏天还未过去,出末伏还有几天呢。每天依然艳阳高照,热气逼人。庆幸在北方避暑月余,着实躲过了酷热的折磨,没想到回来后还是被沪上的暑天尾巴扫着了。

聒噪了一个夏天的蝉已销声匿迹,然而,耳内还一直觉着有蝉鸣在回响。那声响就像是有许多离得远远的蝉在共鸣着,既隐约,又执着,挥之不去。

蝉鸣是夏天的明显标志之一,立夏之后,我就能听到这种昆虫的鸣叫了。住的老小区内树多也高大,到处蝉鸣一片,尤其是道旁的一株高大的苦楝树上,更是有成百上千只蝉儿藏匿在枝间,发出尖锐、持续的鸣叫,震耳欲聋。整个夏天,这种声音一直伴着热辣的太阳在躁动着,甚至最后一抹火红的彩霞已渐渐暗淡后,那鸣叫声依然不绝,似乎非把月儿唤出而不休。夏天本就是个疯狂的季节,这声音一掺和,更会使人心浮气躁,难以静下心来。

蝉在我们老家称作"呀呢子",小时候我和小伙伴一起捕抓过不少。在我们眼里,这呀呢子虽然没有金龟子、烧牛牯(天牛)长得好看,但算是个大家伙,而且腹部有两个会发声的翼孔,叫起来挺响亮的。这小东西黑不溜秋,一身硬壳;两只眼睛长在头的两角,显得有些呆头呆脑;胸下长着三对带利爪的脚,爬动起来非常迟缓;两侧生出一对长而薄的蝉翼,半透地盖住腹部,一旦飞将起来,瞬间难觅;头上长着一根吸喙,以吸树汁为生。因蝉无尖牙利齿,故并不惧它咬人,尽可随意玩弄。伙伴中有些胆子大的,还会收集些枯枝碎叶生起火来,将蝉丢进去烧烤,待壳烧焦,拨弄出来剥去焦壳食其内肉,那肉有股臊香味。

蝉虽看似笨拙,伏爬在树枝上不动,但真要抓到却不容易,待你爬上树还未等你靠前,就早已飞得不知去向了。我们的抓捕方法是粘翅膀,先寻着新鲜的蜘蛛网,用一细杆头收集,待集得许多,便把蛛丝揉成一团,粘牢在细竹竿顶上,然后用这竹竿偷偷地伸向蝉翼。这种方法事半功倍,屡试不爽。蛛网真是黏,一旦被粘着,蝉儿大声鸣叫,奋力挣扎,始不得脱。粘到蝉竹竿颤动的那种感觉类似握着钓到鱼的渔竿一样很是刺激。

今年夏天,在大连听蝉鸣。北方与南方的蝉鸣还是有些差异,虽然都属"噫"的长拖音,比较之下,觉得北方的蝉鸣略为尖锐,而南方的蝉鸣就显得洪厚得多了。据说世界上有2000多种蝉,它们之间肯定会有许多的不一样。住在四楼,时有蝉扑窗棂,伏附在窗纱上,仔细端详,虽然样子大体相似,但个头明显比南方的要小。

蝉儿如此个头,却有十分响亮的叫声,甚为奇异。我想,蝉鸣是雄性求偶的声音,每个雄蝉都希望通过自己的声音吸引异姓,必然歇斯底里,争相竞技。另外,或许也与这种昆虫的习性有关,虽然蝉也是由卵孵化成幼虫,然后蜕变为成虫,但它的生命周期显然比其他昆虫要长。其幼虫生活在地下,靠吸食树根汁液成长,并且在地底下至少生活三五年,最长的达17年之久,然后钻出地面,爬上树干蜕壳变蝉。积数年在暗无天日里卧薪尝胆,一旦寻着机会出头,自然神气十足,竭尽全力了。

蝉鸣虽然吵人,但听惯了一个夏天,一下不吵了反而有些不适,觉得生活中少了点什么。这蝉鸣应该在立秋时节就渐渐噤声的,这个时候,夏蝉已交配结束,雄蝉毙命,蝉鸣自然终止。立秋有"三候寒蝉始鸣"之说,所谓寒蝉应是另一种秋蝉,老家称"秋串子",个头小巧,青灰色,叫声"呀噫呀噫",十分尖厉。但秋蝉的叫声不成规模,也不耐久,我们一听到这种蝉鸣声,就知道秋天到了。

我没听到秋蝉的鸣叫,耳朵里一直回荡着的还是那夏蝉单调的叫声,不尖锐,很轻微。医生说,这是耳鸣,年纪大了,身体会出些情况,开几帖中药调理调理。

变故之说

前些日子一位至交来电说他家中发生变故,准儿媳在穗不明原因故去。听后愕然,原计划是在国庆日为他们操办喜事的,我还准备专程回去祝贺呢。

今年春节后,他夫人故去。这突如其来的变故对他来说仿佛天塌一般,对于我,一时也难以接受。想着事发的头天晚上,她还在电话里朗朗的与我说笑,并且,还一再叮嘱我到时别忘了去取他们托长途司机捎来的两大包家乡特产。第二天一早,家人发现她昏倒在洗漱间门前,急送医,做手术,终因回天乏术,撒手人寰。

他夫人死于脑血管瘤破裂。如果她不回老家过年,突发抢救,省城医院的医术和设备也更高一筹,说不定能转危为安。可是,她平时除了血压有些偏高外一直无恙。再说,她是位大孝女,放心不下患了小脑萎缩年过八旬的老母亲,要陪着她一起过年。如果当地医生不漏诊,不一直当高血压对待,说不定也会有其他的补救措施的。那医院她很熟悉,有不少朋友,上至院长,下至医生。她生前因工作关系也曾为医院解决过不少疑难的事。她信任他们,把生命都托付了过去,可是,这些朋友、熟人最终没把她留住。人的生命真是脆弱,它经不起碰撞,又不可能有如果选择,唯有听天由命。

这些年他家的变故不少。前些年,儿媳妇离家出走,最后办了离婚手续,留下一个小孙子,一直跟着奶奶生活。一个原本很完整、顺心的家被无情地撕裂了一个口子。老人用亲情在尽心地修补着家的裂缝,仿佛像母豹在不断地舔抚惊恐的小豹受伤的伤口。孩子在长大,他并没有感觉到有失去母爱的失落。然而,在他蒙学之时,那个百般疼爱和呵护他的奶奶却在万家欢乐之时永远地消失了。孩子懵懂地看着大人们的悲切,这时候,他已知道自己失去奶奶意味着什么,在幼小的心灵里无疑会生出无依无靠的恐惧。大半年过去了,笼罩在一家人心中的这种阴影依然没有消退。让他们感到一丝慰藉的是有一位女性出现了,她愿意像对亲儿子一样对待孩子。孩子渴望有母爱,没个女性也不成为家,这原本是万劫不复中的柳暗花明,可是,接着的这一场变故却戛然中断了这种期待。

人生乃至家庭的变故意味着什么? 意味着这个社会最小分子、最小单元出情况了,原有的生活节奏被倏然打乱,原有的生活目标瞬间被改变;意味着必须开始承受变故所带来的内心的迷乱、失意、恐惧、悲伤,承受和处置由此发生的一连串的事件;意味着即使天塌了下来还必须挺起胸抬起头去撑着,前面的路虽然迷雾重重还得继续走下去,生活还得自己过,没有其他人可替代。

突如其来的大变故是可怕的,尤其是接二连三的变故更会令人惶恐不安。弘一大师对处变故有一种论道:"人当变故之来,只宜静宁,不宜躁动。即使万无解救,而志正宁确,虽事不可为,而心终可白。"这大概的意思应该是面对变故,要泰然处之,保持静宁的心态,以不变应万变。这种处事观,并不是每个人都能接受,都能领悟和践行的。这里面有学问,有底气,其中必须能明了凡事的因果,放得下世间的得失,将生死置之度外,属于一种超脱世俗的处事观。这是高僧弘一法师从原俗人李叔同不断思想嬗变而形成的精神境界。

尽管我们不能像弘一大师一样超凡脱俗,但其处世要义倒可借鉴。起码从中可以获得一种认知,面对变故,有种精神的导向,不至于销魂夺魄,惶惶不可终日,或沉湎其中而不得自拔。

闲说,与至交,也与自己。

外地人

　　小区里的保洁员又换了人。才大半年，这里已经是第三拨的人员在岗上。

　　记得春节前，那位大嗓门又很热情爽朗的保洁员跟我说做完这个月就不做了，我问为何？他说太累吃不消。先前他曾说过右腿不好，里面的那根大骨头都换成了金属的了。的确，每天一早，要赶在六点半垃圾清运车来之前把三个地方的十几个装满了垃圾的桶子集中到装车的地方。他是用脚踏三轮车拖，一次拖一个，天不亮就得开始干。这些工作量对他是种折磨。再加上就夫妻俩，要清扫这偌大的小区，并做得让住户不提意见真是不容易。

　　其实，去年就换过了几拨。有的是嫌钱少，自己不做了，今年接手的那对夫妻才做了两个多月，就被辞了。我觉得他们很勤奋，做得也挺好，只是丈夫有些木讷，不苟言笑，对绿色账户刷卡也实事求是，一次就刷一下。妻子像是刚从家里过来，还带着农村人的那种矜持。他们都还缺乏城里人的世故。据传是因为有几位老太提了意见而被辞退的，可他说是有人在公司走了关系要顶替自己做事。

　　第三拨保洁员两女一男，其中一对夫妻，看样子年龄都过了40

岁。男的很壮实,方头大脸,憨厚样;妻子个高臀大,头发染成了棕褐色,眉毛修得细长,说话带点嗲腔,经常穿着宽松的大红衬衫,下身喜欢穿黑短裤和丝袜,只是大腿和小腿粗细比例有些失调,看着有点东施效颦,不过,我欣赏她融入城市的自信。另一位女性比较瘦小,显得谨慎,始终穿着一身工作服。他们彼此间说话带着浓重的地方腔,有些听不懂,不知说的是何地方言。现在外地人进城的多了,每种职业都形成了一个圈子,这个圈子明显带有地方性和亲缘性,大概这是亲拉亲、老乡拉老乡的结果。就说这些保洁员吧,我发现他们常和一些骑着自行车的拾荒者或穿着保安制服的人用同一种语言在交流,说明他们彼此熟悉,说不好还是同一乡或同一村的老乡哩。

小区里保洁的重点是扫地和清理垃圾桶,有几处打麻将的地方是要十分注意的,那里每天都围着一大堆的男女,如一地的烟头早上不清掉,说不定会就有个别饶舌者去居委会打小报告说他们偷懒了。这里的人文明素质还是高的,不会随便丢垃圾。树可是不懂规矩,特别是秋季落叶或者风雨过后,枯枝、碎叶、残花落得一地,道上狼藉一片。对付居委会门前那棵雪松的落叶也很费工夫,一则是门面形象,必须干净清爽,其次雪松针叶细微,扫起来得仔细。南门旁边放了五六个垃圾桶,每天都塞得满满的,装不下的垃圾还丢了一地。这个小区像个通道,人来人往,隔壁小区住家贪图方便,顺手将垃圾投在那里。居委会写了个告示,但似乎效果甚微。

保洁的工作就是对付脏和乱。住家的生活垃圾中主要是餐厨弃物,这种垃圾容易发酵腐烂,散发出一种难闻的馊臭气味。行人往往会捂鼻快速离开,我还真佩服这些保洁员和拾荒者的嗅觉耐受力。去年,政府推动的垃圾分类在小区试行,开始进行家庭干、湿垃圾分类投放行动。应该说这项行动是垃圾有序化处理的基础,利于环保和可再生资源回收,对保洁员的清理工作也相对有利。初始措施是对居民发放绿色账户卡,以投放后刷卡取得积分,然后定期进行一次积分兑物奖励。对这项工作,老太太老大爷们有着热情,这自然是好事,但根本是要提高人的文明素质和自觉性,必须有奖有罚,持之以恒,方可成事。刷卡之职让保洁员去监督就有些勉为其难了。

他们是外地人。这个城市对户籍的管理甚为严格,从一个外地人转变成一个本地人是有许多条件的,这些条件近乎苛求。正因为这样,就自然人为地形成了本地人的某种优越感。记得在改革开放前,这里有些当地人称外地人为"阿乡",这个称谓不亲切,有点贬义,带有鄙视的意味。这自然是城市优越生出的自大。诚然,当地人与外地人之间会有许多的差异,包括语言、行为、思想,有些甚至格格不入。这不奇怪,因为所处的环境不一,所接受的教育也有差异。这是计划经济时期相对封闭的结果。改革开放以后这种现象明显发生了改变,市场经济行为改变了原有的格局。信息流使世界变得更小,人员的大量流动,城镇化建设等一系列的社会变革,已完全淡化了当地人与外地人的区别。

这个城市历史上就是个移民城市,之所以能有如今之规模,"有容乃大",是城市具有很强的包容性的结果。我也是外地人,正是我们这辈所经历过的那段不凡历史的原因,使我在耳顺之年后进入这里。我并没有感觉到从外地人变为当地人后,在这个偌大的人群中显得有多大的优越。我只觉得自己只是因为历史的眷顾和命运的驱使,从外地进入这里。现在我似一滴水,流入了这条由无数的当地人和无数的外地人构成的大江大河一样,与他们融为一体,与这个城市共呼吸,共命运。

外地人与当地人一样,投身到了这个城市的各个工作岗位。这些保洁员根据自己的实际选择了适合自己的工作,并凭着吃苦耐劳的本质和一丝不苟的责任心打理着分内的事。虽然他们干着许多人不愿意干的事,但他们干了,而且干得挺顺心,很专业。他们觉得,做事只有辛苦与轻松、时间长与短的区别,没有什么贵贱之分,都是凭本事、凭力气赚饭吃。他们打理好了这个小区,虽然没有像演艺界的那些明星们一样美美丑丑总在媒体上频繁曝光,但他们心里踏实,他们的辛苦对得起那份工作,也可以问心无愧地领着那份劳动所得去养家糊口。

小区里住着几户从事废品收集工作的家庭,他们在这里讨生活已经有十来年了。原先也干过保洁工作,后来改弦更张搞起了收废品。他们已经融入了这个城市,有一个孩子在这里读中学了,弟弟一家原来也搞保洁后来经营了一家卖蔬菜和水果的小店。他们每天笑呵呵地与小区的人厮混在一起,逢到有人要处置旧物或买点时新菜蔬和水果,首先就想到他们。他们已经融入了这个城市,融入了这里的人群。彼此间似乎已变得谁也离不开谁了。

在万家灯火欢度新春的时候,原本熙熙攘攘、车水马龙的街道顿时变得空空荡荡、冷冷清清了。这些人与车呢? 有部分人在家里窝着,正准备着年夜饭。另外,相当多的一部分人早已回老家过年了,说不定正在电视机前和他们的妻子、孩子或者父母一起等着看除夕联欢晚会呢。他们都与这里的保洁员一样,是些外地人。只是这些保洁员还必须在这里坚守,这里不能没有他们。这些已回乡的人们平时散落在这个城市各个角落的公司、工地、菜场、商店……上班;他们说着普通话、家乡话或洋泾浜的当地话;在路上与你擦肩而过,一起挤地铁、公交,一起喝茶、吃饭。一时间少了他们,还真会有些失落。只有等他们春节过后回来,这些情景才会重现,这个城市又会鲜活起来。

看着在翻动整理垃圾的保洁员和拾荒者,我曾有过这个念头:假如这个城市没有他们会变成怎样?前几次新老保洁员交接期间出现的情况给人印象太深了,就那么几天没人清理,小区内就脏乱不堪,垃圾如山。是呀!这个城市太大,城市里的人制造出的废弃物也实在太多,然而,这个城市却是非常洁净有序,无论走在大街小巷,走进任何一隅方寸之地,都会有清爽舒心的感觉。那么,这洁净的后面,是不是有着那些保洁员和拾荒者的身影?又是不是要感谢他们像蚂蚁一样在忙碌着清理那些死去的昆虫尸体,还大地的一方清洁;像清道夫鱼一样在不停地用自身清去污浊,让水体保持洁净呢?

清晨散步时,我常与他们照面,彼此间会相互微笑问好。我觉得,微笑和问候会产生愉悦的心情。他们,也是值得我去尊重和敬佩的。

九月里的祝福

一

"是您伴我在青春的岁月扬帆远航，是您伴我在驿动的日子展翅飞翔；难忘青春，难忘师恩，老师节日快乐！"

这些年，这个时候，我总能收到来自深圳的祝福信息。这是青青发过来的。转眼间，青青离开学校也有五六年了吧。前些日子跟她联系过，问她工作如何、成家与否、老家情况等等，她说："挺好的。我还没有成家呢，呵，现在压力山大喽。有经常联系家里，八月份，家人也过来玩了半个月哩。"多年职场的磨砺，并没有多少改变她乐天的个性。

在职期间，每年的七八月份，不少朋友、乡亲、亲戚为孩子读书之事找到我，其中，要读名下学校的少说也有十几人。打个招呼，实际上要多关照。如今，孩子不多，个个父母皆视其为掌上明珠、心头之肉。这种托付无异于把希望托付于你，让人感到天大的信任，压得心头沉甸甸的。久居教坛，深知教师传道、授业、解惑之责实为天职，不可随意造次，误人子弟。履好此职，尤重慈爱之心，爱其学子，理以当成自家子弟一般。看着这帮稚气未脱、远离父母的孩子,我自然是丝毫不敢怠慢。泛爱之下,少不了多留个心,提个醒,多交代辅导员几句,以便掌握些孩子们的最新情况,向其家长沟通,以示关照到位。

青青是我一个堂叔介绍过来上中专部的。她与叔叔同村,初中毕业后报考了中专,想快些参加工作帮衬家里。初次见面在我办公室,样子显得有些瘦小单薄,也像大多农村来的女孩子一样有些腼腆。她深知我工作繁忙,也许是出于一种畏惧,平常无事不敢随意造访。我们虽不常见面,但她的情况,我还是了如指掌。临实习前,她来向我道别,将要去我推荐的外资企业。就两年工夫,竟出落得像换了一个人似的,阳光俏丽,举止落落大方,调皮地站在我面前。年轻人的成长真快啊,令我有些始料未及。我临别赠言,除嘱咐她去了那里一定要吃得下苦,坚持得住,以后必得企业重用之类,还告诉她,父母一直在用心牵挂着,将来有出息了,千万要多孝敬他们。如今企业竞争激烈,许多同学吃不了苦离开了,她却坚持了下来,并且一直过得很快活。我十分欣慰。

二

教师这个职业十分清苦。我最初接触这个角色是20世纪70年代初当知青时期,在插队的大队完小当过几年民办教师。民办教师这种形式,是当时基础教育以国家公办为主,集体民办为辅模式的一项产物。在20世纪80年代期间,民办教师被逐渐转为国家正式编制。

我教高年级,每周被安排了24个课时。因为五年级只有五个学生,所以四、五年级合班上复式课,很是辛苦。年终大队部给记1700个工分,分值每十分七角五分钱,折算共一百二十七元五角。当地的民办教师早晚和农时可料理农务、帮衬家里，倒也不至于太寒碜。我一年下来，刨去生产队平常领取的稻谷、红薯、油、豆之类的实物，钱就所剩无几了，日子过得紧巴巴的。

学校这个场所十分敏感。它连接着千家万户，牵挂着千万颗心。人们望子成龙心切，乡梓冀才辈出情深，对学校都寄予太多的期望。它像一只吹得胀鼓鼓快要爆开的气球，稍有不慎、便会"砰"的一声炸裂，在社会上产生巨大的震荡。所以，大凡教师，特别是学校的领导，每日临阵，都会生出战战兢兢、如履薄冰之感，生怕学校学生出事。

记得在25年前，我在老家的重点中学任副校长。那年九十月间的一个星期六傍晚，天气还很炎热，一群学生私自相约下到校门前的河里游泳。此处两江相激，河道岩床犬牙交错，暗流汹涌。几个同学中最终有一个没有上来。当时组织了施救无果，至次日中午打捞人员才从下游500米处发现了他卡在水底岩石中。此事全城哗然，惊动了不少部门和领导。后事处理，折腾了一个多星期，我分管行政，更是被弄得心力交瘁，疲惫不堪。

教师没有更多的自我。它的思想、学识、技术、智慧是用来传授给学生的，就像是一位二传手，在承前启后。它像根燃烧着的蜡烛，照亮了别人，燃烧了自己。李商隐有一诗句："春蚕到死丝方尽，蜡炬成灰始泪干。"这本是诗人借以描写恋人间坚贞的思念之情，后人却更多地把它用来比拟教师精神。要说有点自我，那就是成功人士中，有几个曾经是他的学生，这一丝成就感或许能告慰自己。

三

我读的是师范大学，毕业证扉页上印有"忠诚于党的教育事业"

字样,也就是说,未来后半生,应该面对的是教师这个职业了。母亲和大哥都是中学教师,父亲生前也教过书。我自小受浓郁的书香门第的熏陶,有种钟情教师职业的情结。那几年农村的民办教师生涯,让我亲身感受到当教师的艰辛和教师的责任重大,明白这"忠诚"里的分量。真要选择这个职业谋生,总是不那么情愿。不过,当时能考上大学,离开农村,那还在乎考上什么学校和将来做什么?

20世纪90年代初期,我曾离开过教育岗位。七年后省局在干部调整和选拔中,见我有从事教育的经历,就把我调入局属专业学校。大抵,我与教师有着不解之缘。人生中扮演的角色转了一个圈又回到原位以后,着实感慨。

作为一个党培养了多年的干部,应该深深地懂得忠诚于党的事业是第一位的。无论在哪个岗位,从事何种工作,个人情感中的好恶都不能逾越这根红线。时间是最好的黏合剂,它会把你和所从事的事业悄然不觉地黏在一起。因此,在忠诚的旗帜下,慢慢地你会习惯,慢慢地你会对所做的工作产生好感,并且,会对所涉猎的一切难以割舍。

未名湖畔有座闻一多先生的雕像,闻先生似乎在低头沉思。我知道他更多的是那篇有唯美倾向的《红烛》。"红烛啊!'莫问收获,但问耕耘。'"这正是他为人师表的真实写照,也道出了教师这个园丁无私奉献、无所企求的高尚品德。

"忠诚于党的教育事业",是一句响亮的口号,要实践这一誓言,却不容易。事业非豪言可立,事业里有理想、信念的归宿;忠诚非朝夕可鉴,忠诚中有清贫、寂寞的煎熬。几十年如一日,待到桃李芬芳,已是皓首。此时,翻开那本毕业证扉页品味那行字时,才会体会到它的深邃含义和人生的不易。

四

这辈子，人们给予我不少称谓：老师、师父、股长、校长、经理、主席、主任、院长、书记。随着人生一页页翻过，职务也一个个成过眼云烟，现在已是一介草民。不同阶段的熟人、朋友出于习惯和礼貌，见面打招呼依旧是往日称谓，青青就是如此。

其实，我更喜欢青青称我"老师"。虽然未直接授过她的课，但在她成长的路上，包括她走入社会后，我给予她为人处世的影响，远有师长的影子。她常常感到庆幸和开心，除亲人以外，还有一位我这样的师长，在默默地关注、守望着她的成长。

我更喜欢"老师"的称谓，是因为每年有个"教师节"。它能让人回忆起那些曾经在你身边活蹦乱跳的学子，不管他们以后成功与否。他们曾经给过我生命的活力和人生的快乐，还有那些陪伴过的能勾起浪漫记忆的岁月。

我更喜欢"老师"的称谓，是因为在万念俱灰的垂暮之年，还会有亲人之外的一份关切。这份关切是学子情谊，那甚至浓于血缘之情的一声祝福。

我点起一根红烛。

红光在闪烁，红泪在淌流。"红烛啊！'莫问收获，但问耕耘。'"

不懈地耕耘，收获会在不经意间。

　　一直想把自己近十来年写的一些散文随笔结集,是知识出版社的姜钦云社长帮助我实现了这个夙愿。我非常感激他。

　　这些小品文所描写的内容,都是自己所经历过的,是发生在身边的最为熟悉的,是内心因此被感动过的人事。换句话说,这些内容又是从不同的角度真实地反映自己的一生;反映了自己在成长过程中形成的一种人生观;反映了自己在平常度过的每个日子里所表露的为人处世态度。我以为,我们这些与共和国同龄的一代人这辈子活得并不轻松,经历的磨难也多。我们所成长的年代经历过着重大的社会动荡和历史变革;所经历的生活充满着酸甜苦辣,同时也是丰富多彩的。正因为有了这样的时代背景,这代人形成的品格就有其独特的一面。相对而言,他们具有坚韧的意志力和较强的社会适应力;有不畏艰难、勇于向前的进取心和朴实、宽容、友善的慈爱心。他们是在纯粹、单一的教育思想下成长起来的,思想单纯,品质朴实;他们是在极其艰苦的环境中锻炼出来的,意志刚韧,性格沉稳。这代人一定程度地推动了中国社会的发展,给六〇、七〇后的群体树立了一个正统、正能量的榜样。他们由此而成的"知青精神",是这代人留给社会和后代的精神财富。

我之所以用这种体裁来诉说情感和表达思想,一是基于对文学的爱好。我一直以为,这种爱好可以使我从繁忙的事务中把精神抽脱出来放松和让思想沉淀。二是觉得人生本应该留下些生活的痕迹,特别是留下的这种痕迹有着时代的特征和代表性。它虽然像大海中的一滴水、大树中的一片叶,但"一滴水见太阳""一片叶知春秋"。

我写的文章有些已见诸报刊,有些也是贴在一些网站的博客,有些被转发到自己的朋友圈,让读者、网民和熟悉的朋友们产生一种内心的共鸣。我觉得这是一种精神的分享,是一种思想的交流。许多朋友会留言,谈他们的感受,流露分享的愉悦,提出些改正的意见。对我来说这不啻是一个鼓励,也是学习的极好方式。我会很开心地抽出不少时间与他们沟通。

贤铭对我写的文章这样评说:"《爬山虎的一片绿荫》,有一种普洱茶的清醇、气息,值得品味。作品文风朴实,结构严谨,层次分明。既有感性,更具理性。读后,感觉格平兄不仅书读得多、读得细,且能学以致用,融会贯通。同时,也能看出格平兄对生活的观察,细致入微。'爬山虎'是强者的身影,是情感的象征,是一种永不言弃的精神! 格平兄借力于吴冠中等先生的水墨丹青、文思才气,拓展了作品的思路,丰富了艺术的想象,增添了生活的情趣。'境由心造',阐述的是深刻的哲理,是文眼,也是作品的点睛之笔。且引出了关于美丑的课题。作品与其说是一种恋旧情结,不如说是一种人生的感悟。这也恰恰印证了王国维先生的人生'三境界':'昨夜西风凋碧树,独上高楼,望尽天涯路。''衣带渐宽终不悔,为伊消得人憔悴。''众里寻他千百度,蓦然回首,那人却在灯火阑珊处。'收藏圈里也流行三句话('三重境'):看山是山,看水是水;看山不是山,看水不是水;看山还是山,看水还是水。格平兄的人生境界和文艺思想可谓真实、自然、贴切。我羡慕'爬山虎'的勇气和魅力,更羡慕'爬山虎'喜新不厌旧,且淡泊名利,不畏釜底抽薪的傲然正气。值此,略谈感受。建议:1.题目是否改成《攀爬的绿荫》似乎感觉更亲近,更具生命的活力。2.抒怀的酒,还可更浓些,更有韵味。不知当否?"

永红看了《别让亲情消失》和其他篇后如是说:"浓得化不开的情意,沉重地灌入每个读者内心。回望旧时日,念繁茂的家族跌宕地活着,悲戚苍凉;珍惜振兴时,告亲情的可贵友情的价值,情深意切!非常喜欢,是你近年的好散文之一。下次你回南昌,希望见过这些可敬可亲的长辈。""读你的文章,总是沉甸甸的。但都很好!是都市生活的一个窗口,是一代人的生活观感,是一腔深藏慈悲的情怀,是引发读者向善的正能量,是耳顺长者勤奋不辍的励志。开个微博,我一定是钢丝。"

艳子看了《瑞金的水酒》这篇文章后有番感慨。她说:"对瑞金的印象是因为你的人品而更为深刻,坚忍刚毅,辛勤创业,艰苦奋斗,友善待人。因为与你相处日深,对瑞金这片红色故土便有了特殊的感情,人不为景所撼动却为人所感动。酿酒如做人,人人会做流程相仿,酿出来的酒甜美却有差异,是动作是手感?做人一生留下的是美名还是其他岂不都缘于作为。祝愿好人一生平安!节日快乐!"

娴静留言:"杨校,每次看到您的文章我的内心都会跟着起伏变化，读《陈味》的时候鼻子发酸，读《瑞金的水酒》的时候又满是依恋和骄傲。您的文章里是长者和智者在经历人生起落后的豁达坦然，却又依然洋溢对生命和生活的兴致与热情，有时候读来觉得您就在身边，跟我们聊过去，聊现在，真好！祝您周末愉快！"

......

我喜欢逛书店，习惯在书架旁驻足去翻阅心仪的书。我觉得，那一列列图书的后面是站着一排排有灵魂、有思想的人，我们每翻阅一本书就是和这样的一个人在做思想交流。我喜欢看散文随笔一类的书，我觉得这类书能更真实地反映出作者的思想。读一本书如同读一个人，要读懂他必须要进入他的思想，这样才能从书中获得精髓性的东西，才能起到开卷有益的效果。

这本集子选编了61篇文章，围绕乡情、游走、历程、心语和亲情的主题分成五个专题。其实，文中的许多内容也是相互交叉的，分类也是相对的，只是为了更好地突出书中的一些主题和更集中反映某种观念和思想。希望能达到这种效果。

趁此书稿付梓之时，一并向一直关注和帮助过我的所有朋友、同事、热心网友以及家人，向辛苦编辑这本书的出版社领导、编辑表示衷心感谢！

2017.1.6